plaisir
l'
d'amour

FSC
www.fsc.org
MIX
Papier aus ver-
antwortungsvollen
Quellen
Paper from
responsible sources
FSC® C105338

Stacey Lynn

Dominate Me

ERWACHEN

Ins Deutsche übertragen
von Joy Fraser

Stacey Lynn
Luminous Club Teil 1
Dominate Me: Erwachen

Aus dem Amerikanischen ins Deutsche übertragen
von Joy Fraser

© 2017 by Stacey Lynn unter dem Originaltitel „Dominate Me (Luminous Book 1)"
© 2021 der deutschsprachigen Ausgabe und Übersetzung by Plaisir d'Amour Verlag, D-64678 Lindenfels
www.plaisirdamour.de
info@plaisirdamourbooks.com
© Covergestaltung: Sabrina Dahlenburg (www.art-for-your-book.de)
© Coverfoto: Shutterstock.com
ISBN Print: 978-3-86495-497-9
ISBN eBook: 978-3-86495-498-6

Dieses Werk wurde im Auftrag von Harlequin Books S.A. vermittelt durch die Literarische Agentur Thomas Schlück GmbH, 30161 Hannover.

Kapitel 1

Haley

Ich muss es tun, Anya", wisperte ich ins Telefon. Die Tür meines Büros war geschlossen, und keiner meiner Mitarbeiter des gerade von mir übernommenen Urlaubsresorts brauchte zu wissen, dass ich in ein paar Stunden in einen Sexclub gehen würde. „Ich habe Master Dylan getroffen. Er war sehr offen und hat meine endlosen Fragen beantwortet. Heute Abend gibt er mir eine Führung und zeigt mir, wie es in dem Club so abläuft." Allein der Gedanke daran, was ich alles zu sehen bekommen könnte, brachte meine Schenkel zum Zittern. Gott, wie sehr ich es wollte. Schon so lange wollte ich diese Neigung von mir erforschen. „Heute werde ich mir nur alles ansehen, Süße. Mir wird nichts passieren, ich verspreche es dir."

„Du rufst mich gleich an, wenn du wieder zu Hause bist, ja?"

Ich wusste, dass Anya jetzt in ihrer Küche saß und Stundenpläne studierte, dabei die Stirn runzelte und ihre roten Haare zwischen den Fingern drehte.

„Es wird aber sicherlich spät werden." Anyas Mann Lance musste wegen der Arbeit früh aufstehen und daher gingen sie meist zeitig schlafen. Ich wollte die beiden nicht wecken.

„Das ist mir egal, Haley. Ich möchte dir bei dieser

neuen Sache gern zur Seite stehen, aber auch nicht lügen und so tun, als würde ich mir keine Sorgen machen. Schick mir eine Nachricht aufs Handy oder ruf an, damit ich weiß, dass du sicher nach Hause gekommen bist."

Verdammt, ich liebte sie. Wir waren schon seit der Highschool vor dreizehn Jahren befreundet, als wir im selben Tennisteam gewesen waren. Während der Collegezeit und meine schreckliche Ehe hindurch waren wir immer füreinander da gewesen.

„Ich rufe dich an, Süße, versprochen."

Sie seufzte.

„Willst du auch einen detaillierten Bericht?"

Sie lachte nervös. „Äh, nein. Das ist dein Ding, und ich verstehe es nicht, aber ich liebe dich trotzdem."

Genau deshalb liebte ich sie auch. „Ich dich auch. Ich rufe an."

„Gut. Pass auf dich auf."

Ich beendete das Gespräch und sah auf das Gemälde des ursprünglichen *Portsmouth Inn*, der großen Villa aus der Jahrhundertwende, die meine Urgroßeltern in ein B&B umgewandelt hatten. Über die Jahre hatten meine Großeltern, und später meine Eltern, als sie es übernahmen, das Haus renoviert und den Besitz vergrößert.

Heute war das *Portsmouth Inn* eines der luxuriösesten Urlaubsresorts am Ostufer des Lake Michigan. Zwar war es nicht das größte, doch meine

Familie hatte sich über drei Generationen einen Namen in Denton gemacht. Ich liebte meine kleine Heimatstadt und das idyllische Haus auf dem Gelände des Resorts, in dem ich aufgewachsen war. Nie hatte ich etwas anderes tun wollen, als das Familienerbe eines Tages zu übernehmen.

Dann hatte ich Timothy in der Highschool kennengelernt und war hin und weg von seinen grandiosen Träumen und seinem sexy Gang. Ich verliebte mich in einen Jungen, der, wie ich gleich nach der Heirat nach dem Collegeabschluss begriff, lediglich ein Träumer war. Timothy stellte sich immer vor, welch unglaubliche Dinge geschehen könnten, aber nachdem er einen Job nach dem anderen verlor und die Zeiten der Arbeitslosigkeit dazwischen immer länger wurden, musste ich einsehen, dass aus ihm nie etwas werden würde.

Er war einfach ein Träumer, kein Macher.

Fünf Jahre lang versuchte ich, meine Ehe am Laufen zu halten, doch dann hatte ich genug. Ich hatte meine eigenen Träume, und darin kam nicht vor, einen unreifen Mann zu unterstützen, der den ganzen Tag herumsaß und auf der Playstation spielte und nur von den Orten auf der Welt träumte, die er einmal bereisen wollte.

Ich stöhnte, nahm einen Stapel Rechnungen zur Hand, die bezahlt werden mussten, und verdrängte die Gedanken an meine gescheiterte Ehe. Doch dann beschloss ich, dass die Rechnungen warten konnten, schob sie zur Seite und überprüfte lieber die Buchungen fürs Wochenende. Sollte sich da ein Fehler eingeschlichen haben, würde ich den ganzen Abend von Telefonanrufen belästigt werden.

Ich arbeitete oft länger und die Arbeit wurde nie weniger, aber der heutige Abend war mir genauso wichtig, und ich wollte nicht gestört werden.

Ich wagte einen Schritt in die Erforschung eines Lebensstils, der mich schon immer neugierig gemacht hatte. Nachdem ich Timothy geheiratet hatte, hatte ich schnell gemerkt, dass ich ihm diesen Teil von mir nicht anvertrauen konnte, also hatte ich ihn verdrängt.

Nach der Scheidung vor einem Jahr hatte ich mich dann in einem Online-Netzwerk namens *KinkLife* mit Gleichgesinnten getroffen und das Thema recherchiert. Ich suchte jemanden, dem ich mich unterwerfen konnte. Jemanden, der die Kontrolle nach seinen eigenen Wünschen übernahm. Auch außerhalb des Schlafzimmers träumte ich von Unterwerfung. Vor zwei Wochen fand ich endlich einen Master in Grand Rapids und er nahm sogar noch neue Mitglieder in seinem Club auf.

Heute Abend würde ich all meine Fantasien zu sehen bekommen, von denen ich schon als Teenager träumte. Ich würde herausfinden, ob dieser Lebensstil wirklich etwas für mich war oder nichts als eine Fantasie beim Masturbieren. Wieder erbebten meine Innenschenkel und meine Haut rötete sich erregt.

Oh ja, ich wollte es.

Ich konnte es verdammt noch mal kaum erwarten.

Jensen

Obwohl ich immer mehr Anwälte beschäftigte, saß ich vor einem Berg Akten und die Arbeit wurde täglich mehr. Das war der Preis dafür, wenn man eine der erfolgreichsten Anwaltskanzleien in drei Landkreisen führte. Ich konnte mich nicht beschweren, wünschte aber, der Tag hätte mehr Stunden, um alles zu bewältigen. Ich blätterte gerade durch einen Bericht, den ich heute Morgen von meinem Privatdetektiv bekommen hatte, als das Handy klingelte und auf dem Display *Dylan* angezeigt wurde.

Dylan ignorierte ich nie. „Was ist los, alter Mann?" Ich grinste. Es ärgerte ihn, wenn ich ihn damit aufzog, dass er bereits graue Haare bekam, obwohl er nur fünf Jahre älter war als ich.

„Ich habe jemanden gefunden, den du kennenlernen solltest. Komm heute Abend in den Club."

„Du weißt doch, dass ich das nicht tun werde." Seit zwei Jahren versuchte Dylan, mich wieder in die Szene zu zerren. „Du weißt, dass ich das nicht kann." Ich konnte wirklich nicht. Und würde es auch nicht, obwohl mein Sexleben zwar ausgiebig, aber alles andere als erfüllend war. Was nicht bedeutete, dass ich je wieder die Kontrolle verlieren würde. Meine Muskeln spannten sich an, bis sie brannten. „Ich kann nicht glauben, dass du mich überhaupt darum bittest."

„Du weißt, dass ich es nicht tun würde, wenn es nicht wichtig wäre." Er war ein Master. Er hatte mich betreut und trainiert. Wenn er seine autoritäre Stimme einsetzte, hörte ich ihm zu. „Es kommt eine Neue, und sie ist wie für dich gemacht."

Das hatte ich einst auch von Courtney gedacht. Aber noch nie hatte ich mich so geirrt. „Dylan …"

„Der Lebensstil ist neu für sie", fuhr er fort, als hätte er meine wachsende Wut nicht bemerkt. „Sie ist neugierig und absolut hübsch, Jensen. Sie braucht und will dringend jemanden. Mann, wäre ich nicht so begeistert von Gabby, würde ich sie selbst übernehmen. Sie braucht einen starken Meister, einen, der sich im Griff hat. Ich würde sie keinem anderen als dir anvertrauen."

Verdammter Kerl. Er wusste genau, was er sagen musste. Meine Handfläche brannte bei der Vorstellung, wieder jemanden zu markieren. Es war verdammt lange her. „Du weißt, dass ich draußen bin."

„Du musst über Courtney wegkommen. Es war nicht deine Schuld, und wenn du mal loslässt, weißt du das auch selbst. Sie war gestört, Jensen. Keiner von uns wusste es oder hätte es ahnen können."

Bla, bla, bla. Darüber hatten wir schon oft gesprochen. Meine Antwort war immer dieselbe, und da er das wusste, ersparte ich mir eine Wiederholung.

Als ihr Dom war es meine Aufgabe gewesen, es zu wissen. Ich war zu beschäftigt, zu abgelenkt, um die Zeichen zu bemerken. Beziehungsweise, ich hatte sie bemerkt, war aber zu fasziniert von Courtneys Schönheit gewesen, von ihrer Bereitschaft, mir zu gefallen, dass ich sie ignoriert hatte. Darin lag mein Versagen. Ich würde so etwas nie wieder tun. „Vergiss es. Ist sonst noch etwas? Ich muss weiterarbeiten."

Er fluchte, und dann wurde er noch ernster, doch auch mitfühlend. „Du musst es zumindest in Betracht ziehen, Jensen. Du weißt, dass ich dich nicht zurück ins *Luminous* holen würde, wenn ich nicht tief in mir wüsste, dass diese Frau für dich bestimmt ist. Ich habe sie gesehen, getroffen und persönlich befragt – was ich dir nur erzähle, damit du siehst, wie ernst es mir ist. Sie ist rein wie frisch gefallener Schnee, Jensen, ich schwöre es dir bei meinem Leben. Fuck, sogar bei Gabbys Leben. So viel würde es mir bedeuten, dass du mir versprichst, wenigstens darüber nachzudenken. Diese Frau hat keinen Mist in der Vergangenheit, der sie von dir abhalten könnte. Sie ist neu, aber sie weiß schon viel und kommt heute Abend für eine Tour vorbei. Sie will einen Meister oder einen Dom kennenlernen, und ich habe ihr gesagt, es wäre ihre Entscheidung, aber ich weiß, dass der Einzige, der mit ihr umgehen und sie zähmen kann, du bist. Bitte sorge nicht dafür, dass ich sie ablehnen muss."

Sie zähmen. Mit ihr umgehen. Sie kontrollieren. Alles Dinge, nach denen sich meine Seele sehnte. Auch wenn ich nicht sollte oder konnte, alles, was Dylan sagte, erweckte die Neigung in mir, die ich vor zwei Jahren in den Winterschlaf gelegt hatte. Nun reichte er mir den größten Teil von mir selbst zurück. Den Teil, der nach dem Sex mit einer schönen Frau, die ich mehrmals zum Kommen gebracht hatte, ehe ich an mich selbst dachte, das Bett unbefriedigt verließ. Egal wie gut der Sex war und wie aufgeschlossen die Frau war, nie genügte es mir.

Ich musste die Sache schon im Ansatz ersticken. „Ich muss jetzt wirklich wieder an die Arbeit." Aber, verdammt noch mal, mein Schwanz war bereits hart bei dem Gedanken an eine Frau, wie Dylan sie beschrieb.

„Denk darüber nach", befahl er. „Und sei um 22:00 Uhr hier. Ich werde Joe Bescheid sagen, dass du kommst."

Er legte auf.

Ich warf das Handy auf den Schreibtisch, bedeckte das Gesicht mit den Händen und stöhnte. Verdammt sei Dylan, dass er mich an Courtney und die zwei Jahre, die ich sie gehabt hatte, erinnerte. Sie war nicht nur schön gewesen, sondern auch ausdrucksstark und empfänglich. Ich hatte sie für die perfekte Sub gehalten. Und was war ich doch heftig auf und in ihr gekommen, bei ihrem Geschmack und meinen Markierungen auf ihren Schenkeln und ihrem Hintern.

Obwohl ich immer wieder über die letzten sechs Monate unserer Vereinbarung nachgedacht hatte, verstand ich heute noch nicht, wie alles derartig schiefgehen konnte.

Ich hatte zu viele offene Fragen, zu viele Bedenken.

Dennoch, wider alles besseren Wissens drückte ich auf den Knopf der Sprechanlage und sagte meiner Assistentin Claire, dass sie den heutigen Termin zum Abendessen auf morgen verschieben sollte.

Kapitel 2

Ich rieb meine Handflächen aneinander. Sie waren kalt und klamm, trotz der Hitze und sommerlichen Luftfeuchtigkeit.

Ich tat es tatsächlich.

Gleich würde ich persönlich vor mir sehen, was ich mir immer nur hatte vorstellen können.

Angst und Aufregung durchliefen mich gleichzeitig. Würde ich es abstoßend finden? Wäre die Realität zu viel für mich? Oder würde mich der Gedanke, die Möglichkeit, eine der zur Schau gestellten Frauen zu sein, anmachen? Eine, die vor aller Augen von einem Dom bespielt wurde, der wusste, was er tat.

Ich nahm einen tiefen Atemzug, der auch nichts zur Beruhigung beitrug, atmete aus und blickte noch einmal in die Gasse hinter mir.

Das *Luminous* war ein geheimer Club nur für Mitglieder und nirgends gelistet. Master Dylan hatte mir erst davon erzählt, nachdem ich ihn auf *KinkLife* angeschrieben und letzte Woche persönlich auf einen Kaffee getroffen hatte.

Viele Jahre hatte ich mich danach gesehnt, diese Seite in mir zu erforschen, doch jetzt, wo ich hier war ... hatte ich überhaupt den Mut?

Ja.

Den hatte ich.

Ich nahm die Schultern zurück und die Türklinke

in die Hand. Mit geradem Rücken betrat ich das *Luminous* und war sofort von der Sinnlichkeit des kleinen Foyers beeindruckt. Ein schwerer, silberner Vorhang trennte es vom eigentlichen Club. Indirekte Beleuchtung mit winzigen weißen, funkelnden Lichtern umrahmte die Decke und erhellte alles auf sanfte Weise. Die dunkelgrauen Wände funkelten ebenfalls, als wäre der Farbe Glitter beigemischt. Es war irgendwie dunkel und doch gleichzeitig verführerisch hier.

Von rechts erklang eine tiefe Stimme. „Kann ich dir helfen?"

Ein Mann stand hinter einem schwarzen Tresen und hatte die Arme vor der Brust verschränkt. Sein goldbraunes Haar war an den Seiten kurz geschnitten und oben länger, perfekt gestylt und auf die Seite gekämmt. Eine dünne Narbe verlief durch seine Lippen. Mit den tiefbraunen Augen fühlte ich mich von seinem Blick durchbohrt. Ich kämpfte die Nervosität nieder, die mich wie eine Flutwelle erfassen wollte.

„Ich habe einen Termin mit Master Dylan. Er sollte mich erwarten."

Der Mann sah kurz nach unten und dann wieder zu mir. „Haley?"

Hätte ich doch nur einen Alias benutzt. Wollte ich etwa, dass die Leute wussten, wer ich wirklich war? Andererseits ging es hier genau darum, mich nicht zu verstecken und ganz ich selbst zu sein. „Ja, Sir."

Der Mann grinste und entblößte einen Mund voll

strahlend weißer Zähne. „Ich bin Joe. Du brauchst nicht so förmlich zu sein."

Zwar hatte ich nur höflich sein wollen, doch daraufhin nickte ich ihm kurz zu. „Vielen Dank."

Er legte einen Finger an sein Ohr, in dem der kleine Knopf eines Kommunikationssystems steckte, und murmelte: „Yep. Sie hat endlich den Mut gefunden, reinzukommen, und wartet jetzt auf dich."

„Äh, woher weißt du …? Wie hast du …", stotterte ich und sah zur Tür, durch ich soeben getreten war.

„Keine Sorge, das ist ganz normal. Dylan überwacht jeden Zentimeter hier, außen und innen, zur Sicherheit aller Besucher. Und falls es dich beruhigt, du hast dich weit besser angestellt als die meisten, die zum ersten Mal herkommen."

Äh, nein, das beruhigte mich kein bisschen. Doch ich lächelte ihn schwach an. „Oh, das sollte ich wohl als Kompliment nehmen, danke."

Er trat hinter dem Tresen hervor und stellte sich neben den Vorhang, der vor und zurück wehte, da Bewegung hinter ihm stattfand. „Viel Spaß, Haley. Master Dylan wird sich gleich mit dir an der Bar treffen."

Er zog den Vorhang auf und bedeutete mir, hindurchzutreten. Ich nahm den Blick von ihm und betrachtete den offenen Raum vor mir. Das Innere eines alten Lagerhauses hätte ich nie derartig luxuriös vermutet. Ich hatte etwas Dunkleres in Rottönen vermutet, etwas, das deutlich *Sex und Sünde* ausrief. Es war eher das Gegenteil der Fall. Glitzernde, tiefgraue Wände wie im Empfangsbereich. Poliertes, dunkles Holz fiel mir als Erstes ins Auge. Ich ließ den Blick schweifen und konnte mich kaum auf etwas Bestimmtes konzentrieren. Riesige Kronleuchter mit tränenförmigen Ornamenten hingen von der Decke und reflektierten das Licht auf die Wände und den Boden. Alles flüsterte *Traumwelt* und *Begehren*. Wie mir Master Dylan bereits erklärt hatte, war dies der allgemeine Treffpunkt und die intimeren Bereiche lagen oben im ersten Stock.

Was er nicht hatte beschreiben können, war das Gefühl, dass die sanfte Musik ein Pulsieren erzeugte, das diese erotische Höhle durch und durch aufheizte. Es ging mir unter die Haut, bis mir das sowieso schon sehr enge schwarze Kleid zu einengend vorkam. Mein Atem wurde schneller und ich trat in den High Heels von einem Fuß auf den anderen.

Leute saßen an Tischen und an der Bar und ich betrachtete sie alle. Einige trugen Ledersachen, andere Jeans oder Anzüge. Die Frauen trugen Dessous-Outfits, enge Anzüge oder bodenlange Abendkleider. Hier war alles möglich, und das war das Einzige, was mich nicht überraschte. Dieser Lebensstil war für alle und jeden gedacht. Sex und Begierde waren nicht nur an die körperliche Anziehungskraft zwischen zwei Menschen gebunden, sondern auch an das Verlangen, dass es von einer anderen Person erfüllt wurde. Und das bedeutete nicht immer nur Sex. Geschlechtsverkehr war innerhalb des Clubs nicht einmal erlaubt, was allerdings nicht bedeutete, dass man keine Orgasmen haben durfte. Dazu konnte es bei den Demonstrationen durchaus kommen oder in den öffentlichen oder privaten Spielräumen. Master Dylan hatte erklärt, dass viele in dieser Gemeinschaft nicht unbedingt Sex brauchten, sondern das Spiel mit einem Partner. Das gehörte nicht unbedingt zusammen. Ohne Sex konnte man sich entspannter fühlen und war bereiter, Experimente zu machen und zu üben. Außerdem sorgte es dafür, dass niemand dachte, hier könnte man Sex kaufen, falls jemand den falschen Eindruck von seinem Club bekommen könnte.

Verlangen brodelte in mir hoch, als ich an die Bar ging. Mit jedem Schritt auf den glatt polierten Tresen zu stieg meine Vorfreude. Ich blickte durch den Raum, sah die flackernden Lichter, nahm die sanfte Veränderung der Musik wahr, die gemurmelten Unterhaltungen und das leise Gelächter. Niemand beachtete mich.

Das alles saugte ich auf, und als ich die Bar erreicht hatte, hatte es mich vor Verlangen fast verrückt gemacht. Ich brauchte mehr als nur Befriedigung. Ich brauchte die Unterwerfung.

„Haley", sagte eine raue Stimme links von mir.

Ich sah zu dem Mann und konnte kaum das Nach-Luft-Schnappen zurückhalten. Zuerst hatte ich im Internet Fotos von Master Dylan gesehen und mich dann auf einen Kaffee mit ihm getroffen. Doch in dieser Umgebung war er noch viel beeindruckender und machtvoller. Mit seinem karamellfarbenen Teint, dem kurzen schwarzen Haar und den noch dunkleren Augen versengte er mir fast die Haut, als er mich von oben bis unten betrachtete und mir dann in die Augen sah.

„Ich bin begeistert, dass du heute gekommen bist", sagte er, legte eine Hand auf meine Schulter und verringerte den Abstand zwischen uns.

Instinktiv wandte ich den Blick ab. Für jemanden wie mich, der sich unterwerfen wollte, obwohl noch untrainiert, war es schwer, ihm in die Augen zu schauen. Mit seiner großen Erscheinung, den Muskeln, die unter dem schwarzen Anzug zu erahnen waren, und dem tiefen Timbre seiner Stimme strahlte er aus, dass er in der Lage war, auf viele Arten zu dominieren. Zwar war er nicht mein Master und hatte mir von seiner monogamen Beziehung mit seiner Sklavin Gabby erzählt, sodass er das auch nie sein würde, doch das spielte keine Rolle. Seine tiefgründigen schwarzen Augen schienen direkt in meine Seele zu blicken.

„Danke, dass du dir die Zeit für mich nimmst", brachte ich mit einem schwachen Lächeln heraus.

Er bewegte seine Hand auf meinen unteren Rücken und dadurch fühlte ich mich schon entspannter. Seine Berührungen waren nicht sinnlich, sondern eher beruhigend.

„Bestellen wir dir einen Drink und dann setzen

wir uns hin und reden, und wenn du so weit bist, führe ich dich herum. Klingt das gut?"

Oh Gott. Es geschah wirklich. „Ja, Sir."

„Sehr schön", antwortete er.

Ich spürte, dass ihm meine Antwort gefiel, und verbarg ein Grinsen.

Nachdem er erklärt hatte, dass es im Club eine Zwei-Drinks-Regel gab und Trinken nur hier im allgemeinen Bereich erlaubt war, bestellte er mir ein Glas Champagner und führte mich an einen Tisch in der Mitte des Raumes. Männer wie Frauen grüßten Master Dylan beim Vorbeigehen, entweder verbal oder durch ein Nicken. Es fiel mir leichter, als ich gedacht hätte, an der Art ihrer Reaktionen zu erkennen, wer Sub und wer Dom war. Frauen, die eindeutig Subs waren, senkten ihr Kinn, schrumpften praktisch vor ihm, während sich die dominanten Männer und Frauen aufrichteten, größer und stärker wurden. Der Gegensatz war offensichtlich und gleichzeitig verführerisch.

Ich konnte das Verhalten der Subs nachvollziehen. Es war, als ob man vor seiner ihm innewohnenden Macht niederknien wollte. Ich musste gegen den Drang ankämpfen, dasselbe zu tun.

Diese Erkenntnis war alles, was ich brauchte.

So war ich. Es wurde mir bewusst, als mich Master Dylan zum Tisch führte. Anstatt mich vor ihm zu fürchten, akzeptierte ich ihn. Meine Nervosität verschwand, als ich das begriffen hatte.

„Etwas ist passiert auf dem Weg hierher", sagte

er aufmerksam und führte sein Glas Wodka an die Lippen. „Ich habe gespürt, dass du dich verändert hast. Magst du es mir erklären?"

Unglaublich, dass es ihm aufgefallen war. Allerdings sollte es mich wohl nicht erstaunen, wo er doch so weise und wissend wirkte. Manchmal sagte Master Dylan Dinge, als wüsste er mehr über mich als ich selbst.

Ich sah in mein Champagnerglas, das ich vorsichtig zwischen den Fingern hielt. Die Flüssigkeit zitterte im Glas. Schnell stellte ich es ab und wischte mir mit den zittrigen Händen über die Oberschenkel.

Er ließ mir Zeit, meine Gedanken zu sammeln, doch es dauerte nicht lange, bis ich ihn fast direkt ansehen konnte. „Ich bin genauso", sagte ich. Scham erhitzte meine Wangen. Um den Kopf klarzukriegen, schüttelte ich ihn kurz. „So, wie sich hier alle verhalten und reagieren … auf dich und andere. Es ist schwer zu erklären, aber ich muss an Timothy denken. In unserer Ehe lag mir immer ein Stein im Magen, als hätte sich ein Felsen dort niedergelassen, den ich ständig beiseiteschieben musste." Ich trank einen Schluck. Die Kohlensäure kitzelte in meiner Kehle. Ich atmete tief aus. „Ich spüre deine Macht, erkannte sofort eine Sub, die vor dir zusammengeschrumpft ist. Und ich fühle mich mit ihr verbunden."

Sein Blick wirkte zufrieden. Ich lächelte und die Anspannung fiel mir von den Schultern.

Er beugte sich vor und stützte sich mit den Unterarmen auf dem Tisch ab. Sein Blick fiel auf den Spiegel auf der anderen Seite und dann sah er mich wieder an. „Hast du Fragen an mich? Oder möchtest du jetzt mit der Führung beginnen?"

Jensen

Das dürfte alles gar nicht passieren.

Wieder im Club zu sein, der einmal mein zweites Zuhause gewesen war und den ich vor so langer Zeit verlassen hatte, hätte mich nicht derartig innerlich beruhigen sollen. Auch hätte es sich nicht so anfühlen sollen, als wäre ich zurück zu mir selbst gekommen, als ich von einigen Doms im Vorbeigehen begrüßt wurde. Und Joes verspielter Schlag auf meine Schulter hätte mir nicht so viel bedeuten sollen.

Jeder meiner Atemzüge, jeder erkennende Begrüßungsblick der anderen hätte mich dazu bringen sollen, auf dem Absatz kehrtzumachen und den Ort zu verlassen, dem ich einst abgeschworen hatte.

Doch ich war immer noch hier, in Dylans Büro, das eher wie ein Zimmer in einem Fünfsternehotel wirkte als ein Büro. Solange man die Spanking-Bank und die Sex-Chaiselongue in der Ecke übersah.

Allein der Anblick der Gerätschaften in diesem

Zimmer ließ mir das Wasser im Mund zusammenlaufen und mein Blut verlangend pulsieren.

All das geschah, bevor Haley kam.

Als sie durch die Gäste schritt, floss Adrenalin durch meine Adern. Dylan hatte recht. Sie war perfekt. Groß und gertenschlank, lange, schokofarbene Haare. Als das Licht der Kronleuchter günstig auf sie fiel, schimmerten und funkelten ihre Haare atemberaubend. Ihre großen, rehartigen, grünen Augen beobachteten alles genau, und wie sie leicht die Lippen erstaunt öffnete, zeigte deutlich, dass ihr der Lebensstil neu war.

Dylan führte sie mit der Hand an ihrem Rücken zu einem Tisch. Ich ballte eine Faust und unter meinem schwarzen, langärmeligen Hemd erhob sich mein Bizeps. Jeder hier wusste, dass Dylans Handbewegung Besitz anzeigte. Doch er hatte bereits eine Sklavin. Haley gehörte nicht zu ihm.

Aber sie kann auch nicht dir gehören.

Am liebsten hätte ich mir und damit meinem Gewissen eine Kugel durch den Kopf gejagt, um es verfickt noch mal zum Schweigen zu bringen.

Als Dylan sie zum Tisch führte, sah sie noch einen anderen Master. Thomas. Sofort senkte sie das Kinn, mied seine Augen, während ihre perfekte cremefarbene Haut leicht rosa wurde. Das berührte mich verdammt tief. Dieser eine Blick weckte den Dom in mir, der sich an die Oberfläche kämpfte und drohte, mir die Kontrolle zu entreißen, obwohl ich mir geschworen hatte, nie wieder so zu leben. Nie wieder eine Sub zu trainieren.

Während sie mit Dylan sprach, wurden ihre Bewegungen immer sicherer, das zittrige Lächeln wurde breiter und ihre Selbstsicherheit nahm zu.

Nicht Dylan sollte derjenige sein, der ihre Fragen beantwortete. Und Dylan sollte sie auch nicht durch die Räume führen. Und es sollte auch nicht der verfluchte Dylan sein, der seine Hand auf ihre legen durfte, während er mich angrinste und wusste, dass ich ihn beobachtete. In mehr als zehn Jahren Freundschaft hatte ich ihm nie so sehr eine reinhauen wollen wie jetzt.

Mehr brauchte ich nicht, um mich zu entscheiden.

Ich wollte sie.

Ich wollte sie zähmen.

Und sobald sie trainiert wäre, würde ich sie einem anderen übergeben, der ihr Dauerhaftigkeit und Stabilität bieten konnte.

Kapitel 3

Haley

Nicht zum ersten Mal seit Beginn unseres Gesprächs grinste Master Dylan zum Spiegel. Da er mir nicht eitel vorkam und nicht ständig seine Frisur überprüfen musste, irritierte es mich langsam.

„Habe ich etwas falsch gemacht?", fragte ich, entzog ihm meine Hand und legte sie auf meinen Schoß.

„Wie bitte?" Er sah mich halb grinsend, halb verwirrt an.

„Der Spiegel. Du schaust immer wieder hinein."

Master Dylan lehnte sich zurück und nahm seinen Wodka in die Hand. Er sah mich an und ließ die Eiswürfel in dem fast leeren Glas klirren. „Nein, du hast nichts falsch gemacht", sagte er mit leiser Stimme, sodass es fast ein Schnurren war.

Verdammt, das berührte mich. Alles hier. Mein Verlangen war stetig gestiegen, während er mir Fragen stellte. Wo meine Grenzen lagen, was mich am meisten interessierte, woran ich am häufigsten dachte. So sehr, dass ich beim Bewegen auf dem Ledersitz spürte, wie mein Höschen immer feuchter wurde.

Während des Gespräches hatten sich einige Paare gefunden und waren zur Treppe nach oben gegangen.

Als ich ihn gebeten hatte, die Führung zu beginnen, hatte er mich gebeten, noch zu warten. Da ich aber nur deswegen hier war, beunruhigte mich das etwas.

„Also", sagte Master Dylan und deutete mit dem Kopf Richtung Spiegel, „dahinter befindet sich mein Büro. Jemand beobachtet uns, jemand, den ich für perfekt für dich halte. Ich habe darauf gewartet, dass er aus sich herauskommt, und anscheinend tut er das jetzt, nachdem er gesehen hat, dass ich dich angefasst habe."

Ich zuckte zurück. „Was?"

Er beugte sich vor und sprach leise, doch ernst. „Ich habe mich mit jemandem über dich unterhalten. Mit dem besten Dom, den ich kenne. Momentan trainiert er niemanden, aber er wäre der perfekte Dom für dich."

„Ich dachte, ich darf mir einen aussuchen." Eine Mischung aus Irritation und Ach-du-Scheiße-tu-es-doch-einfach kreiste durch meinen Verstand.

„Das ist auch so. Wenn du willst, kannst du ihn ablehnen. Aber ich mache das hier schon lange, Haley. Du solltest mir erst mal vertrauen."

Seine Worte umhüllten mich wie eine warme Decke. Als ob jemand endlich verstanden hatte, was ich brauchte, und wusste, wie er es mir geben konnte. Es war tröstlich und gab mir die Zuversicht, weiterzumachen. Vertrauen und eine offene Kommunikation waren das Wichtigste an diesem Lebensstil. Dylan war ehrlich, und ich wüsste nicht, warum ich ihm nicht trauen sollte. Außerdem wusste er viel besser, wer ein guter Dom war, als ich.

Auch wenn es mir schwerfiel, ihm direkt in die Augen zu schauen, tat ich es. „Okay. Ich möchte ihn gern kennenlernen."

Seine schwarzen Augen glänzten wie polierter Onyx. Er lächelte anerkennend. „Braves Mädchen."

Meine Schultern bebten. Ich konnte meine Reaktion nicht verhindern. Ich hätte mich dafür geschämt, doch mir blieb keine Zeit, denn als ich gerade den Mund öffnen wollte, fiel ein Schatten über unseren Tisch. Ein Mann mit der sinnlichsten und selbstsichersten Stimme, die ich je gehört hatte, sagte:

„Master Dylan, ich glaube, du wolltest mich dieser schönen Frau vorstellen."

Wieder erzitterte ich, schaffte es jedoch, es zum größten Teil zu unterdrücken. Ich nahm nicht den Blick vom siegessicheren Gesicht Master Dylans, dessen Lächeln frecher wurde.

„Hast du dich unterwegs verlaufen?"

Ein tiefes, knurrendes Lachen kam von dem Mann neben dem Tisch. „Es ist lange her, ich habe den Weg vergessen."

Master Dylan zwinkerte ihm zu und wandte sich an mich. Ich hatte noch nicht den Mut gehabt, mir den Mann anzusehen, den Dylan anscheinend für mich handverlesen hatte.

„Haley …"

Der Mann neben mir unterbrach ihn. „Ich heiße Jensen. Du darfst mich Sir nennen."

Ich zwang mich dazu, weiterzuatmen, und drehte mich zu dem Mann um, dessen Stimme eine Mischung aus sinnlicher Verstimmung und Irritation mit einer gehörigen Portion Verlangen war. Ich ließ den Blick über seinen unglaublich gut geformten Körper schweifen. Er trug Jeans, die sich perfekt um seine Schenkel und seinen gut bestückten Schritt schmiegten, einen schweren schwarzen Ledergürtel um die schmale Taille und ein schwarzes Hemd über der Wölbung seines Brustkorbs. Ich sah einen gut gepflegten Bartschatten, einen vollen rosa Mund mit zwei kleinen Spitzen an der Oberlippe und eine leicht schiefe römische Nase.

Er hatte die Brauen irritiert zusammengezogen und seine steifen Schultern zeigten Ungeduld, doch seine Augen faszinierten mich am meisten. Kleine Seen in einem tiefen Blau, blauer als der Saphirring, den ich immer trug, gaben mir fast den Rest. Sie erzählten eine Geschichte, die ich sofort entdecken wollte.

Mein Brustkorb zog sich zusammen. Gott, dieser Mann war sexy. Absolut außerhalb meiner Liga. Ich sah kurz zu Dylan, der mir zunickte. Wollte er, dass ich mit diesem Mann sprach? Ich brachte kein Wort heraus.

Ich sah wieder zu Jensen.

Sein Blick wurde grimmiger. „Willst du mir nicht Hallo sagen?" Er hob eine Braue.

Master Dylan hüstelte.

Ich durchbrach den Zauber, der mich anscheinend gefangen hielt, und wandte den Blick von Jensen ab, als ich meinen Fehler erkannte. „Sorry, Sir“, sagte ich schnell. Erstaunlich, wie unzureichend dieses Wort war. „Entschuldigung, ich bin Haley.“

Ich reichte ihm die Hand und seine Finger griffen fest zu. Feuerfunken rieselten durch mich hindurch bei diesem kleinen Kontakt. Ich zuckte zusammen, erschrak über meine eigene Reaktion, doch sein Griff wurde noch fester.

Er zog an meiner Hand, bis ich mich erheben musste und direkt vor ihm stand.

„Ich bin kein Master. Du darfst mir in die Augen schauen, wenn wir miteinander reden, es sei denn, ich stimme zu, dich zu trainieren, und wir befinden uns in einer Szene. Hast du das verstanden?“

Ich starrte weiter auf seine Hand um meine. Spielend leicht hatte er mich in die stehende Position gezogen. Die Luft um uns knisterte vor Anspannung. Es kam mir so vor, als ob uns tausend Augen beobachteten, doch ich konnte niemanden ansehen. Auch konnte ich nicht den Blick heben und ihn ansehen, obwohl er das gerade eben verlangt hatte. Mein Atem beschleunigte sich und veranstaltete ein Wettrennen mit meinem klopfenden Herzen.

„Haley“, sagte Jensen warnend. „Sieh mich an.“

Es war ein Befehl. Und ich wollte gehorchen. Er wusste, dass es neu für mich war, und wenn Master Dylan dachte, dass dieser Mann perfekt für mich war, dann hatte er ihm erzählt, was ich wusste und dass ich willig war. Es fiel mir schwer, doch ich gehorchte. „Schön, dich kennenzulernen, Sir." Ich war wie ausgedörrt und wollte verzweifelt gern nach meinem Champagnerglas greifen, doch ich konnte den Blick nicht von dem Mann vor mir nehmen. Oder ihm meine Hand entziehen.

Eine ähnliche Emotion flackerte in Jensens Augen und er betrachtete mich von oben bis unten.

Zwar hielt ich mich selbst nicht für besonders schön, doch ich hatte auch kein Problem mit dem Selbstvertrauen. Abgesehen von den paar Jahren, in denen ich jämmerlich versucht hatte, meine Ehe zu retten, die nie hätte stattfinden sollen, was meinem Selbstbewusstsein einen Dämpfer gab, hatte ich Eltern, die mich mit ihrer Liebe überschütteten. Und es gab immer genügend Männer um mich herum, die mir bewiesen, dass ich körperlich durchaus attraktiv war.

Jensen schien nach etwas über das Körperliche hinaus zu suchen, das unter dem kurzen schwarzen Kleid lag. Nach den vom jahrelangen Yoga und Joggen wohlgeformten Schenkeln und Waden.

Ich hätte ewig einfach nur so dastehen können und mich von ihm betrachten lassen. Jeder Teil meines Körpers, über den sein Blick schweifte, erwachte. Es kribbelte in meiner Brust. Zwischen meinen Schenkeln begann ein Pulsieren. Nässe wurde von meinem Höschen aufgesaugt. Unter dem knappen Spitzen-BH und dem Satin des

Kleides wurden meine Nippel hart.

„Ich würde dich gern herumführen", sagte Jensen und sein Griff um meine Hand wurde kurz lockerer.

Ich nickte, doch er blieb stehen und hob langsam eine Braue. Dann räusperte ich mich und antwortete. „Okay, ja, das wäre nett."

Seine Lippen, die er zusammengepresst hatte, zuckten im Mundwinkel. „Ja, was?"

Oh. Verdammt. „Sir. Ja, Sir. Ich hätte gern eine Führung, Sir."

Sein Mundwinkel zuckte erneut. „Es reicht, es ein Mal zu sagen, meine Schöne."

Mein Magen machte einen Salto. *Meine Schöne.*

Oh Gott. Aber das war nichts Besonderes. Dennoch war es wichtig. Auf seine Weise hatte er mich die Seine genannt.

Meine Knie gaben nach. Nicht vor Verlangen, vor ihm auf die Knie zu fallen und ihm zu dienen, sondern wegen der Empfindungen, die meinen Körper in Flammen setzten.

Er fing mich auf, bevor ich fallen konnte. „Alles okay?" Er sah zum Tisch, und mir fiel ein, dass Master Dylan ja immer noch da war. „Wie viel hat sie getrunken?"

Ich sah Master Dylan über die Schulter hinweg an.

Er grinste. „Das ist immer noch ihr erstes Glas, das weißt du doch."

„Stimmt."

Seine Hand an meiner Hüfte fühlte sich wie ein

Brandeisen an. Heiß, schmerzhaft. Ich war jetzt schon ein Wrack und hatte ihn gerade erst kennengelernt. Hatte noch keins der Zimmer gesehen, hätte jedoch bei der kleinsten Berührung einen Orgasmus haben können. Oder auch ohne jegliche Berührung. Alle Teile in mir, die immer getrennt voneinander gewesen waren, in verschiedene Richtungen gezerrt oder zerbrochen worden waren, begannen, sich wieder zusammenzusetzen.

Ich hatte recht gehabt. Ich wollte das hier und brauchte es, und es hatte nur wenig mit dem mysteriösen und mächtigen Mann vor mir zu tun.

„Ich hätte wirklich sehr gern die Tour, Sir", sagte ich leise und holte so seinen Blick von Master Dylan zu mir zurück.

„Okay, dann los."

Jensen

Von Dylans Büro aus, aus der Ferne und in dem gedämpften Licht, hatte Haley hinreißend ausgesehen. Und als sie mich das erste Mal ansah, hatte es mir den Atem verschlagen. Sie war auf unaufdringliche Weise wunderschön. Ihre grünen Augen mit den goldenen Einsprengseln wurden von dichten Wimpern umgeben.

Diese Augen berührten mich, und als sie mich zögerlich anlächelte, ihre Lippen sich vor offensichtlicher Anziehung zu mir leicht öffneten, vergaß ich kurz alle Bedenken. Vergaß, warum ich die Finger von ihr lassen sollte. Ich wollte sie vor mir auf den Knien sehen, meinen Befehlen unterworfen, und zwar nicht in einem Spielzimmer, wo ich sie nicht frei erkunden konnte, sondern in meinem Schlafzimmer, wo ich all die versauten Dinge tun konnte, nach denen ich mich so verzweifelt sehnte.

Ihr Duft war leicht und unaufdringlich, genau wie alles an ihr, dennoch verlockend. Ihre Porzellanhaut wirkte, als hätte sie noch nie einen Tag in der Sonne verbracht. Das hatte Dylan mit *rein* gemeint. Sie wirkte so. Ich konnte nicht anders, als mich zu fragen, wie sie wohl mit meinen Markierungen aussehen würde, die ihre Haut vorübergehend entstellen würden, und wie es wäre, zu wissen, dass sie mich unter ihrer sexy Kleidung immer mit sich herumtrug.

Oh Mann. Ich verfiel schnell. Nicht ihr, sondern der Kontrolle, die ich einst gehabt hatte.

Mit jeder Faser dieser Kontrolle führte ich sie durch die offenen Spielräume und begriff irgendwann, wenn ich sie trainieren wollte, sollte ich wahrscheinlich auch mit ihr sprechen.

Mit der Hand auf ihrem unteren Rücken führte ich sie die Treppe hinauf. Dylan hatte mir versichert, dass die Szenen, die wir heute beobachten konnten, gewisse Dinge beinhalteten, auf die Haley stand. Ich wusste nicht, was das war, denn ich hatte nicht zugehört, als mir dieser hinterlistige, manipulative Mistkerl alles erzählt hatte.

Und jetzt konnte ich es nicht erwarten, es zu erfahren. Mein Schwanz war so hart, dass er gleich den Reißverschluss sprengen würde.

„Du hast mit Master Dylan über deine Grenzen gesprochen?“, fragte ich und benutzte absichtlich Dylans Dom-Anrede. Ich selbst als Dom musste das im öffentlichen Bereich nicht tun, tat es aber stets aus Höflichkeit. Er war ein guter Freund, auch wenn ich ihm immer noch gern eine reinhauen würde.

Sie hüstelte und senkte den Blick auf ihre Schuhe. Diese waren verdammt sexy, genau wie alles an ihr. Sie kleidete sich, als wäre sie schon im Club gewesen und würde dazugehören. Das schimmernde schwarze Kleid schmiegte sich perfekt um ihre vollen Brüste und ihre Hüften. Die Stilettos hatten nur zwei silberne Riemchen über den Zehen und um die Knöchel. Sie betonten ihre Beine sowie den roten Nagellack. Wenn sie versucht hatte, einen submissiven Look zu erreichen, war es ihr misslungen. Sie sah mehr wie eine Verführerin aus, und ich war in Versuchung.

„Äh, ja, Sir. Wir haben darüber gesprochen, was ich suche, was ich möchte und was mich an dem Lebensstil interessiert.“

„Du hattest noch keinen Dom.“ Das war keine Frage, denn ich wusste es bereits. Aus irgendeinem Grund wollte ich wissen, warum. Mir gefiel die Vorstellung, ihr Erster zu sein. Ich hatte schon vor Courtney andere trainiert, und es war immer etwas Besonderes, wenn man als erster Dom eine

Frau markierte, ihr die richtigen Positionen zeigte. Wenn sie sich einem ergaben, und wenn man wusste, dass man der Erste war, dem sie es erlaubten … Fuck, allein bei dem Gedanken daran wurde ich noch härter.

Sie schüttelte den Kopf, und als wir an der Treppe angekommen waren, nahm sie die Unterlippe zwischen die Zähne.

„Und warum nicht?"

Sie erlöste ihre Lippe und hielt den Blick gesenkt. Wenn wir uns besser gekannt hätten, hätte ich darauf bestanden, dass sie mich nicht direkt ansah, doch jetzt war es anders. Ich trat neben die Treppe, um niemandem im Weg zu stehen, und als sie mir folgte, berührte ich ihr Kinn und hob ihr Gesicht an.

„Eine Sub sieht mir nicht in die Augen, außer ich bitte sie darum, aber das gilt nur während einer Szene. Wenn wir miteinander reden, uns kennenlernen, muss ich dich lesen können und du mich. Verstanden?"

„Ja."

Ich hob warnend eine Braue und sie korrigierte sich sofort.

„Ja, Sir. Ich verstehe."

„Braves Mädchen", wisperte ich. „Also, warum hattest du noch nie einen Dom? Warum interessierst du dich erst jetzt dafür?"

Ihre Brust hob und senkte sich schneller und sie biss sich wieder auf die Lippe. Ich bewegte leicht den Daumen und holte ihre Lippe zwischen ihren

Zähnen hervor. „Es wird nie einen Grund geben, Angst vor mir zu haben oder vor all dem. Und wenn du wirklich trainiert werden willst, müssen wir miteinander kommunizieren, und wir werden Dinge besprechen, von denen du nie gedacht hättest, je darüber zu reden. Ich werde dich also nicht noch einmal fragen. Wenn du mir bei dieser Frage nicht vertrauen kannst, der einfachsten von allen, macht es keinen Sinn, weiterzumachen."

„Okay, Sir. Es ist nur sehr persönlich. Ich bin geschieden und war schon immer daran interessiert, aber mein Ex nicht." Sie sah zur Seite, zog die Nase kraus und sah mich wieder an.

„Hat er dich missbraucht?" Ich mochte diese Frage nicht, doch diese Art Fragen waren wichtig, um den Hintergrund der Sub zu erfahren. Traumatische Erinnerungen zu wecken, war das Letzte, was ein Dom wollte.

Ihr entkam ein leises, prickelndes Lachen. Heilige Scheiße, lachend war sie noch schöner, es haute mich fast um. Es traf mich mitten in die Brust.

„Nein, Sir." Humor tanzte in ihren Augen. „Das hätte Anstrengung bedeutet. Mein Ex arbeitete schwer daran, so wenig Energie wie möglich in alles zu stecken."

Ich hätte gedacht, ein Mann, der eine Schönheit wie diese verlor, konnte nur ein Arschloch sein, das sie schlecht behandelt hatte. Aber faul sein war wahrscheinlich genauso schlimm. In mir zog sich dennoch alles zusammen bei dem Gedanken, dass sie verheiratet gewesen war. Noch dazu lange. Jemand hatte sie bereits in Besitz genommen, auch wenn er sie achtlos weggeworfen hatte. Ein tiefes Knurren wollte in mir hochkommen, doch ich zwang es wieder nach unten. Es hatte keinen Sinn, auf Haley Besitzansprüche anzumelden. Ich würde sie nur trainieren, sie lehren und wieder gehen lassen. Das war der Plan.

Ich seufzte. „Okay. Also, es gibt drei Räume, in die wir gleich gehen. Wir schauen überall ein paar Minuten zu. Dann gehen wir in ein Einzelzimmer und sprechen über das, was du gesehen hast. Wenn du dich entschieden hast, von mir trainiert zu werden, reden wir das nächste Mal über deine Grenzen.“

Ihre Augen weiteten sich, die Pupillen wurden größer, bis das Grün fast unsichtbar war. Verdammt, allein darüber zu reden, machte sie schon an. Ich hatte den Verdacht, wenn ich sie jetzt bitten würde, das Kleid zu heben, sodass ich über ihre Mitte streicheln konnte, wäre sie total nass. Ich konnte ihre Erregung riechen. Köstlich. Noch verführerischer als ihr Körper.

Ohne Vorwarnung nahm ich ihre Hand und zog sie durch den Flur in den ersten Raum. Es wurde Zeit, dass sie erkannte, worauf sie sich eingelassen hatte, und es kam auf ihre Reaktion an, an der ich ablesen musste, ob sie überhaupt mit mir umgehen könnte.

Kapitel 4

Haley

Noch nie war ich so erregt gewesen. Die sinnliche Atmosphäre im gesamten Club hatte mich derartig unter Spannung gesetzt, dass ich jederzeit einen Kurzschluss bekommen konnte, seit mich Master Dylan zum ersten Mal berührt hatte.

Von Jensen angefasst zu werden, war eine ganz andere Geschichte. Während Master Dylan respektvoll und freundlich war, jagten Jensens Berührungen Wellen der Anziehung und Lust direkt in meine Mitte. Mein Höschen war nass und mir lief der Schweiß den Rücken hinunter. Jeder Schritt machte mich noch unruhiger und erhöhte das Gefühl von Schmetterlingen im Bauch. Jensens Hand auf meinem unteren Rücken wirkte wie eine Erdung mitten in diesem Wahnsinn.

Im ersten Raum, in den wir eintraten, hörte ich leise, basslastige Musik, ähnlich wie der Rhythmus von Bongo-Trommeln, doch keine erkennbare Melodie. Zumindest keine mir bekannte. Sofort wurde meine Aufmerksamkeit auf das Zischen einer Peitsche gelenkt. Mit einem starken Verlangen zog sich etwas in mir zusammen, als das Leder auf Haut traf.

Ja!

Ich blickte in die Mitte des Raumes, wo die Geräusche herkamen, und blieb wie angewurzelt auf dem Teppichboden stehen. Eine Frau war an ein Andreaskreuz gebunden. An Handgelenken und Fußknöcheln daran gefesselt. Bei meinen Online-Recherchen hatte ich diese Kreuze bereits gesehen, war allerdings davon ausgegangen, dass die Person mit dem Gesicht zum Kreuz daran befestigt wurde, mit dem nackten Rücken zum Zuschauer. Doch sie stand mit dem Gesicht zu uns daran und hatte rote Striemen auf den Brüsten und dem Bauch. Anscheinend kamen Jensen und ich etwas zu spät dazu, und ich dachte darüber nach, was wir wohl alles verpasst hatten.

Als mir Jensen unvermittelt ins Ohr flüsterte, zuckte ich überrascht zusammen. „Das ist Miranda. Sie liebt es, ausgepeitscht zu werden, falls das nicht offensichtlich sein sollte."

Es war offensichtlich. Meine Atmung wurde flacher, während ich die roten Striemen auf Bauch und Brüsten betrachtete. Und guter Gott, sie hatte auch Striemen auf ihren Schenkeln und um ihre glatt rasierte Pussy herum.

Der Mann, der vor Miranda stand, holte aus. Er hatte einen Flogger in der Hand, mit dem er zwei kurze Schläge landete, einen auf jeder ihrer Brüste.

Ich ballte meine Fäuste, als mir ganz heiß wurde und meine Pussy sich zusammenzog. Ob aus Angst, Aufregung oder Erregung, konnte ich nicht genau sagen. Die Nässe in meinem Höschen nahm zu, als die Frau auf den Schmerz reagierte und sich dem Mann entgegen bog, als ob sie mehr davon wollte. In ihrem Blick glänzte genussvolles Einverständnis, als weitere Hiebe auf ihren Brüsten landeten. Der Mann schwang seine Hand erneut ruckartig und ließ den Flogger über ihre entblößte Pussy zischen.

Meine Klit kribbelte, als wäre ich es, die an dem Kreuz hing.

„Das gefällt dir", sagte Jensen hinter mir. Er hatte seine Hand an meine Hüfte gelegt und ließ sie dann auf meinen Bauch gleiten. Ich hatte seine Berührung gar nicht bemerkt, bis er seine Finger in meinen Bauch bohrte. „Er benutzt einen Leder-Flogger mit Blüten an den Enden. Sie graben sich leicht in die Haut ein und brennen etwas heftiger als ein einfacher Flogger."

Ich atmete schneller.

Der Mann legte den Flogger beiseite und kehrte mit Nippelklemmen zurück.

Meine Brustspitzen wurden hart.

Er drehte die Klemme, bis sie seiner Meinung nach korrekt saß, oder doch etwas fest war, weil Miranda sichtlich durch den Schmerz atmete. Sie biss die Zähne zusammen. Nachdem er dasselbe an der anderen Brust wiederholt hatte, verwandelte sich ihr Ausdruck des Lustschmerzes in Euphorie.

Beim Masturbieren zwickte ich oft meine Nippel, bis es wehtat, doch so etwas wie die Frau vor mir hatte ich noch nie erlebt.

Jensens Stimme ertönte wieder neben meinem Ohr. „Du hast meine Frage nicht beantwortet, Haley."

Er hatte eine Frage gestellt? Also, streng genommen war es keine Frage gewesen. „Ja, Sir. Es gefällt mir."

„Das Zuschauen oder das Geschehen?"

Ich überlegte, wie es wäre, nackt für alle sichtbar an diesem Kreuz zu stehen, und ob es mir gefallen würde, von fremden Augen beobachtet zu werden. „Ich glaube, es ist mehr das Geschehen, Sir, die Klammern und das Flogging." Die Nässe kroch jetzt meine Schenkel hinab. Guter Gott, sprach ich tatsächlich mit jemandem über das Peitschen? Nippelklemmen? Es war so verboten und doch auch natürlich. Niemand in diesem Raum achtete auf uns. Keiner interessierte sich dafür, was ich tat. „Ob ich mich beim Beobachtetwerden genug entspannen könnte, weiß ich nicht, Sir."

Ich wandte ihm den Kopf zu. Er hatte davon gesprochen, dass wir uns gegenseitig, ohne zu sprechen, lesen können mussten, und ich wollte seine Augen sehen. Unten waren sie dunkelblau gewesen. In dem gedämpften Licht wirkten sie endlos wie das Meer und man konnte die Pupillen kaum ausmachen.

„Das könntest du. Mit der Zeit und etwas Übung wirst du es lieben, beobachtet zu werden."

Das klang, als ob er mich kennen würde, und das gefiel mir so gut, dass ich ihn nicht fragte, woher er das so genau wissen wollte.

„Was gefällt dir daran so gut?", fragte er.

Ich runzelte die Stirn. „Sir, ich dachte, wir reden hinterher darüber."

„Ich ändere die Regeln, weil ich es wissen will, während du es erlebst. Dreh dich um, sieh zu und sag mir, was genau dir an dieser Szene besonders den Puls erhöht."

Ich drehte mich zu Miranda und dem Kreuz um. Jensen presste sich an meinen Rücken und brachte meine Sinne durcheinander, während ich versuchte, mich auf die Szene zu konzentrieren. Seine Erektion drückte gegen mich, sodass ich überrascht aufschreckte. „Oh!"

„Sprich", befahl er.

„Die Klammern", antwortete ich eilig. „Ich wollte schon immer den Zugschmerz spüren, das Stechen. Das will ich, und den Flogger. Ich denke ständig daran. Wie sich die beiden bewegen, ist wunderschön, wie ein Tanz zu einer schönen Melodie."

„Miranda und Shawn sind schon seit zehn Jahren miteinander verheiratet. Er weiß genau, was sie will. Sie hatten genug Zeit, ihre eigene wortlose Sprache zu entwickeln."

„Ich liebe es", gab ich zu.

„Weißt du, was er als Nächstes tun wird?"

Ich schüttelte den Kopf, unfähig, zu sprechen oder zu raten. Die Kette zwischen den Klemmen schwang mit jedem Treffer des Floggers, der ihre Haut traf. Sie wirkte wie gefangen zwischen Schmerz und Ekstase, und immer, wenn das Leder ihre Klit traf, erhöhte sich die Ekstase.

„Er wird sie weiterpeitschen, bis sie ihn bittet, aufzuhören. Dann wird er sie abschnallen, sie zu dem Tisch hinter ihm bringen, sie erneut festbinden und die Nippelklemmen entfernen. Weißt du, was passiert, wenn er das tut?"

„Nein." Aber verflucht noch mal, ich hätte es gern gewusst. Nicht nur in Worten, sondern hätte gern selbst erlebt, an dem Kreuz zu sein.

„Sie wird explodieren. Sie wird einen Orgasmus bekommen, ohne auch nur angefasst zu werden, sobald die Durchblutung wieder einsetzt. Er muss sie nicht einmal ansehen oder berühren, er braucht es nur zu befehlen und es wird passieren."

„Oh Gott." Mir wurden erneut die Knie weich. Ich konnte es nicht verbergen. Das beförderte mich direkt bis kurz vor den Orgasmus, dabei war ich gar nicht diejenige, die gefesselt, geklammert und gepeitscht wurde.

„Möchtest du dabei zusehen?"

„Nein", log ich atemlos und heiser. Doch ich wollte zusehen. Verlegenheit hinderte mich daran, Ja zu sagen. Wenn sie kommen würde, würde ich es vielleicht ebenso tun, und ich war noch nicht dazu bereit, dass ein Raum voller Leute es mitbekam.

Ich brauchte Wasser. Und Befriedigung.

Und ein Vibrator wäre mir auf keinen Fall genug für die Erlösung, nach der ich mich heute so verzweifelt sehnte.

„Nun gut", sagte Jensen.

Seine Stimme klang stahlhart, als er das sagte, als hätte ich etwas falsch gemacht. Mit der Hand an meiner Hüfte wirbelte er mich herum und führte mich zur Tür. Draußen blendete mich das grellere Licht zunächst, und ich blinzelte, während ich seinen großen und schnellen Schritten zum nächsten Raum folgte.

Himmel, wenn ich jetzt schon kurz vorm Kommen war, was erwartete mich wohl jetzt noch?

Er öffnete die Tür und trat zur Seite, um mich hineinzulassen. Ich ging an ihm vorbei, und als sich die Tür hinter mir schloss, knipste er das Licht an. Das hier war kein öffentlicher Raum, sondern ein privater.

Und wir waren allein.

Ich weitete die Augen und wirbelte herum. „Was machen wir hier?"

Jensen

Scheiß auf den Voyeurismus.

Sie war so erregt, dass der Geruch sie durchdrang. Wenn ich sie in noch einen Raum führen würde, würde ich die Beherrschung verlieren. Wir mussten reden und das nächste Treffen besprechen. Und ich musste nach Hause und mit meiner rechten Hand allein sein, bevor ich die Dinge heute Abend zu weit treiben würde.

„Ich glaube, nach dieser Vorstellung habe ich einen guten Eindruck gewonnen, was dich anmacht", sagte ich selbstgefällig grinsend.

Ihre Wangen waren rosa, und auch wenn ich ihr etwas Zeit gab, sich zu beruhigen, hob und senkte sich ihre Brust immer noch mit ihrem schnellen Atem. Wenn ich jetzt mit der Fingerspitze ihre Klit berühren würde, würde sie sofort in tausend Stücke zerspringen.

„Deine Tabus", sagte ich. Meine Stimme war voller Verlangen. Ich steckte die Hände in meine Hosentaschen, um Haley nicht anzufassen. „Welche sind das?"

Ihr Blick wurde wild und ihre Lippen öffneten sich leicht. Mein Schwanz zuckte und drückte sich gegen den Reißverschluss. Oh Mann, ich musste unbedingt nach Hause. Schnell. Vielleicht musste ich sogar vorher noch auf die Toilette gehen und es mir wie ein verdammter Teenager selbst besorgen.

„Äh …"

„Sir", warf ich ein. Mir war nicht entgangen, dass sie mich in dem Raum nicht mehr so genannt hatte. Würde sie bereits mir gehören, hätte sie dafür ein paar harte Klapse mit der Hand von mir bekommen. Ich biss die Zähne zusammen. Verdammt. Wie konnte ich diesen Teil von mir zwei Jahre unterdrücken und jetzt drohte er, explosionsartig meine Selbstkontrolle zu zerstören? Ich atmete tief durch, um meine Nerven zu beruhigen. Oder ich würde aus der Haut fahren.

„Sorry, Sir." Sie kniff die Augen zusammen und

atmete ebenfalls durch. Als sie die Beherrschung wiedererlangt und die meisten ihrer Sinne beisammen hatte, fuhr sie fort. „Kein Fisting, Urin oder Kot, Strom, Tierspiele, öffentliche Bloßstellung oder mehrere Partner. Und ich bin kein Fan von Seilen."

Ich verzog das Gesicht. Das war neu. Über die Jahre waren eine Menge Subs verrückt nach erotischer Fesselkunst gewesen. Warum sie das wohl nicht mochte? Doch ich fragte nicht nach. Ich hatte Shibari sowieso nicht trainiert, also spielte es keine Rolle.

„Nicht mehrere Partner?", fragte ich stattdessen. „Du bist nicht neugierig auf einen Dreier?"

„Nein. Ich möchte mich unterwerfen, möchte im Schlafzimmer die Kontrolle abgeben und bin gewillt, dies auch außerhalb des Schlafzimmers zu tun; kommt auf die Umstände an. Aber ich weiß noch nicht, ob ich bereit dafür bin, rund um die Uhr Sklavin zu sein. Ich besitze ein Geschäft und kann nicht alles stehen und liegen lassen, nur weil jemand mich ständig braucht. Ich will eine Beziehung, nicht nur spielen, und es ist mir klar, dass das nicht unbedingt mit dir sein muss. Ich habe ewig darauf gewartet, und jetzt, wo ich die Möglichkeit habe, es auszuprobieren, will ich das auch."

Ihre Antwort erschütterte den Boden unter meinen Füßen. Sie überraschte mich immer wieder. Ihre Selbstsicherheit trotz der Nervosität verriet, dass sie genau wusste, was sie wollte.

Ich trat einen Schritt vor. Verdammt, sie begann, mir unter die Haut zu gehen. Sie war nicht nur schön, sondern offensichtlich auch intelligent. Von ihren aufgerichteten Schultern und den genauen Vorstellungen ihrer Wünsche bis zu den leuchtenden Augen, als sie sprach, all das erhöhte mein Interesse an ihr.

„Und du hast dich nie gefragt, wie es wohl wäre?", fragte ich mit tieferer Stimme direkt vor ihr. Sie hob das Kinn und sah mir in die Augen. „Wie sich zwei Schwänze in dir anfühlen würden? Einer im Hintern und einer in der Pussy und vielleicht sogar ein dritter im Mund? Hast du noch nie darüber nachgedacht, wie es wäre, von drei Männern gleichzeitig genommen zu werden, deren einziger Wunsch es ist, dich zu verwöhnen?"

Nicht, dass ich je einem anderen erlauben würde, sie zu berühren. Schon als Dylan seine Hand auf ihre gelegt hatte, wollte ich ihn in Stücke reißen.

Allerdings zu sehen, wie sich ihr Blick verschleierte und sich ihre Hände zu Fäusten ballten und sie kurz scharf die Luft einsog, verriet mir, dass ich sie viel weiter bringen konnte, als sie sich je vorgestellt hätte … und sie würde es genießen.

„Nein, Sir, daran habe ich noch nie gedacht."

„Wärst du daran interessiert? Wenn dein Dom dich darum bitten würde?"

Sie saugte die Unterlippe zwischen ihre Zähne und ließ sie wieder los, ehe ich es für sie tun konnte.

Ich grinste zustimmend. „Du musst nicht nervös

oder beschämt sein, hier sind nur wir beide, meine Schöne."

„Darüber muss ich erst nachdenken. Die Beschreibung klingt verlockend, und ich weiß, dass man hier Sex gegenüber sehr offen ist, aber mir ist Monogamie immer noch sehr wichtig."

Eine Frau mit Wertvorstellungen und Moral. Sie würde diese für einen Flogger oder eine Klit-Klammer oder vielleicht auch einen Knebel über Bord werfen, aber bei einem anderen Mann zog sie die Grenze. Interessant und ungewöhnlich.

Ich senkte das Kinn und trat zurück, ein verführerisches Lächeln im Gesicht. „Master Dylan hat mir erzählt, dass du schon eine Weile recherchierst. Kennst du die Willkommensposition? Die erste Stellung, in der eine Sub immer ihren Partner empfängt?"

„Auf den Knien."

„Mach es", befahl ich.

Sie zögerte, ihre Lippen öffneten sich und sie wendete den Blick ab.

„Das ist keine Bitte, Haley."

„Ich dachte, Dylan hätte gesagt, dass heute noch nicht angefasst wird."

„Aha, aber ich werde dich gar nicht anfassen." Ich ließ sie erleichtert ausatmen, bevor ich weitermachte. Das hier war nicht gegen die Regeln, aber auch nicht wirklich den Richtlinien folgend. Doch ich hatte lange genug gewartet. Ich wollte sehen, wie sie zerfloss. „Du wirst dich selbst anfassen und ich werde zusehen."

„Sir, äh … muss das sein?"

Ich neigte den Kopf zur Seite und spielte den Verärgerten. „Bist du nicht hier, um Unterwerfung zu lernen? Um mit einem Dom zu sprechen und trainiert zu werden?"

„Doch, Sir."

Sie hatte an das *Sir* gedacht. Ich war beinahe enttäuscht. Denn zu gern hätte ich ihr den Hintern gerötet und mir angesehen, welche Reaktionen das hervorrufen würde.

„Dann knie dich hin. Ich möchte deine Haltung prüfen."

Mit nur einem leichten Zögern ging sie auf die Knie.

Heilige Scheiße.

Durch die Hose griff ich mir in den Schritt, ganz egal, ob sie es sah. Meine dicke Wölbung war ohnehin deutlich zu sehen und ich brauchte es. Ich schluckte ein Stöhnen und konzentrierte mich auf die Frau vor mir.

Sie war genau wie Courtney und doch ganz anders. Dylan hatte nicht gelogen. Sie unterwarf sich spielend leicht, reagierte bereits auf mich und wollte es wirklich. Noch brauchte sie es nicht, doch eines Tages würde es so sein. Sie besaß Selbstsicherheit und kannte sich selbst und ihre Bedürfnisse sehr gut, ganz im Gegenteil zu Courtney, der das alles gefehlt hatte.

Hör auf, zu vergleichen!

„Sehr gut, meine Schöne", lobte ich sie und ging um sie herum. „Richte den Rücken auf, aber behalte den Kopf unten." Sie reagierte sofort, bis ihr Kreuz schön gerade war, und nahm die Schultern zurück. „Hacken zusammen, den Hintern draufsetzen und die Knie so weit es geht auseinander." Ohne zu zögern, gehorchte sie, lernbegierig. Das gefiel mir. Besser gesagt, ich liebte es. „Normalerweise faltest du die Hände auf dem Rücken zusammen, während wir spielen. Nicke, wenn du mich verstanden hast." Wieder reagierte sie sofort. „Aber heute machen wir etwas anderes. Ich möchte, dass du deinen Rock bis zur Taille hochziehst, okay?"

Normalerweise würde ich sie nicht darum bitten, ich trieb es bereits zu weit. Dylan würde mir dafür mit einem Rohrstock den Arsch versohlen.

Sie gehorchte. Gott sei Dank.

„Wenn du willst, dass ich dich trainiere …"

„Das will ich."

Ich ging vor ihr in die Hocke.

„Ich meine, das will ich, Sir."

Ihr Stottern war niedlich. „Wieso bist du dir so sicher?", fragte ich sie auf Augenhöhe, ohne sie zu berühren. Sie hob nicht den Blick zu mir, was gut war, denn das hatte ich ihr nicht befohlen.

„Weil ich Master Dylan vertraue, und er meinte, du wärst gut für mich. Er war nett, verbindlich und geduldig mit mir, und ich wüsste nicht, warum ich ihm nicht glauben sollte."

Nun ja, fuck. „Okay." Ich stand auf und legte die Hand erneut auf meinen Schritt. „Zieh das Höschen zur Seite und zeig mir deinen nassen Schlitz.

Er ist doch nass, nicht wahr? Ich kann es riechen, seit wir die Treppen hinaufgegangen sind."

Sie atmete hastig ein und dann folgte eine lange Pause.

„Vergiss nicht", sagte ich leiser, „Submission ist deine Wahl. Zwar mag ich das Sagen haben, aber hier geht es um die gleichgestellte Machtübertragung. Immer. Rot bedeutet Stopp und Gelb bedeutet, langsamer zu machen, bis wir unsere eigenen Safewords haben, okay?" Mit den Fingern an den Innenschenkeln nickte sie sofort. „Würdest du jetzt gern Gelb sagen?"

„Nein, Sir." Sie schob den schwarzen Tanga zur Seite und hielt ihn mit den Fingerspitzen der anderen Hand fest. Sie öffnete sich für mich und ihre rasierte, schöne, rosa Pussy glänzte vor Nässe. „Ich musste mich nur daran erinnern, dass ich diese Möglichkeit habe", sagte sie schließlich.

„Die besteht immer. Sieh mich an, Haley." Sie hob mir den Blick zu und ich zeigte meinen mitfühlendsten Ausdruck. Nie würde sie wissen, wie wichtig mir das war, doch ich hoffte, dass ich mit der Zeit schaffen konnte, ihr klarzumachen, wie ernst ich es meinte. „Alles, was wir tun werden, kommt nur auf dich an. Ich werde deine Grenzen erweitern, dich aus deiner Komfortzone holen, aber wenn du es nicht magst, versuchen wir es mit etwas anderem. Meine Aufgabe ist es, dich zu verwöhnen, dir Lust zu verschaffen … deine Befriedigung ist meine Belohnung. Verstanden?"

„Ja … Ja, Sir."

„Sehr gut." Mein Ausdruck zeigte wieder die steinerne Maske. „Gleite mit den Fingern durch deine Pussy. Nimm die Nässe auf und spiele mit deiner Klit. Ich will sehen, wie du es dir selbst machst, wie du es nachher allein zu Hause wieder tun wirst, denn auch wenn du das hier unbedingt willst, ist es doch nur die Spitze des Eisbergs deines Verlangens."

„Oh Gott", wisperte sie rau. „Woher weißt du das?"

„Sir", fügte ich für sie an. Ich beugte mich vor und wisperte: „Und wenn du das Wort wieder vergisst, wird das Erste, was wir beim nächsten Treffen tun, ein Spanking auf meiner Spanking-Bank sein. Und jetzt gehorche."

„Sorry, Sir", sagte sie und begann bereits, meinen Befehl auszuführen.

Und zwar genau in der besagten Reihenfolge. Mit den Fingern, deren roter Nagellack zu dem auf den Zehen passte, glitt sie durch ihre Pussy. Ich hörte das nasse Geräusch und konnte den Blick nicht abwenden. Die äußeren Bereiche ihrer Pussy pulsierten in dem Versuch, ihre Finger einzusaugen, und ihre Klit war deutlich angeschwollen. Haley bebte unter ihren eigenen Berührungen, bewegte die Finger von der Pussy zur Klit und streichelte diese vor und zurück.

Verdammt. Bald werden es meine Finger sein, werde ich es sein, der sie derartig zum Erzittern bringen wird.

„Hüften stillhalten", sagte ich, als sie sich ihren Fingern entgegen bog. Sie musste Beherrschung lernen, das war deutlich erkennbar. Sie kämpfte um den Orgasmus, anstatt ihn zu ihr kommen zu lassen. „Und sieh mich weiter an."

Sofort gehorchte sie und richtete den Blick, der mir alles sagte, unter schweren Lidern auf mich. Es gefiel ihr verfickt gut, es sich vor einem Fremden selbst zu besorgen.

„Bist du gleich so weit?", fragte ich und beugte mich wieder auf Augenhöhe mit ihr. Leicht hätte ich jetzt eine Hand in ihren Nacken legen und sie zu mir ziehen können, meine Zunge zwischen ihre geöffneten Lippen schieben, doch das tat ich nicht. „Wenn du gleich so weit bist, dann komm, Haley. Halte es nicht zurück. Ich will dich dabei hören."

„Scheiße, scheiße, scheiße", betete sie vor sich hin.

Ich hielt ihren Blick, während der Orgasmus sie schneller überrollte, als sie erwartet hatte. Ich sah es in ihren geweiteten Pupillen, an der Röte ihrer Wangen, die sich auf ihre Brust ausdehnte, und dann am Beben und Zucken ihres ganzen Körpers.

„Ich komme!", rief sie, warf den Kopf in den Nacken, kniff die Augen zu und schrie mehrmals auf, während der Orgasmus sie schüttelte. „Heilige Scheiße!"

Ich sah ihr zwischen die Beine und beobachtete, wie ihre Mitte pulsierte und sich zusammenzog, als sie überwältigt wurde.

Danach sank sie nach vorn und rang um Atem.

„Ich würde dich gern beruhigen und anfassen dürfen, ist das okay?"

Ich hatte ihr in kurzer Zeit recht viel zugemutet. Wahrscheinlich war sie von allem, was sie heute gesehen und getan hatte, überfordert. Daher nahm ich an, dass sie sich nach Körperkontakt sehnte.

Sie nickte, noch unfähig, zu sprechen, also setzte ich mich auf den Boden und zog sie in meine Arme. Ihre Beine lagen über meinem Schoß und meine Hände stützten ihren Rücken, eine davon oben an der Schulter. Haleys Gesicht ruhte an meinem Hals.

„Braves Mädchen", lobte ich sie und streichelte ihren Rücken in beruhigenden Kreisen. „Meine Schöne hat das perfekt gemacht."

Sie erzitterte noch einmal und lächelte. Ich presste die Lippen auf ihren Kopf.

Haley würde perfekt sein.

Und ich war total gefickt.

Kapitel 5

Haley

Ich zerknüllte den Zettel in der Hand und runzelte die Stirn. Dieser verdammte, narzisstische Verlierer von einem Ex-Ehemann wollte einfach nicht verschwinden. Dabei hatte ich erwartet, dass bei so wenig Mühe, die Timothy in unsere Ehe gesteckt hatte, er nicht annähernd so viel in die Zeit nach der Scheidung stecken würde.

Bei der Scheidung hatte ich ihm alles gegeben, was er haben wollte, selbst gegen den Rat meines Anwalts. Im Resort und Heim meiner Eltern hatte ich alles, was ich brauchte.

Doch seine neue Taktik, mich verklagen zu wollen, ging einfach zu weit.

Hinzu kam, dass ich die Klageschrift gleich am Montagmorgen bekam, als ich mich an den Schreibtisch setzte. Ich musste mich auf die Realität konzentrieren, was mir schwerfiel, da ich geistig immer noch im Fantasieland von Donnerstag im *Luminous* weilte.

Oh Mann. Wenn ich an die Dinge dachte, die ich gesehen und getan hatte, kribbelte es immer noch überall, und ich konnte nicht aufhören, an Jensen zu denken. Wie er mit mir gesprochen hatte und mich herumkommandierte, wobei er gleichzeitig darauf achtete, dass ich mich wohlfühlte, indem er mir alles erklärte und mir Fragen stellte.

Und er hatte recht gehabt. Als ich nach Hause

kam, musste ich sofort etwas gegen die sexuelle Frustration tun. Dabei stellte ich mir seine Stimme vor, seine Blicke, und wie er mir befahl, was ich tun sollte. Das hatte ich nicht nur einmal getan, sondern zweimal.

Freitag war ich leicht wund und steif aufgewacht und meine Gedanken rasten. Die ganze Zeit über hatte ich das Handy in der Tasche und half dem Personal, die Zimmer für die Wochenendbuchungen vorzubereiten. Es war das erste Mal, dass ich selbst der Boss war.

Gott sei Dank war das Wochenende gut gelaufen, doch das war sicherlich hauptsächlich Maria zu verdanken, der leitenden Haushälterin, die schon ein Leben lang mit meinen Eltern befreundet war.

Ich war viel zu sehr in Gedanken an Jensen versunken, der versprochen hatte, mich anzurufen, um das nächste Treffen zu vereinbaren und das Training zu besprechen, und zu abgelenkt davon, dass mein Handy schwieg.

Das ganze Wochenende über hatte ich den Donnerstag im Kopf durchgespielt, und mit jedem Tag, der verstrich, fühlte ich mich innerlich leerer. War ich nicht gut genug für ihn? Wollte er mein Training doch nicht übernehmen? Hatte ich nicht richtig zugehört und gehorcht?

All diese Fragen beschäftigten meine Gedanken und kamen zu der Klage von Timothy hinzu, als ich am Montag im Büro saß und die Klageschrift anstarrte, während ich versuchte, den Papierkram zu sortieren. Es war einfach alles zu viel.

Ich fühlte mich verloren. Auf eine Art verunsichert, mit der ich nach dem ersten Kink-Erlebnis, das eigentlich recht vanilla gewesen war, nicht gerechnet hatte. Doch es war alles neu für mich und ich hatte noch mehr Fragen. Da mein Handy seit vier Tagen schwieg, hätte ich am liebsten den Kopf auf den Schreibtisch gelegt und meinen zurückgehaltenen Gefühlen freien Lauf gelassen.

Ich zwang Jensen aus meinen Gedanken, was bisher nicht funktioniert hatte, aber man durfte ja noch hoffen, und suchte im Internet nach Anwälten in Grand Rapids, um einen neuen zu engagieren.

Ich hatte Timothy nie wirklich gehasst, als wir verheiratet waren, sondern war lediglich enttäuscht von ihm – und mir selbst, dass ich die Warnzeichen übersehen hatte, die er ganz klar ausgestrahlt hatte. Er war der Badboy gewesen und hatte mich in seine Märchen, sanfte Küsse und Zärtlichkeiten gelullt, an die ich alle verzweifelt glauben wollte.

Nein, ich hatte ihn nicht gehasst, nicht, bis ich diese Papiere bekommen hatte.

Jetzt widerte er mich an.

Stöhnend scrollte ich durch die Anwaltskanzleien. Mr. Townsends Kanzlei in Ann Arbor war eine der Größten, also brauchte ich eine vergleichbare. Ich brauchte jemanden, der in der Lage war, den anderen zu schlagen, auch wenn der ganze Fall im Grunde lächerlich war.

Während ich mich durch sämtliche Webseiten

und Kundenbewertungen las, fiel mir ein Name immer wieder auf. J. R. Rhodes. Er tauchte oft in Bezug auf gewonnene Fälle auf, und die Erwähnung der Größe seiner Kanzlei, der angestellten Anwälte sowie positive Bewertungen von verschiedenen Institutionen sprachen für sich.

Doch ich fand keine persönlichen Informationen über ihn oder ein Foto. Gemessen an seinen Erfolgen musste er alt genug sein, um mein Vater sein zu können.

Ich atmete zuversichtlich durch und wählte die Nummer seiner Kanzlei. Es sah so aus, als wäre er der Beste. Und das war genau, was ich brauchte.

„Was soll das heißen, er ist auf drei Monate ausgebucht?" Meine Stimme war zu hoch und panisch, und ich konnte einen Aufschrei nicht verhindern.

Ein schweres, genervtes Seufzen klang durch die Telefonleitung. „Ich glaube, ich habe mich klar genug ausgedrückt, Mrs. Portsmouth."

„Miss", korrigierte ich sie.

Das Erste, was ich nach der Scheidung getan hatte, war, meinen Mädchennamen wieder anzunehmen. Den Namen Miller loszuwerden, war fast so aufregend gewesen, wie Timothy im Rückspiegel zurückzulassen.

Der Ton der Assistentin wurde ruhiger. Doch sie sprach nicht mit mir. „Ja, Mr. Rhodes, Ihre Reservierung im *The Royal Mile* um sechs wurde bestätigt."

Schnell schrieb ich die Information auf einem Zettel mit.

Dann wandte sie sich wieder an mich. „Wenn das alles ist, ich habe Ihnen alles gesagt, was Sie wissen müssen. Mr. Rhodes hat schlicht keinen Termin für Sie frei."

„Danke fürs Nachsehen", murmelte ich und beendete das Gespräch.

Jetzt wusste ich wenigstens, wo ich ihn finden konnte. Nun musste ich nur noch herausfinden, wie ich es anstellen sollte, nicht aus dem schönsten Restaurant in Grand Rapids geworfen zu werden, ehe ich die Möglichkeit haben würde, mit ihm zu sprechen.

Auf keinen Fall konnte ich drei Monate auf einen Termin warten, und nachdem ich noch weiter nach Kanzleien gesucht hatte, gab es auf den ersten Blick keine andere mehr, der man trauen konnte.

Den Rest des Tages machte ich die Buchhaltung für das Resort, prüfte die Ausgaben und freute mich darüber, dass die Gewinne stiegen. Die Wirtschaftslage war in den letzten paar Jahren nicht gut gewesen, doch glücklicherweise war mein Dad ein ausgezeichneter Geschäftsmann und hatte rechtzeitig renoviert und modernisiert, bevor die Wirtschaft den Bach hinunterging. So konnten wir vierzehn Ferienhütten und ein Ferienwohnungshaus mit zwanzig Zimmern erhalten.

Es gab keine besonderen Annehmlichkeiten außer einem Spielplatz und einem kleinen

Schwimmbad für Gäste, die nicht im See schwimmen wollten. Jedoch verschaffte uns dies gegenüber der Konkurrenz einen Vorteil in der Vor- und Nachsaison, wenn der Lake Michigan zu kalt zum Schwimmen war. Daher öffneten wir früher als die anderen im Frühling und hatten im Herbst länger offen.

Ich würde nie zu einem Luxusleben gelangen und mich dennoch für immer wohlfühlen, und nachdem ich so viel verloren hatte, war dies alles, was ich wollte.

Ich machte Maria ein paar anweisende Notizen auf einem Zettel, nahm meine Handtasche und verließ das Büro. Es war noch eine Menge zu erledigen, bevor ich sozusagen ein Geschäftsessen sabotieren und einen schrecklichen ersten Eindruck bei jemandem hinterlassen würde, den ich dringend brauchte.

Doch ich war verzweifelt und bereit, alles zu tun. Jetzt brauchte ich noch ein Kleid, das elegant war, Entschlossenheit ausstrahlte und zugleich meine erbärmliche Verzweiflung tarnte.

Jensen

Ich saß an einem Tisch in meinem Lieblingsrestaurant *The Royal Mile*, lauschte Merediths belanglosem Geplapper aus der Gerüchteküche und versuchte, nicht die Lippen zu verziehen.

Unsere Familien waren befreundet, seit unsere Väter zusammen auf die Columbia Uni gegangen waren, und Meredith und ich waren zusammen aufgewachsen. Sie war drei Jahre jünger als ich und hatte früher für mich geschwärmt, doch ich hatte sie nie als etwas anderes betrachtet als eine nervtötende kleine Schwester und hatte sie auch nie anfassen wollen.

Meredith lebte für Galaveranstaltungen und Aufmerksamkeit, beruflich wie persönlich. Sie krallte sich an die gesellschaftliche Leiter in Michigan, als ob sie auf Seite sechs der New York Times Gesellschaftsseite erscheinen würde. Es war ein sinnloses Unterfangen und jeder Mann mit einem Gespür für Goldgräberinnen konnte sie kilometerweit kommen sehen.

Das war schon immer Merediths Problem gewesen. Sie benahm sich zu offensichtlich, zu aufdringlich. Sie wollte dominiert werden, während sie dabei die Kontrolle in ihren manikürten Händen behielt und nur losließ, wenn sie es für nötig hielt, anstatt sie frei zu geben.

Da ich Courtney durch Meredith kennengelernt hatte, kannte ich auch Merediths Neigungen. Sie waren meinen sehr ähnlich, außer dass ich meine Dominanz nicht aufzwang. Ich wollte freiwillige Submission. Vorzugsweise von einer schönen Brünetten mit grünen, großen Rehaugen, an die ich seit vier Tagen ununterbrochen denken musste.

„Hörst du mir überhaupt zu?", forderte Meredith und verengte die Augen wie eine Zicke. Oder wie ein Falke, der seine Beute umkreist und sich das wehrloseste Opfer aussucht.

Ich tupfte mir den Mundwinkel mit der Serviette ab und gab Interesse vor. „Natürlich, aber du hast mir immer noch nicht gesagt, warum du mit mir essen gehen wolltest." Mein Tonfall war angespannt und sie deutete ihn entsprechend.

Wie eine Submissive, die sie so unbedingt sein wollte, wurde ihr Blick weich und sie senkte das Kinn. Es war eine perfekte Pose. Schade, dass es nur Theater war. Allerdings hätte ich sie sowieso nicht angefasst. In letzter Zeit hatte sie den Bogen zu oft überspannt und unsere Freundschaft balancierte am Rand des Zusammenbruchs. Immerzu wollte sie etwas von mir. In den letzten zwei Monaten hatte sie klargestellt, dass sie mich wollte. Doch ich war noch nie auch nur in Versuchung geraten.

„Wir sind Freunde, Jensen, und haben uns ewig nicht mehr gesehen. Ich dachte einfach, dass ein schönes, gemütliches Dinner gut für uns wäre und wir uns … wieder neu verbinden könnten." In ihren Augen glänzte Aufrichtigkeit.

Nur schade, dass ihre Stimme vor Lüge nur so triefte. Mit Meredith Geduld zu haben, hatte mich schon immer froh gemacht, daran gearbeitet zu haben, mich in allen Bereichen beherrschen zu können. Sie brauchte eine starke Hand, doch es würde nicht meine sein, die diese Schläge austeilte.

„Ich habe eine stressige Woche, Meredith. Einen stressigen Monat. Du hast mich hergelockt, weil du so getan hast, als wäre es etwas Wichtiges, das nicht warten kann. Wenn du mich so manipulieren wolltest, war es reine Zeitverschwendung. Also, jetzt komm zur Sache oder ich rufe nach der Rechnung." Bisher waren nur die Salate serviert worden. Das war mir egal.

Plötzlich stellten sich mir die Nackenhärchen auf. Ich sah mich im Restaurant um, um herauszufinden, was dieses seltsame Gefühl verursachte. Am Eingang blieb mein Blick hängen.

Haley.

Sie stand am Pult der Platzanweiserin und die Elektrizität zwischen uns richtete mir die Härchen auf den Armen auf. Etwas an ihrem inneren Feuer, daran, wie genau sie wusste, was sie wollte, und ganz zu schweigen von dem Ausdruck der Ekstase, als sie gekommen war, machte Haley gefährlich.

Man sah ihr die Nervosität daran an, wie sie auf ihrer Unterlippe kaute und die Handtasche umklammerte, als wäre sie ein Rettungsring. Dennoch hielt sie das Kinn erhoben und den Rücken gerade, als sie auf einen freien Hocker an der Bar zusteuerte.

Was zur Hölle wollte sie hier?

Wut explodierte in meinen Adern. Hatte ich die Anzeichen übersehen, dass sie eine genauso manipulative Frau war wie diejenige mir gegenüber?

„Du weißt, was ich will", sagte Meredith im perfekt submissiven Ton. Doch es berührte mich nicht im Mindesten. „Ich will dich wie verrückt, Jensen. Du weißt das, und jetzt, wo ich glaube, dass genug Zeit vergangen ist, um über Courtney hinwegzukommen, dachte ich, dass du bereit bist, dich meiner anzunehmen.“

„Das ist dein Problem, Meredith.“ Ich sah sie grimmig an und erhob mich, warf die Serviette auf den Tisch. „Du riechst nach Verzweiflung, und so, wie du mich einforderst, als ob du wüsstest, was ich brauche, ist es genau der Grund, warum ich nicht dein Dom sein kann und warum die meisten anderen dich auch nicht wollen. Gib die Kontrolle auf, zu der du dich ständig selbst zwingst, dann wirst du auch jemanden finden.“ Ich stützte mich auf dem Tisch auf und beugte mich zu ihr. „Aber das werde niemals ich sein. Ich kenne dich schon zu lange und habe dich nie auf diese Weise gewollt, und selbst wenn ich dich wollen würde, wärst du immer noch mit Courtney befreundet, verdammt noch mal.“

So krass hatte ich noch nie mit ihr geredet. Das war ein gefährliches Vorgehen. Da ihre und meine Familie sich schon immer nahegestanden hatten, war es die Firma ihres Vaters, die mir die meisten meiner wichtigen Klienten auf den Schreibtisch brachte. Schon immer hatte er mich als Hauptanwalt für seine Firma haben wollen, und ich hatte stets abgelehnt. Ich wollte mir selbst einen Namen machen. Meredith zu verärgern, die eines Tages die Firma ihres Vaters übernehmen würde und bereits Vizepräsidentin war, war ein gefährlicher Schritt. Es könnte bedeuten, eine Menge Geschäfte verlieren, sollte sie es darauf anlegen. Was meine Zurückhaltung nur noch bestätigt hätte, hätte es je einen Zweifel gegeben. Ich mischte niemals Geschäft mit Privatvergnügen.

Als ich mich aufrichtete, ging mein Blick sofort zu Haley, und diesmal sah sie mich an. Sie hatte die vollen Lippen leicht geöffnet und war mit dem Champagnerglas vor ihrem Mund erstarrt. Sie war aufrichtig schockiert, ein Blick, den man nicht fälschen konnte, und mir entglitten sämtliche Gedanken an eine mögliche Manipulation. Sie hätte sowieso nicht wissen können, dass ich heute hier war.

Mit dem Blick auf ihr ging ich auf sie zu. Sie sah kurz zu Meredith am Tisch, presste die Lippen zusammen und wandte sich der Bar zu.

Bevor ich bei ihr ankam, sprach ich meinen Kellner an und sagte ihm, er solle die Rechnung auf mich schreiben, und erklärte ihm, dass Meredith und ich leider gehen mussten. Ich ignorierte seinen verblüfften Ausdruck und ging weiter, bis ich direkt hinter Haley stand. Ich umfasste ihren Ellbogen und zog sie sanft, aber bestimmt vom Hocker, bis sie auf wackeligen Beinen stand.

„Was machst du hier?", fragte ich zischend. „Spionierst du mir nach?" Mein Manipulationsverdacht wurmte mich offenbar doch noch. Sie hatte kaum Zeit, ihr Glas abzustellen, da führte ich sie bereits den Gang zu den Toiletten entlang. „Erkläre es mir“, forderte ich, ließ ihren Ellbogen los, doch drückte sie mit meiner nahen Präsenz flach an die Wand.

Ihr Gesicht wurde pink und sie presste sich selbst noch enger an die Wand. „Und was machst du hier?“

Sie sah mich mit denselben großen, grünen Augen an, zu denen ich jeden Tag wichste, und das mehr als einmal.

„Du bist nicht auf der Suche nach mir hier? Es hat dir so gut gefallen, dass du nicht darauf warten konntest, dass ich wie versprochen Kontakt zu dir aufnehme, dass du nach mir gesucht hast?“

Heftig schüttelte sie den Kopf und antwortete atemlos. „Nein. Natürlich nicht. Ich war zwar enttäuscht, nichts von dir zu hören, aber anscheinend hattest du Besseres zu tun.“ Nach dem Vorwurf presste sie die Lippen aufeinander. Feuer glomm in ihren Augen auf. Mich juckte es in den Fingern, sie für diesen eigensinnigen Blick zu bestrafen. „Und um deine Frage zu beantworten, ich suche Mr. Rhodes, nicht dich.“

Oh fuck!

Ich leckte mir über die Zähne und atmete scharf ein. Das war ja noch schlimmer. „Haley, ich bin Mr. Rhodes. Es sei denn, du suchst meinen Vater, aber der ist seit sechs Jahren tot.“

„Was?“ Sie schluckte sichtbar schwer und weitete die Augen. „Du bist … Nein, ich suche J. R. … oh!“

Diese Lippen formten ein perfektes O, als sie begriff. Ich schloss die Augen, um die Beherrschung nicht zu verlieren. *Niemals Geschäft und Vergnügen mischen!* Das hatte mir Dylan von Anfang an eingebläut. Die Grenzen zwischen Dom/Sub, Master/Sklave waren schwer genug umzusetzen. Wenn man da Geschäftliches mit hineinbrachte, konnte es schnell ungemütlich werden.

„Du bist Mr. J. R. Rhodes?" Ihre Unterlippe bebte. „Ich habe heute in deiner Kanzlei angerufen. Ich brauche dringend einen Anwalt, und deine Assistentin hat gesagt, dass du auf drei Monate ausgebucht bist, aber dann habe ich sie mit dir reden hören. Sie hat erwähnt, dass du heute Abend hier sein wirst, also habe ich die Chance genutzt. Ich wollte nicht … Ich habe auf deinen Anruf gewartet."

Auch wenn ich sauer auf sie war, war ihr Herumgestotter trotzdem süß. „Und jetzt hast du gerade zugegeben, mich für einen Termin auf andere Weise manipulieren zu wollen?"

Sie blinzelte mehrmals und Tränen schimmerten in ihren Augen.

Verdammt. Ich wollte sie nicht zum Weinen bringen.

„Ich hatte keine andere Wahl, Jensen."

Verdammte Scheiße. Wie sie meinen Namen aussprach, berührte mich irgendwie.

Mir schwirrte der Kopf von der plötzlichen Wende der Situation, doch ich hatte kein Bedürfnis, die Achterbahnfahrt zu stoppen. Haley war, genau wie letzte Woche, unvorhersehbar.

Ich fuhr mir mit der Hand durch die Haare, atmete seufzend aus und blähte kurz die Wangen auf. „Das ist eine verfickte Katastrophe. Ich mische meinen Beruf nicht mit meinem ... Lebensstil", sagte ich aus Mangel an einem treffenderen Wort.

Haleys Blick wurde wieder klar. „Dann ist es ja gut, dass ich dich nur als Anwalt brauche."

„Wie bitte?", fragte ich barsch. Diese Antwort stand im direkten Widerspruch zu dem, was sie bereits zugegeben hatte.

„Ich habe doch schon gesagt, dass mir Monogamie wichtig ist. Du bist mit einem Date hier, und wenn ich wählen muss, dann wähle ich den Anwalt. Master Dylan kann mir bei der anderen Sache helfen."

Einen Scheiß würde er tun. Ich sah rot und trat einen Schritt näher. „Wäre ich dein Dom, würde ich dir für diese Drohung den Hintern versohlen, und es wäre mir egal, ob hier jemand vorbeikäme und es sehen würde. Man droht keinem Mann wie mir, wie du es gerade getan hast."

Sie schnappte nach Luft und benetzte ihre Lippen.

Ich fuhr fort, ehe sie etwas sagen konnte. „Und wie reizvoll dieser Gedanke auch für dich sein mag, werde ich dir diesen Ungehorsam ausnahmsweise durchgehen lassen, weil wir noch kein Training hatten. Aber vergiss nie, wer ich bin, Haley. Ich habe hier heute einen geschäftlichen Termin, der gerade abrupt zu einem Ende kam, als du aufgetaucht bist. Ich muss noch ein paar Dinge klären, aber das ist alles, was ich dir dazu erklären werde. Jetzt will ich, dass du gehst, bevor ich dich auf die Knie zwinge, damit du meinen Schwanz lutschst, der deinen Mund nicht erwarten kann. Wir treffen uns in zehn Minuten in der *Raccoon Brewery* um die Ecke. Hast du mich verstanden?"

Sie presste die Lippen zusammen.

Ich wartete eine Sekunde … zwei …

„Ja."

Ich hob strafend eine Braue.

„Ja, Sir."

„Gut gemacht, meine Schöne", wisperte ich, ehe ich mich beherrschen konnte. Ich legte eine Hand auf ihre Wange und sprach freundlicher. „Dort können wir reden."

„Worüber?"

Ich verengte meine gierigen Augen. „Über alles."

Kapitel 6

Haley

Was war passiert?

Während ich in der *Raccoon Brewery* saß, in die Jensen mich geschickt hatte, und auf der Uhr hinter der Bar die Sekunden vorbeiticken sah, dachte ich an das Desaster, das gerade geschehen war.

Meine Gefühle waren total durcheinander. Erst war es mir furchtbar peinlich gewesen, als Jensen mich am Arm packte und abführte, und dann war ich leicht verängstigt gewesen, als er seine Wut über meine Anwesenheit ausstrahlte. Als ich begriff, dass er der Mann war, nach dem ich suchte, durchfuhr mich ein Schrecken.

Ich brauchte einen Anwalt.

Ich wollte einen Dom.

Nachdem aus acht Minuten zehn und dann fünfzehn geworden waren, dämmerte mir, dass ich eben vielleicht alles kaputtgemacht hatte. Wahrscheinlich hatte ich jetzt einen Anwalt sowie einen Dom weniger, und das alles auf einen Streich.

Ich stöhnte auf und schob das Glas Wasser von mir. Ich legte das Trinkgeld neben das Glas, drehte mich auf dem Stuhl um und wollte gehen. Er verspätete sich. Vielleicht wollte er mir die Peinlichkeit ersparen, die ich immer noch verspürte – zusammen mit den Schmetterlingen im Bauch wegen seiner Drohung, mich übers Knie legen zu wollen –, und mir die Möglichkeit geben, einfach zu verschwinden.

Ich würde einen anderen Club finden. Oder wieder auf *KinkLife* gehen und online einen Dom suchen.

„Willst du irgendwo hin?"

Ich drehte den Kopf zu der tiefen, knurrenden Stimme hinter mir. „Ich dachte, du kommst nicht mehr", gab ich zu und hasste den jämmerlichen Ton meiner Stimme.

Jensen legte eine Hand auf die Lehne des Barstuhls und drehte ihn, bis meine Knie seine berührten. „Sieh mich an, Haley."

Zögerlich hob ich den Blick, sah über seine schwarze Anzughose, die so perfekt auf seinen schlanken Hüften saß, von einem schwarzen Gürtel betont, und blieb daran hängen, wie sich sein hellblaues Oberhemd an seine Brust schmiegte.

„Ja, Sir?"

Seine Lippen zuckten leicht, bevor er sanft lächelte. „Wie wäre es, wenn wir uns heute einfach nur in eine Sitzecke begeben und reden? Einfach nur Jensen und Haley sind?"

Mich durchlief ein Schauer, ich bekam eine Gänsehaut auf den Armen und die feinen Härchen im Nacken richteten sich auf. Das war genau das, was ich brauchte. „Danke, das finde ich gut."

„Prima." Er streckte seine Hand aus. „Dann habe ich einen schönen Tisch für uns."

Er führte mich durch eine lange Reihe von abgeteilten Sitzbänken, in denen man recht privat war, bis zur letzten Reihe, wo er mir bedeutete, mich zu setzen.

Meine Entschuldigung blubberte bereits aus mir hervor, ehe er richtig Platz genommen hatte. „Es tut mir leid wegen heute Abend. Ich hätte nicht im Restaurant nach dir suchen sollen. Mir ist klar, dass das unprofessionell war, aber als deine Assistentin …"

„Haley." Er hob eine Hand. „Atme durch und beruhige dich. Ich bin dir nicht böse."

Bevor ich etwas antworten konnte, erschien eine junge Kellnerin und legte zwei Speisekarten auf den Tisch. Wir bestellten etwas zu trinken, und als sie gegangen war, fiel mir auf, dass Jensen ihr keinen einzigen Blick geschenkt hatte. Seine ganze Aufmerksamkeit lag bei mir. Die Schmetterlinge in meinem Bauch flatterten heftiger, wärmten und beruhigten mich.

„Hast du heute schon etwas gegessen?" Er deutete mit dem Kinn auf die Speisekarte.

„Nein, ich hatte noch keine Zeit, bevor …" Ich brach ab und lächelte ihn nervös an.

„Dann such dir etwas aus. Es ist schon spät und du musst Hunger haben."

Ich war viel zu aufgeregt, um im Magen Platz für Essen zu haben, doch sein Rat war mehr ein Befehl. Ich blätterte die Karte durch und entschied mich für einen einfachen Geflügelsalat. Das war genug, um ihn glücklich zu machen, und leicht genug für mich, um eventuell ein paar Bissen hinunterzubekommen.

Nachdem die Kellnerin unsere Getränke gebracht und ich mein Essen bestellt hatte, lehnte sich Jensen auf der Sitzbank zurück.

„So. Fangen wir damit an, dass du einen Anwalt brauchst."

Ich verzog den Mund bei der Erinnerung an Timothy. Jensen hatte mir Zeit zum Entspannen gegeben, was wohl sein Ziel gewesen war, doch allein der Gedanke an meinen Ex verursachte mir ein Ziehen im Magen.

„Ich habe dir ja erzählt, dass ich geschieden bin. Timothy ist mein Ex, und als ich ihn verließ, habe ich ihm gegeben, was er wollte, selbst gegen den Rat meines damaligen Anwalts. Er hatte empfohlen, halbe-halbe zu machen, doch als so weit war, wollte ich die Sache nur schnell beenden. Ich nahm nur meine Kleidung mit, mein Auto, das ich schon vor der Ehe besessen habe, und ein paar gerahmte Bilder. Ich dachte, damit müsste er zufrieden sein und mich in Ruhe lassen."

Jensen neigte den Kopf leicht zur Seite. „Und das ist er nicht?"

„Nein." Ich fuhr mit dem Finger durch die Feuchtigkeit an meinem Wasserglas, die sich gebildet hatte. „Heute Früh bekam ich Papiere, nach denen er nicht nur dieselbe Anwaltskanzlei angeheuert hat, die ich mit der Scheidung beauftragt hatte, sondern er verklagt mich auf die Hälfte des Grundstückswertes des Besitzes, den ich nach unserer Trennung gekauft habe."

Jensen zog seine dichten schwarzen Augenbrauen zusammen. „Er benutzt deinen alten Anwalt?“

„Dieselbe Kanzlei. Die arbeiten ähnlich wie du. Sie beschäftigen sieben Anwälte, alle mit ihrer eigenen Sparte, aber ja, er hat dieselbe Kanzlei beauftragt.“

„Das ist skrupellos.“

„Finde ich auch. Aber das ist denen egal.“

„Was hast du denn gekauft?“

„Das *Portsmouth Inn*.“ Ich grinste. Wie immer, wenn ich an das Familienresort dachte, das nun mir gehörte. „Das besitze ich jetzt.“

Er hob die Augenbrauen und öffnete leicht den Mund. „Das ist ein großes Resort.“

Ich lächelte breiter. „Du kennst es?“ Ich sollte nicht überrascht sein. *Portsmouth Inn* war eins der ältesten Resorts am Lake Michigan. Grand Rapids lag dreißig Minuten von Denton entfernt, war aber dennoch gut bekannt.

„Ich habe viele Sommer am Strand verbracht und bin die Sanddünen runtergerutscht“, sagte er. „Es ist schwer zu übersehen. Über die Jahre hat es sich sehr verändert.“

„Es ist seit Generationen in meiner Familie“, gab ich zu und Stolz schwang in meiner Stimme mit. „Mein Vater hat das meiste renovieren lassen. Als ich das erste Mal erwähnte, dass ich meinen Mann verlassen will, haben mich meine Eltern in ihre Pläne einbezogen, sich zur Ruhe zu setzen, und mir angeboten, mir dabei zu helfen, sie auszubezahlen. Rückblickend glaube ich, dass sie schon Jahre vorher in Rente gehen wollten, aber nur auf mich gewartet hatten."

„Das ist ein beeindruckendes Unterfangen für jemand Junges wie dich."

Ich runzelte die Stirn. Ich war siebenundzwanzig und nicht mehr wirklich jung und auch definitiv nicht unerfahren, was das Resort betraf. „Ich habe im Resort mitgearbeitet, seit ich eine Spülbürste halten konnte. Im Büro habe ich Buchhaltung und Wirtschaftslehre gelernt. Ich bin mehr als qualifiziert, das Resort zu leiten."

Jensen lachte leise. „Ich wollte nicht das Gegenteil behaupten, Haley. Ich habe nur ausdrücken wollen, dass es beeindruckend ist."

In seinen Augen schimmerte Aufrichtigkeit und ich schenkte ihm ein entschuldigendes Grinsen. Vielleicht reagierte ich zu empfindlich auf Kritik. Als ich in Ann Arbor meinen Job gekündigt und Timothy und meinen Kollegen von meinen Plänen erzählt hatte, hatten mich alle ausgelacht und behauptet, dass ich dieser Verantwortung nicht gewachsen sei.

Doch sie konnten mich alle mal.

Jensen trank einen Schluck Scotch.

Die Kellnerin brachte meinen Geflügelsalat, und nachdem ich ihr versichert hatte, dass ich sonst nichts mehr brauchte, ging sie wieder.

Jensen beugte sich vor und legte die Arme auf den Tisch. „Also, ich werde deinen Fall nicht übernehmen, aber ich habe Ron Bauer angerufen. Deshalb war ich etwas zu spät dran. Ich habe ihn informiert, dass du ihn morgen Früh anrufen wirst und dass er sich die Zeit nehmen soll, wann auch immer du zu ihm kommen kannst. Bring bitte alles mit, was du hast. Akten, Papiere, Kaufvertrag, alles, was hilfreich sein könnte."

Zum ersten Mal, seit ich den Briefumschlag geöffnet hatte, durchströmte mich Erleichterung, und ich senkte entspannt die Schultern. „Vielen Dank", hauchte ich.

„Also hast du neulich nicht übertrieben, als du gesagt hast, dass du im Stress bist. Ich kann mir vorstellen, dass deine tägliche Arbeitszeit vierundzwanzig Stunden beträgt."

Das stimmte fast. Ich aß einen Bissen von dem Salat, und mein Magen begrüßte ihn mit einem erfreuten Knurren. „Ich habe wunderbare Angestellte, die genau wissen, was zu tun ist. Als ich das Resort übernahm, behielt ich auch die Mitarbeiter, die meine Eltern eingestellt hatten und die teilweise schon seit Jahren da sind. Aber natürlich bin ich in den Touristenmonaten rund um die Uhr telefonisch zu erreichen. Momentan ist es ruhig, aber obwohl wir an den Wochenenden nicht komplett ausgebucht sind, läuft das Geschäft trotzdem nicht schlecht."

Ich stocherte in meinem Salat herum, während Jensen mir weiter Fragen über das Resort und mein Privatleben stellte. Ich erzählte ihm von dem Haus auf dem Anwesen, in dem ich wohnte, und meinen Lieblingserinnerungen an das Aufwachsen in einem solchen Umfeld. Meine Kindheit war normal gewesen, doch ich hielt sie immer für besser als viele andere. Den ganzen Sommer über hatte ich viele Freunde, auch wenn sie nach ihrem Urlaub wieder fort waren. Doch ich hatte die Möglichkeit, Menschen aus dem ganzen Staat und anderen Staaten kennenzulernen.

Während wir uns unterhielten, ließ mich Jensen nicht aus den Augen, und meine Schmetterlinge flatterten immer öfter. Er war so ganz anders als die Männer, die ich kannte. Intensiv und auf die Sache konzentriert.

Ich hoffte, es war mehr als das.

Ich hoffte, dass ich es war.

Als ich den letzten Bissen aß, überraschte mich Jensen.

„Und jetzt reden wir noch einmal genauer über deine Tabus."

Ich wäre beinahe an dem Salat erstickt.

Jensen

Verdammt. Sie war wirklich bezaubernd. Und das war ein Wort, von dem ich nie gedacht hätte, es für jemanden älter als zehn Jahre zu benutzen.

Haley hatte jedoch eine Ausstrahlung, die mich von Anfang an angezogen hatte, als wir miteinander sprachen. Und davor war es ihre Schönheit gewesen. Und auch jetzt, wo ich ihr gegenübersaß und ihr beim Reden zusah, konnte ich kaum den Blick von ihr nehmen. Ihre vollen rosa Lippen waren perfekt, die schmale Nase, die sich am Ende leicht nach oben erhob, und dann diese Augen. Sie waren groß und offen. Sie verbarg nichts hinter ihnen.

Die meisten Frauen in ihrem Alter schämten sich eher oder waren traurig darüber, jemandem zu erzählen, dass ihre Ehe gescheitert war. Nicht so Haley.

Nach dem, was ich bis jetzt alles erfahren konnte, wusste sie genau, was sie wollte, und war nicht der Typ Frau, der sich schnell auf irgendetwas festlegte. Zumindest nicht für lange.

Ich wartete, bis sie einen Schluck Wasser getrunken hatte, nachdem ich sie durcheinandergebracht hatte. Das machte mir Spaß. Ich sah gern, wie ihre Wangen rosa wurden und wie sie die Lippen verzog.

„Meine Tabus?", fragte sie nach.

Ich beugte mich erneut vor, stützte die Unterarme auf den Tisch und faltete die Hände. Mit leicht zur Seite geneigtem Kopf dachte ich an das, was sie mir im Club bereits erzählt hatte. Während ich sprach, kroch die Röte auf ihren Wangen bis zur Brust hinab. „Das ist dir peinlich. Sag mir, warum."

Ihr Blick huschte durch die Bar und sie senkte die Stimme. „Ich nehme an, weil ich üblicherweise nicht in der Öffentlichkeit darüber spreche beziehungsweise eigentlich überhaupt nicht."

Das ergab einen Sinn. Ich würde ihre Grenzen bald so weit ausgedehnt haben, dass sie mir jede

Frage beantworten würde, egal wo wir uns befanden oder wer um uns war.

„Ich bin normalerweise ein sehr beschäftigter Mann", sagte ich und kam zur Sache. Was sie wollte und was sie zu erwarten hatte. „Und da du natürlich nicht immer zur Verfügung stehen kannst, müssen wir Tage ausmachen, an denen du Zeit hast."

Ich hatte mich bereits entschieden, sie zu trainieren. Scheiß drauf, nicht mit einer Klientin anzubandeln. Darüber musste ich mir keine Sorgen mehr machen, denn Ron war sowieso für alle Grundstückssachen zuständig; er war einer der ersten Anwälte, die ich nach Vaters Tod eingestellt hatte. Ich war noch jung und etwas grün hinter den Ohren gewesen, doch Ron hatte bereits zwanzig Jahre Erfahrung in einer anderen Kanzlei gehabt. Er hatte mir mehr über das Geschäft beigebracht als irgendjemand sonst und ich vertraute ihm. Außerdem war er wie ein Ersatzvater für mich geworden und hatte Dad schon lange gekannt. Daher hatte ich mich auch verspätet. Er war sofort hellhörig geworden, weil ich wollte, dass er den Fall übernahm.

Sie rümpfte die Nase. „Das klingt so sachlich."

„Ich trainiere dich, ich date dich nicht, Haley."

Sie zuckte zusammen. „Oh. Stimmt."

Ich versuchte, sanfter zu sprechen. „Ich bin nicht dein fester Freund, Haley. Außer wenn ich es von dir verlange oder eine Begleitung für ein Event brauche, werden wir nicht zusammen ausgehen.

Aber wenn, dann halte es bitte nicht für ein Date. Es wird eher ein Training sein oder eine Spielszene. Als meine Sub ist dir klar, dass du für mich da sein musst, wenn ich es erwarte, ja?" Sie nickte und ich fuhr fort. „Ich habe natürlich Verständnis für deinen Beruf, aber verstehe es nicht falsch, wenn du mir gehörst, wann immer ich dich brauche oder will. Solltest du dich weigern, wirst du bestraft, es sei denn, wir haben vorher eine Ausnahme vereinbart."

Etwas flackerte in ihren Augen auf.

Oh Mann, ihr gefiel die Vorstellung, bestraft zu werden.

Ich trieb es mit ihr weiter als normalerweise mit einer neuen Sub. Vielleicht, weil ich so lange nicht mehr diesen Lebensstil praktiziert hatte. Oder nur wegen ihr. Wie dem auch sei, ich brauchte den Hinweis, was genau unsere Beziehung beinhaltete, genauso sehr, wie sie es von vornherein wissen musste. Mein Herz stand nicht zur Verfügung.

„Hast du das verstanden?", fragte ich sie erneut.

Ich las Enttäuschung in ihren Augen, ehe sie auf den Tisch blickte, nachdem sie mich kurz angesehen hatte. „Ja, ich verstehe."

„Gut. Dann fangen wir morgen an. Ich werde zu dir nach Hause kommen."

„Was?"

Ich zuckte mit den Schultern. Obwohl die Örtlichkeit keine Rolle spielte, wusste ich nicht einmal mehr, wann ich das letzte Mal bei einer Sub gewesen war. „Morgen schicke ich dir per E-Mail eine Liste meiner liebsten Aktivitäten und Utensilien. Sag mir dann, was dich davon am meisten interessiert, was weniger und was gar nicht, und dann bringe ich für den Anfang etwas davon mit."

An ihrem Hals sah ich ihren Puls pochen. Ich musste die Fäuste auf dem Schoß ballen, um nicht hinüber zu greifen und ihre zarte, porzellanfarbene Haut zu streicheln, die so rein und schön aussah. Morgen würde ich sie markieren. Röten. Bei der Art, wie sie reagierte, konnte ich es jetzt schon kaum erwarten.

„Warum bei mir?", fragte sie mit bebender Stimme.

„Weil ich mich als dein Dom um dich kümmern muss. Du hast schon gesagt, dass du viel Arbeit hast, und so ist es am sinnvollsten."

Außerdem konnte ich dann wieder gehen, ohne ihre Gefühle zu verletzen, wenn ich sie bei mir rauswerfen musste. Am Anfang hielt ich das für netter.

„Bist du denn bereit, zu spielen, Haley?" Ich hatte die Stimme verführerisch gesenkt.

Ihr Nicken war die Antwort, woraufhin ich sie noch weiter trieb. „Du musst immer daran denken, dass ab jetzt deine Orgasmen mir gehören. Auch wenn du es willst, wirst du dich nicht selbst zum Kommen bringen, es sei denn, ich bin dabei oder befehle es dir."

Sie schnappte leicht nach Luft.

Der Laut fuhr mir direkt in den Schwanz. „Verstoße nie gegen diesen Befehl, Haley. Wenn du glaubst, ich wüsste nicht, dass du jetzt schon daran denkst, es dir bis morgen selbst zu erleichtern, hast du dich geirrt. Verstanden?"

Sie starrte mich an, öffnete den Mund und schloss ihn wieder, doch kein Ton kam heraus. Stolz durchflutete mich. Ich hatte diese selbstsichere Frau sprachlos gemacht.

Oh Mann, ich wollte sie. Sofort. Doch ich musste die Beherrschung behalten, die Regeln beachten, nach denen ich immer gelebt hatte. Genug davon hatte ich bereits gebrochen.

Mit hartem Gesichtsausdruck nickte ich. „Sehr gut. Du kannst jetzt gehen und wir sehen uns morgen wieder. Um sieben Uhr. Sei bereit."

Sie blinzelte mehrmals und leckte sich die Lippen, um sie zu befeuchten. Ihre Bewegungen zeigten ihre Aufregung, ihre Nervosität und, mehr noch, ihren Gehorsam.

Sie glitt von der Sitzbank und griff nach ihrer Handtasche. „Bis morgen, Jensen."

Dann war sie fort.

Ich nahm mein Handy und rief Dylan an.

Er antwortete beim zweiten Klingeln und seine Stimme klang amüsiert, als hätte er meinen Anruf erwartet. „Hat sie dich schon um den Finger gewickelt?"

Ich verkniff mir ein Knurren. „Ich hasse dich dafür."

„Sie wird dir guttun."

Das stimmte. Sie würde eine erstklassige Sub abgeben. Und trotz meiner Warnungen an sie war ich bereits kurz davor, den Rest meiner Regeln ebenfalls aus dem Fenster zu werfen. „Sie ist willig", antwortete ich. In meinem Kopf drehte sich alles. Noch nie hatte mich eine Frau so schnell berührt. Nicht einmal Courtney.

„Und wie stellt sie sich beim Spielen an?"

Ich schloss die Augen und stellte mir vor, wie es morgen sein würde. Welche Utensilien würde sie gern einsetzen? Den Flogger auf jeden Fall, das hatte sie mir bereits gezeigt. Bei der Vorstellung bekam ich einen Ständer. „Das werde ich morgen herausfinden", antwortete ich.

Er lachte leise in der Leitung. „Viel Spaß", sagte er und wurde ernst. „Behandele sie gut, Jensen."

Das war eine Warnung, die mir einen Schauder über den Rücken jagte. „Ich würde nie etwas anderes tun."

„Nicht mit Absicht", sagte er. Ich verkniff mir ein Knurren. „Aber du hast das Zeug dazu, ohne es zu merken. Sie ist keine der typischen neuen Subs, und das weißt du auch."

Das stimmte. Mir war klar, dass sie wusste, was sie wollte, auch wenn sie nervös war, doch etwas sagte mir, dass sie nicht in der Lage sein würde, ihr Herz aus der Sache rauszuhalten. Ich musste beim Trainieren darauf achten, dass dies nicht passierte. Ein schwieriger Seiltanz für einen hingebungsvollen Dom. Und in meinem Fall bestand die Gefahr einer Katastrophe.

„Kapiert", sagte ich zu ihm.

Die Kellnerin brachte meine Rechnung an den

Tisch. Ich beendete das Telefonat, ohne ihm die Gelegenheit für weitere gut gemeinte Ratschläge zu geben. Davon hatte ich in den letzten zwei Jahren genug bekommen.

Kapitel 7

Haley

Ich war schon den ganzen Tag nervös. Maria hatte mich oft besorgt angesehen. Ich hatte ein Zimmermädchen wegen eines kleinen Fehlers angeraunzt. Eine Essensbestellung an die Küche fehlerhaft weitergegeben. Vergessen, eine Reservierung für ein Ehepaar einzutragen, das vor der Geburt seines ersten Kindes einen Kurzurlaub machen wollte.

Es war ein Wunder, dass ich überhaupt irgendetwas zustande bekam.

Wenigstens hatte ich daran gedacht, Mr. Bauer anzurufen, der mir einen Termin gleich morgen Früh gab. Fast war ich erstaunt, dass er so schnell Zeit für mich hatte, doch das hätte ich mir sparen können. Denn Jensen hatte mir versichert, dass ich einen Termin bei dem Mann bekommen würde. Und Mr. Bauer klang freundlich am Telefon, und ich konnte den väterlichen Ton hören, als er mich fragte, wie ich an Jensen geraten sei.

Da ich nicht glaubte, dass es gut rüberkommen würde, wenn ich erzählt hätte, dass ich Jensen in einem Sexclub getroffen hatte, wo ich für ihn masturbiert hatte, ergeben und erregt auf seinen Befehl hin, sagte ich, ich habe Jensen über einen Freund kennengelernt.

Den ganzen Tag ging mir Jensens Warnung durch den Kopf. Wir hatten kein Date. Es war eine

Session. Ich wusste, dass es mir schwerfallen würde, meine Gefühle aus dem Spiel zu lassen, doch ich wollte meine Neigung so sehr erforschen, dass ich das gebrochene Herz in Kauf nahm, das ich hinterher sicherlich haben würde.

Jensen hatte keine Zeitangaben gemacht, mir nicht gesagt, wie oft in der Woche er mich sehen wollte. Aber er hatte mir einen Befehl für den Abend mitgegeben. Ich sollte anziehen, worin ich mich am wohlsten fühlte.

Und als ich mir die Liste durchgelesen hatte, die ich sofort fand, als ich mich am Morgen in den PC eingeloggt hatte, war ich den ganzen Tag erregt. Zwischen meinen Beinen pulsierte es vor Verlangen, während ich durch mein kleines Wohnzimmer wanderte und ständig auf die Uhr sah.

Er müsste jede Minute hier sein.

Angst schnürte mir die Kehle zu, und ich presste eine Hand in meinen Nacken, um mich zu beruhigen.

Es geschah wirklich.

Ich hatte seinen einzigen Befehl befolgt, auch wenn ich nicht darauf vorbereitet gewesen war. Ich trug meine Lieblingsyogahose und ein niedliches gelbes Tanktop. Darunter einen einfachen, weißen Satin-BH und einen Stringtanga. Nachdem ich von der Arbeit nach Hause gekommen war, hatte ich geduscht, mich rasiert und zurechtgemacht, doch ich trug laut seinem Befehl kein Make-up.

Das entsprach ganz mir. Einfach und bequem.

Ich hatte den ununterdrückbaren, unerklärlichen Drang, ihn zufriedenzustellen, bevor er durch die Tür trat. Hoffentlich reichte es aus für ihn.

In der Küche brummte das Handy mit einer Nachricht. Ich eilte hin und drückte eine Hand auf meinen Bauch, um die Schmetterlinge darin zu besänftigen. Sagte er ab? Oder kam später?

Als ich den Text las, lachte ich über mich selbst und Erleichterung durchlief mich.

Anya: *Ich verstehe es immer noch nicht, aber ich hoffe, dass heute alles gut läuft. Sei vorsichtig und ich liebe dich.*

Ich grinste. Ich konnte froh sein, so eine Freundin zu haben.

Ich: *Mach ich. Ich liebe dich auch.*

Dann lief ich weiter hin und her und starrte auf die Uhr.

Anya war schon jahrelang meine Freundin. Aber wir waren sehr verschieden. Sie war mit einem Mann verheiratet, der als Nachbar neben ihr aufgewachsen war. Das war okay. Sie kannten sich schon ihr ganzes Leben lang und waren nur ein paar Monate auseinander geboren worden. Was angefangen hatte, als sie noch Wickelkinder waren, wurde zu mehr, als sie sechzehn waren. Sie gingen auf dasselbe College und waren seitdem zusammen. Anya war Grundschullehrerin und half im kirchlichen Kindergarten aus. Sie konnte es nicht erwarten, eines Tages selbst Kinder zu haben. Ihr Mann Lance war Elektriker und hatte vor Kurzem eine eigene Firma eröffnet. Ihr Leben war einfach und schön, wie ein perfektes Gemälde. Da ihnen ihr Glaube wichtig war, hatten sie mit dem Sex sogar gewartet, bis sie verheiratet waren.

Es bedeutete mir alles, dass Anya immer für mich da war, auch wenn sie nicht immer allem zustimmte, was ich entschied. Sie liebte mich trotzdem.

An sie zu denken, half, mich zu beruhigen. Was auch geschah, Anya würde ich immer haben, und falls mir die Sache um die Ohren fliegen würde – Jensens Warnung, dass wir keine richtige Beziehung hatten, war mir ganz klar im Gedächtnis –, wäre Anya an meiner Seite und würde mir helfen, es zu überstehen.

Meine Ruhe verschwand schlagartig, als ich ein dreimaliges Klopfen an der Haustür hörte.

Er war da.

Ich schloss kurz die Augen, verdrängte alle Ängste, Zweifel und Bedenken und ging an die Tür.

Nachdem ich geöffnet hatte, verschlug es mir sofort den Atem. Jensen war mehr als attraktiv. Als ich ihn das erste Mal im Club gesehen hatte, konnte ich nicht leugnen, dass er der pure Sex auf Beinen war mit dem dunklen Haar, der getönten Haut, einer schlanken und großen Figur, muskulös und fit, ohne aufgedunsen zu sein, und an den richtigen Stellen kurvig.

Jetzt, wo er in einem schwarzen Anzug vor mir stand, in einem schwarzen Hemd und mit Krawatte, sah er einfach umwerfend aus. Ich wollte mich ihm zu Füßen werfen und mich für unwürdig erklären.

„Guten Abend", sagte er. Seine dunkelblauen Augen zeigten weder Emotionen noch Wertschätzung.

Ein kalter Schauer durchlief mich und ich trat zurück und winkte ihn herein. „Guten Abend, Sir", sagte ich und hoffte, dass ich es richtig machte.

Nach unserem Gespräch gestern Abend fühlte es sich natürlich an, ihn bei seinem richtigen Namen zu nennen. Doch heute war nicht dieselbe Art von Abend, und das durfte ich nicht vergessen.

„Gut gemacht", sagte er und seine Augen erhellten sich.

Er trat ein und sah sich schnell um, doch genau wie bei unserer ersten Begegnung konnte ich in seinen Augen nichts lesen, als er sich zu mir umdrehte und eine Hand hob. Er hielt eine schwarze Tasche. Kleiner als eine Sporttasche, eher in der Größe einer Arzttasche für Hausbesuche. Die Ernsthaftigkeit dieses Augenblicks, was die Tasche und deren Inhalt andeutete, verengte mir die Kehle.

„Wo ist das Schlafzimmer?", fragte er.

Ich zögerte, doch dann zeigten seine Augen endlich einen Funken Aufregung. „Entspann dich, Haley. Es wird besser funktionieren, als du dir vorstellen kannst."

Oh Gott, hoffentlich. Ich wünschte mir inständig, dass es gut gehen würde, sogar noch besser, als ich seit Jahren fantasierte. Wärme rieselte mir über den Rücken und ich erzitterte.

An seinem kurzen Lippenzucken erkannte ich, dass er es bemerkt hatte. „Normalerweise spielen wir ohne Alkohol, aber wenn es dir hilft, zu entspannen, kannst du ein Glas Wein trinken. Ich möchte, dass du gelassen bist, aber voll da. Ich werde alles im Schlafzimmer herrichten, und wir reden erst im Wohnzimmer, bevor wir anfangen. Wenn du also etwas trinken willst, kannst du es dir jetzt holen."

„Okay", sagte ich und bekam eine erhobene Augenbraue als Reaktion. „Sir", schob ich schnell hinterher. „Das Schlafzimmer ist oben am Ende des Flurs links."

Ich erwartete, dass Jensen um mich herum zur Treppe gehen würde, doch stattdessen kam er auf mich zu und legte seine freie Hand an meinen Hals. „Du brauchst vor nichts Angst zu haben. Heute experimentieren wir, fangen langsam an und ich werde dir nicht wehtun. Und denke daran, dass du dich mir zwar unterwirfst, aber immer die Macht hast, es jederzeit zu beenden."

Diese Erinnerung, von der er ganz genau wusste, dass ich sie unbedingt brauchte, half mir und ich atmete durch. „Stimmt. Vielen Dank, Sir."

„Gut gemacht, meine Schöne", wisperte er.

Er kannte mich nicht gut genug, um liebevoll zu sein, und mir kam seine Warnung wieder in den Sinn. Es war nur für das Spiel. Nicht für unsere Herzen. Trotzdem konnte ich nichts gegen die Befriedigung tun, die ich bei dem Lob empfand.

Er nahm die Hand von meiner sich schnell erhitzenden Haut. Bevor ich auch nur die Augen öffnen konnte, hörte ich seine Schritte auf der Treppe, und er ging dorthin, wo ich es ihm erklärt hatte. Ich drehte mich nicht um und sah ihm hinterher, sondern ging in die Küche, holte eine Flasche Pinot Noir aus dem kleinen Weinregal und goss uns beiden je ein halbes Glas ein.

Jensen

Meine Beherrschung hing an einem seidenen Faden, der jeden Moment reißen konnte. Während ich durch Haleys kleines Haus ging, war ich beeindruckt, wie hübsch es trotz seines Alters und kaum Renovierung war. Doch es hatte eine stille Gemütlichkeit an sich, eine, in der sich Familien versammelten und Freude miteinander hatten. Tapeten, die mich an das Haus meiner Großmutter erinnerten, hingen an den Wänden neben der Treppe und im oberen Flur. Kleine Blümchen und grüne Ranken. Unten sah das Haus genauso aus, mit alten Möbeln, doch der Teppich wirkte neu und die Cremefarben erhellten den wenigen Platz.

Haley stand in der Küche, als ich zurückkam, und starrte auf zwei Rotweingläser. Ich wartete einen Moment, bevor ich mich bemerkbar machte. Sie hatte die Schultern gesenkt und klammerte sich an die Arbeitsplatte, als ob sie sich abstützen müsste. Würde ich sie berühren, würde sie erschrocken zusammenzucken. Sie war noch nicht annähernd bereit, das Spiel zu beginnen. Ich musste ihr den Weg bereiten und sie gleichzeitig antreiben. Es war eine Gratwanderung, und ich war so lange aus der Sache raus, dass ich leicht vergaß, wie aufregend das erste Treffen sein konnte.

„Haley", sagte ich leise, um ihre Aufmerksamkeit zu wecken. Ich betrat die Küche und deutete zum Wohnzimmer. „Nimm den Wein und folge mir."

Ich sah nicht zu, wie sie reagierte, wusste aber, dass sie gehorchte. Schließlich wollte sie es. Ich würde es ihr nicht verderben.

Ich setzte mich, mit den Füßen flach auf dem Boden, auf einen Ledersessel. Bald würde sie sich davor knien und zum ersten Mal die Hand auf meinen Schwanz und direkt auf meine Haut legen. Allein bei der Vorstellung rauschte das Blut in meine unteren Regionen.

Fuck. Ich wollte es. Fast mehr, als sie es scheinbar wollte. Das Verlangen war nie annähernd so stark bei all den anderen Frauen gewesen, mit denen ich in den letzten zwei Jahren zusammen gewesen war. Vielleicht, weil ich wieder in der Dom-Rolle war. Vielleicht reagierte ich so auf Haley. Mir war egal, woran es lag.

Sie erschien vor mir und reichte mir den Wein. „Braves Mädchen. Übrigens siehst du sehr schön aus."

Ihre legere Kleidung und das fehlende Make-up waren mir nicht entgangen, als sie die Tür geöffnet hatte. Zurechtgemacht und geschminkt sah sie umwerfend aus, doch ihre natürliche Schönheit war noch strahlender. Makellos.

„Vielen Dank, Sir."

„Weißt du noch, was ich dir neulich über die Wartestellung erklärt habe?"

Sie nickte und weitete die grünen Augen. „Ähm … ja, Sir."

„Gut." Ich deutete vor meine Füße. „Knie dich hin."

Ich sah ihrer Kehle an, dass sie schluckte, und dann blickte sie auf den Teppich hinunter.

Verdammt … ihre Nervosität, die sie ausstrahlte, war fast greifbar. „Haley, ich habe dir einen Befehl gegeben. Knie dich vor mich und behalte das Weinglas bei dir. Wenn du bereit bist, fangen wir an. Das hier gehört dazu, um dich geistig einzustimmen."

Sie hatte genug recherchiert, um zu wissen, was ich meinte. Langsam sank sie auf den Teppich, nahm die Beine nach hinten, spreizte die Knie und stabilisierte sich mit der freien Hand. Als sie fertig war, kniete sie mir gegenüber, hielt das Glas in beiden Händen und sah die blutrote Flüssigkeit an.

„Trink, wenn du magst, aber langsam und nur so viel, um deine Nerven zu beruhigen."

Ich setzte mich auf, beugte mich vor und fuhr mit der Hand durch ihre dunkelbraunen Haare. Sie waren glatt wie Seide, und ein leichter Lavendelduft verteilte sich in der Luft, als ich durch die langen Strähnen fuhr. „Du bist schön und hast mich heute mit deiner Wahl aus meiner E-Mail-Liste erfreut."

Diese beinhaltete alles, was ich zu tun bereit war, wobei ich absichtlich Dinge wie Seile und Fisting weggelassen hatte, die sie bereits verneint hatte. Ansonsten hatte sie erklärt, dass sie zu fast allem bereit war, einschließlich Analsex, Analplugs, Augenbinden, Knebeln und Fesseln. Sie hatte Paddel angekreuzt, Flogger und Gerten, jedoch Rohrstöcke gestrichen. Darüber würden wir später noch sprechen, doch jetzt hatte ich eine Richtung, in die ich sie leiten konnte.

Für heute hatte ich eine kleine Auswahl mitgebracht, die Fesseln beinhaltete, die unter ihrer Matratze befestigt wurden, einen kleinen Plug, um zu beginnen, sie für mich zu dehnen, sowie eine Augenbinde und einen Knebel. Außerdem hatte ich einen gelben Ball dabei, den sie festhalten und notfalls fallen lassen konnte, sollte sie durch den Knebel ihr Safeword nicht sagen können. Utensilien, um sie zu spanken, hatte ich noch nicht dabei. Darauf würde ich langsam hinarbeiten. Zwar wollte ich ihren Hintern röten, doch das erste Spanking würde ich ihr mit der Hand verpassen.

Ich konnte es verflucht noch mal kaum erwarten.

Sie trank ein paar kleine Schlucke Wein. Unter meinen langsamen Berührungen hob und senkte sich ihre Brust weniger heftig. Ich fuhr fort, ihr Haar zu streicheln und sie zu beruhigen.

„Hast du über ein Safeword nachgedacht?"

„Ja, Sir. Ich würde gern bei Gelb und Rot bleiben."

„Verstanden."

Ich überließ der Stille die Oberhand, erlaubte Haley, an dem Wein zu nippen, während ich mit ihr trank. Sie entspannte sich immer mehr, ihre Schultern waren nicht mehr verkrampft, doch sie hielt die gerade Haltung aufrecht, die ich verlangt hatte. „Du machst das sehr gut, Haley", lobte ich sie. Ihre Nervosität vom Anfang hatte sich durch meine Berührungen verzogen. Dieses Wissen machte mich hart.

Nach ein paar Minuten beschloss ich, dass sie genug Zeit gehabt hatte, sich an meine Berührungen zu gewöhnen.

„Bist du jetzt bereit, zu spielen?"

„Ja, Sir."

Ihre Stimme war rau und Hitze schoss unter meine Gürtellinie. Himmel, sie würde wirklich perfekt für mich sein.

„Gut." Ich spreizte meine Knie. „Stell das Weinglas auf den Tisch neben mir, behalte den Blick gesenkt und öffne meinen Gürtel."

Kapitel 8

Es passierte wirklich.

Endlich tat ich es. Jensen gab mir den Befehl und zog seine Hände von mir zurück. Der plötzliche Verlust seiner Berührung brachte mich aus dem Konzept. Ich trieb wie auf einer wilden Welle dahin, doch konzentrierte mich auf die Aufgabe, die er mir gegeben hatte.

Ich beugte mich über seinen Schenkel, um das Glas auf den Tisch zu stellen, und achtete peinlichst genau darauf, mit meinen zitternden Fingern nichts zu verschütten. Ich schaffte es, das Glas abzustellen, und kehrte in meine Position zurück.

Ich war furchtbar aufgeregt, doch von der Wölbung in seiner Hose wie magisch angezogen. Ich wollte sie in den Händen spüren, wie ich noch nie etwas gewollt hatte. Zittrig bemühte ich mich, die Metallschnalle zu öffnen.

„Braves Mädchen."

Ein Schauer durchlief mich. Warum gefiel mir das so gut? Jedes Mal, wenn er das sagte oder mich *meine Schöne* nannte, erwachte etwas in mir, das ich nicht einmal erklären konnte.

Mit den Händen auf seinen Schenkeln wartete ich darauf, dass er mich weiter antrieb, wobei ich nicht vergaß, wie ich zu knien hatte. Ich hielt den Rücken gerade und drückte die Brüste nach vorn.

Als er mit einem Finger sanft meinen Haaransatz streichelte und bis hinter mein Ohr, verstummten mein Gedankenstrom, meine Ängste und die Nervosität.

„Alles in Ordnung?", fragte er.

Ich nickte, bevor mir die Regeln wieder einfielen. „Ja, Sir." Ein schwerer Puls pochte zwischen meinen Oberschenkeln. Bei diesen beiden Worten hätte ich am liebsten die Knie zusammengepresst, um den Druck dazwischen loszuwerden, der immer stärker wurde.

Mit dem Zeigefinger berührte er mein Kinn, hob es an und hielt inne, als sein Blick meinen traf.

Mir stockte der Atem.

Blaue Augen sahen mich an, sein Blick verschmolz mit meinem. Suchend. Jensen war der Inbegriff von Dominanz. Alles in mir brannte darauf, dass er diese auf mich losließ.

„Wie geht es dir? Nervös?"

Die Freundlichkeit dieser Frage, dass er sichergehen wollte, spornte mich an. Als er befohlen hatte, dass ich mich hinknien sollte, hatte ich erwartet, dass sofort etwas passieren würde. Dass er sich so viel Zeit nahm, um zu erreichen, dass ich mich wohlfühlte, löste den Drang in mir aus, ihn zufriedenzustellen. „Ja, Sir, aber es geht mir gut dabei."

Sein Mundwinkel zuckte und er lehnte sich zurück. Mein Kinn brannte nach dem Verlust seiner Berührung, als hätte er mich gebrandmarkt. Ich brannte für ihn. Der Duft meiner Erregung erfüllte die Luft zwischen uns.

„Sag mir, was du jetzt fühlst."

Ich blinzelte, als er das Weinglas an seine Lippen setzte. Ohne zu trinken, hob er eine Braue, und mir wurde bewusst, dass ich ihn zu lange angestarrt und seine Frage nicht beantwortet hatte.

„Haley." Das klang nach einer Warnung.

„Entschuldigung." Ich blinzelte erneut und korrigierte mich. „Entschuldigung, Sir, es ist nur … ich weiß es nicht genau."

Ich leckte mir über die schnell austrocknenden Lippen und wusste nicht, ob ich den Blick abwenden oder den Augenkontakt aufrechterhalten sollte. Da er mich nicht korrigierte, konzentrierte ich mich auf seine dichten Augenbrauen, die er zusammengezogen hatte.

„Du hast keine Angst."

Es war eine Feststellung, keine Frage. Ich antwortete ihm dennoch. „Nur davor, dich zu enttäuschen, Sir."

Seine Züge wurden weicher. Erneut hatte ich ihm Freude bereitet. Befriedigung durchströmte mich. Vielleicht war es wegen meiner Ehrlichkeit oder meiner Naivität. Doch es erfüllte mich mit dem Selbstvertrauen, dass ich das alles nicht nur konnte, sondern dass es wirklich meiner Natur entsprach. Ich wusste es schon, als ich mich für das erste Treffen entschieden hatte. Und sogar schon davor. Dies war *ich*. Ich hatte nur auf den richtigen Mann gewartet, dem ich vertrauen konnte. Und zweifellos war Jensen Rhodes dieser Mann.

„Solange du mir gehorchst, wirst du mir immer Freude machen. Wir beginnen langsam, so wie wir es besprochen haben."

Eine Weile war im Zimmer nur unsere Atmung zu hören. Seine – ruhig und langsam. Meine – schnell und keuchend. Ich war so geil, so elektrisiert, total erregt. Alles in mir erwachte zum Leben.

„Ja, Sir", sagte ich schließlich.

„Sehr gut." Sein Ton hatte sich verändert, klang kommandierender.

Ich sah auf seinen Schritt und leckte mir über die Lippen.

„Willst du meinen Schwanz?", fragte er leicht amüsiert.

„Ja, Sir." Das wollte ich wirklich. Ihn sehen. Anfassen.

„Du machst deine Sache so gut, ich glaube, ich werde es dir erlauben. Öffne meinen Reißverschluss und lege die Hand um mich."

Ich bewegte mich schnell. Meine Besorgnis löste sich in Luft auf, und als ich die Hose geöffnet hatte, hob er die Hüften an, sodass ich die Hose bis auf seine Schenkel herunterziehen konnte. Er trug nichts drunter. Sein Schwanz sprang in die Freiheit und verlangte nach Aufmerksamkeit.

Ohne Jensen anzusehen, tat ich, was mir gesagt worden war. Ich legte die Finger um den dicken, langen Schaft. Er pulsierte in meiner Hand und mir lief das Wasser im Mund zusammen. Es war mehr als nur Verlangen. Mehr als die Tatsache, dass ich seit Timothy keinen Sex mehr gehabt hatte. Dieser Mann war so … mysteriös. Er weckte Gefühle in mir, die ich noch nicht kannte. Es war viel mehr eine Kopfsache, als ich je erlebt hatte.

Er schwieg, also wartete ich nicht auf weitere Instruktionen, sondern erkundete ihn mit der Hand. Ich drückte und zog, rieb mit dem Daumen darüber, prägte mir die Adern am Schaft ein und die gerötete Spitze. Mein Herz hämmerte vor freudiger Erwartung.

Er war so groß. Wie würde es sich wohl anfühlen, von ihm gefüllt zu werden?

Bei der Vorstellung atmete ich noch hechelnder und öffnete leicht die Lippen.

Sein leises Stöhnen drang mir in die Ohren. Ich sah ihn an. Sein intensiver, dunkler Blick war auf meine Hand an seinem Schwanz gerichtet, die ihn verwöhnte.

„Darf ich dich kosten, Sir?"

„Ja. Sofort." Er spuckte die Worte praktisch aus, mit knapper und tiefer Stimme.

Er verlor die Beherrschung wegen etwas, was *ich* mit ihm machte. Das hätte mich fast zum Orgasmus gebracht.

Ich setzte einen Kuss auf seine Spitze und inhalierte seinen sauberen Geruch. Doch da hörte ich noch nicht auf. Mit einer Hand um seine Wurzel leckte ich seinen Schaft entlang, kreiste mit der Zunge um seine Eichel und schmeckte ihn. Lecker. Männlich. Meine Mitte pulsierte vor Verlangen und jagte Hitze durch mich hindurch, bis mir die

Kopfhaut kribbelte.

„Braves Mädchen, Haley. Du machst das so gut. Saug fester."

Ich zögerte nicht. Während Jensen mich weiter lobte und mir Anweisungen gab, stülpte ich die Lippen über ihn, saugte ihn, so weit ich konnte, in den Mund ein. Mit der Hand pumpte ich ihn weiter und liebte es, wie Jensen mir seine Hüften entgegenstieß. Er glitt mit der Hand in meinen Nacken, griff in meine Haare, wühlte darin, nahm sie zum Pferdeschwanz zusammen und hielt sie fest. Mit der anderen Hand griff er an meine Wange.

„Halt still", sagte er stöhnend mit tiefer und heiserer Stimme. „Ich werde dich jetzt ficken und du wirst es ertragen, verstanden?"

Ich nickte, so gut ich konnte, und legte ergeben die Hände auf seine Schenkel.

„Braves Mädchen."

Und dann übernahm er.

Meine Augen wurden feucht, als er seinen Schwanz in meinem Mund vor und zurück schob und jedes Mal tiefer eindrang, bis er meinen Würgereflex auslöste und sich ein Stück zurückzog.

„Öffne deine Kehle."

Ich gab mir Mühe, atmete durch die Nase und wurde mit noch mehr Lob belohnt.

„Du bist so schön, meine Hübsche, und nimmst meinen Schwanz, wie ich es will. Ich bin so stolz auf dich, Haley. Du machst das wunderbar."

Meine Lust stieg, als ich mich ihm hingab, mich entspannte und ihm die volle Kontrolle anvertraute.

Ich stöhnte um ihn herum und er krallte die Finger fester in meine Haare. Er schwoll in meinem Mund an und dehnte mich noch weiter.

„Schluck meinen Saft", sagte er barsch.

Er stieß schneller zu, achtete jedoch trotzdem darauf, nicht zu weit zu gehen. Nach ein paar weiteren Stößen mit den Hüften hielt er tief in mir inne und explodierte.

Er war so dick und schmeckte salzig, und ich hatte Mühe, alles zu schlucken, während er mich an sich gedrückt hielt. Tränen liefen mir über die Wangen, und er hielt mich fest, bis er fertig gekommen war und ich alles geschluckt hatte.

Als Jensen sich herauszog, sah ich ihn schließlich an und war nicht sicher, ob ich sollte, doch in seinem befriedigten Blick schimmerte Zustimmung.

Mit den Daumen wischte er mir die Tränen ab. „Bist du bereit für mehr?"

„Ja, Sir."

„Gut. Dann geh ins Schlafzimmer. Ich habe ein paar Dinge für dich aufs Bett gelegt. Du warst so brav, dass du dir aussuchen darfst, was du als Erstes haben willst."

In mir zog sich alles vor freudiger Erwartung zusammen und ich kam auf die Beine. „Ja, Sir", sagte ich schnell.

„Ich komme in ein paar Minuten nach und dann möchte ich dich nackt am Ende des Bettes auf dem Boden kniend vorfinden."

Oh Gott.

Ich konnte es kaum erwarten.

Und ich könnte schwören, dass ich ihn leise lachen hörte, als ich mich umdrehte und ins Schlafzimmer eilte.

Ich ließ ihr Zeit, sich vorzubereiten, während ich auf dem Sessel saß, meinen Wein austrank und mich sammelte.

Ich musste nicht nur meine Hose in Ordnung bringen, sondern auch mich selbst.

Wegen all ihrer Selbstsicherheit und dem Verlangen, sich zu unterwerfen, hatte ich damit gerechnet, dass Haley schön aussehen würde, wenn sie mir einen blies. Doch ich hatte nicht gewusst, dass mich der Drang überwältigen würde, in ihre Kehle einzudringen, als ob ich nie wieder von einer Frau einen geblasen bekommen würde.

Es war erst unsere erste Szene, und ich stellte mir bereits die nächsten paar vor, vielleicht sogar noch öfter als nur ein paarmal.

Ich biss die Zähne zusammen, stellte das leere Glas ab und fuhr mir durch die Haare, während ich tief durchatmete.

Ich starrte an die Zimmerdecke und versuchte, nicht an Courtney zu denken. Daran, wie ergeben sie am Anfang ebenfalls gewesen war. Zwei Jahre hatte ich mit ihr gespielt, es genossen und verdammt noch mal zum ersten Mal daran gedacht, dass dies etwas sein könnte, was auch außerhalb des Schlafzimmers funktionierte. Dass ich dauerhaft so leben könnte und unsere Beziehung über die des Dom-Sub-Status hinaus zu etwas … mehr werden könnte.

Auf diese Erinnerungen folgte jedoch stets das Ende. Bei dem sie mit aufgeschlitzten Pulsadern in der Wanne lag. Das Wasser hatte die Farbe von hellem Rotwein, während das Blut aus ihren Handgelenken sickerte und aus den Innenseiten ihrer Schenkel, wo sie sich ebenfalls geschnitten hatte. Verflucht, sie hatte sich sogar an der Kehle verletzt, um ihren Schmerz loszuwerden.

Und ich hatte nichts davon bemerkt.

Mir war entgangen, dass ich sie mit unseren zunehmenden Spielen und mit dem tieferen Eindringen in die Welt der Dominanz gleichzeitig immer mehr innerlich zerbrechen ließ. Mir waren die Zeichen entgangen, dass Courtney sich nicht unterwarf, weil sie es sich wünschte oder weil es ihrer Natur entsprach, sondern weil sie ihre inneren Dämonen austreiben wollte.

Dabei hatte ich sie nur tiefer in ihren Schmerz und ihre Seele gedrängt. Ich hatte ihr alles genommen, einschließlich dem bisschen Selbst, das sie noch besaß, während ich sie gepeitscht und mit dem Flogger bearbeitet hatte. Ich hatte es schlimmer gemacht, auch wenn sie so tat, als würde sie es genießen.

Sie hatte den Sex nicht genossen. Das Spiel auch

nicht. Nur den Schmerz und die Bestrafung, und sie hatte angenommen, alles andere in Kauf nehmen zu müssen, um den Schmerz in ihr loszuwerden.

Vom Kopf her wusste ich, dass Haley anders war. Sie wollte es wirklich. Sie war auf der Suche danach und wir waren noch nicht miteinander fertig.

Mit einem schweren Seufzen erhob ich mich aus dem Sessel und ging zur Treppe. Vor der ersten Stufe zog ich Schuhe und Socken aus und legte mein Jackett über das Geländer.

Als ich im Schlafzimmer war, kniete Haley genau dort, wo ich es ihr befohlen hatte.

Und Himmel noch mal …

Die reinste Perfektion.

Ihre prallen Brüste vorgestreckt, hielt sie die Hände wie von mir verlangt auf dem Rücken. Ihre Knie waren weit gespreizt und die Haltung entblößte ihre bereits glänzende Pussy. Ihr Brustkorb hob und senkte sich unter gleichmäßigem, entspanntem Atmen.

Und vor ihr lag ein Analplug.

Mein Schwanz zuckte und wurde wieder hart, als ich nähertrat und vor dem Plug zu ihren Knien anhielt. „Du möchtest deinen Hintern gefüllt bekommen?" Ich versuchte, meine Überraschung zu verbergen. Ich hatte mit Fesseln oder der Augenbinde gerechnet. Der Knebel würde zu weit führen, aber an den Analplug hätte ich nie beim ersten Mal gedacht.

„Das wollte ich schon immer mal ausprobieren,

Sir, und du hast nicht mitgebracht, was ich eigentlich am aufregendsten finde."

Lag da Enttäuschung in ihrer Stimme?

Ich konnte es mir vorstellen, fragte sie jedoch trotzdem. „Was hattest du dir denn erhofft?"

„Eine Gerte, Sir."

Sie klang selbstsicher, wenn auch leise, und ich musste wieder an den Unterschied zu Courtney denken, selbst am Anfang. Sie glichen sich nicht, und das musste ich in Erinnerung behalten.

„Sieh mich an, Haley."

Sie hob den Kopf und der Blick ihrer großen, grünen Augen traf meinen. Nichts als Vertrauen schimmerte darin und es traf mich wie ein Schlag in den Magen.

„Die Gerte und den Flogger habe ich nicht mitgebracht, denn wenn ich deinen Hintern färbe, dann mit meiner Hand."

„Oh."

Ja, oh.

Ich deutete zum Bett. „Auf die Füße. Die Hände und Knie aufs Bett, und zeig mir deinen hübschen Hintern."

Sie hatte für eine schummrige Beleuchtung gesorgt, die Deckenlampe ausgemacht und dafür die beiden Nachttischlampen eingeschaltet. Doch es reichte, dass ich sehen konnte, wie sich ihre porzellanfarbige Haut am Hals rötete.

Während sie die Stellung einnahm, zog ich mein Hemd und meine Hose aus. „Etwas mehr zurück, bis deine Knöchel über dem Rand des Bettes sind."

Ohne die Stabilisierung mit den Füßen war sie nicht in der Lage, irgendetwas zu kontrollieren. Grinsend hob ich den Plug auf und stellte mich hinter sie. Auf dem Bett lag auch noch die Flasche mit dem Gleitgel, die ich nahm, wohingegen ich die anderen Utensilien aus dem Weg schob. Spielerisch strich ich mit der Hand ihren Rücken entlang, über ihren kleinen Hintern, durch ihre Ritze und hielt an ihrer feuchten Pussy inne.

„Bist du schon ganz nass für mich?"

Sie nickte. „Ja."

Ich warnte sie nicht vor. Sie musste es lernen, und da ihr Hintern schon direkt vor mir war, gab es keinen besseren Zeitpunkt. Ich holte aus und gab ihr einen Klaps auf die rechte Seite ihrer Hinterbacke. Es war nur eine Warnung, doch sie verstand.

„Sir. Entschuldige bitte, dass ich es vergessen habe, Sir."

„Sehr gut." Ich strich über die Stelle, auf die ich ihr den Klaps gegeben hatte. Ihre blasse Haut wurde schnell rot. Da musste ich vorsichtig sein. Ich wollte sie markieren, nicht verletzen. Bei ihrer blassen und empfindlichen Haut musste ich sanfter sein, bis sie daran gewöhnt war.

„Bist du bereit dafür, Haley?" Ich drückte den Daumen gegen ihren Anus, ohne einzudringen, ich reizte sie nur. Demnächst würde ich nicht mehr fragen. Aber am Anfang war es wichtig, das Vertrauen herzustellen.

„Ja, Sir."

„Braves Mädchen." Ich griff neben sie und holte drei der Kissen auf dem Bett heran. Da sie auf allen vieren war, konnte ich leicht zwei Kissen unter ihren Bauch schieben und eins unter ihren Kopf. „Lege den Kopf auf das Kissen und umfasse es mit den Händen."

Sie tat es und jetzt hatte ihr Hintern den perfekten Winkel. „Du machst das so gut, Haley", wisperte ich und streichelte in beruhigenden Kreisen ihren Hintern, wärmte ihn und bereitete ihn vor. Bei BDSM kam es weniger auf den Schmerz und den kinky Sex an als auf das Erlebnis. Es lebte von der Vorfreude. Der Vorbereitung. Es ging um das tiefere Verstehen zwischen zwei Menschen.

Sie gab mir die intimsten Aspekte von ihr, ihre tiefsten Wünsche, und vertraute darauf, dass ich sie nicht missbrauchte. Schon jetzt sah sie glückselig aus, als hätte ich ihr bereits zig Orgasmen beschert.

„Heute werde ich dir den Plug geben. Danach gibt es ein Spanking. Und du nimmst den Plug nicht raus, bevor ich es dir erlaube, okay?"

Sie musste den Plug länger drinbehalten als die meisten Subs beim ersten Mal, doch er war klein und würde sie wahnsinnig machen, ohne ihr wehzutun.

„Ja, Sir", wisperte sie heiser vor Verlangen.

Ich ergriff meinen Schwanz und zog daran. Er war hart, so verdammt hart. Ich würde wieder kommen, bald, aber heute nicht in ihr. Das würde ich mir für das nächste Mal aufheben.

Ich verteilte genug Gleitgel auf dem Plug und ihrem Anus, um das Eindringen zu erleichtern. Der Metallplug war kaum breiter als mein Finger, also benutzte ich sonst nichts anderes und reizte ihr Loch mit dem silbernen Toy. Ich drückte es an ihren Eingang, fuhr damit tiefer, durch ihre Schamlippen und über ihre Klit. Haley kam mir entgegen, suchte nach der Berührung.

Ich lachte in mich hinein. „Stillhalten, Haley. Du musst lernen, mir zu vertrauen."

„Ich weiß, Sir. Ich will es nur wirklich sehr."

„Und du wirst es auch bekommen."

Zum Beweis drückte ich die runde Spitze des Plugs gegen ihr Loch und drang zum ersten Mal leicht ein. Haley atmete scharf ein. Ich spielte ein bisschen an Ort und Stelle, drehte den Plug und schob ihn dann etwas weiter hinein.

„So, siehst du?", wisperte ich und hielt sie mit der anderen Hand an der Hüfte fest. „Drück leicht dagegen und entspann dich. Braves Mädchen. Wie fühlt sich das an?"

Ihr Lächeln jagte Verlangen direkt in meine Eier. „Voll. Sicher. Und als ob ich jeden Moment kommen könnte."

Ich grinste und zog leicht am Plug, der jetzt voll in ihr war. Sie verdrehte die Augen und öffnete die Lippen. Genau das hatte ich erhofft.

„Dahin kommen wir noch. Jetzt werde ich dich spanken. Zähl jeden Schlag mit, und wenn ich glaube, dass du genug hast, darfst du kommen.

Aber nicht vorher."

„Ja, Sir."

Ohne ihr Zeit zur Vorbereitung zu geben, schlug ich ihr auf die zarteste Partie ihres Hinterns. Dabei hielt ich sie fest, damit sie nicht ausweichen konnte. Sie japste, sagte jedoch nichts.

„Haley", forderte ich.

„Eins … eins, Sir."

Ich schwieg, der Dom in mir schwelgte in dem Moment. Nichts liebte ich mehr als das. Die volle Unterwerfung und das Vertrauen in meine Hände. Buchstäblich.

„Zwei, Sir", rief sie aus und zuckte zusammen, als ich ihre andere Backe schlug.

Ich fuhr fort, wechselte die Seiten wahllos, sodass sie sich auf nichts einstellen konnte, und als wir bei zehn waren, zuckte sie nicht mehr zusammen, sondern spreizte die Beine noch weiter und kam mir entgegen, suchte nach mehr.

Mit jedem gezählten Schlag wurde ihr Atem leichter. Ihr Hintern wurde kirschrot und die Abdrücke meiner Hände wurden sichtbarer.

Bei zwanzig machte ich eine Pause und strich mit dem Finger durch ihren nassen Schlitz. „Du könntest jetzt kommen, oder?" Ich nahm meinen Finger an meine Lippen und kostete sie. Ich stöhnte auf. Sie schmeckte so gut, wie ich dachte. Sogar noch besser. Süß und cremig, und am liebsten hätte ich sie mit meinem Mund verschlungen.

„Ja, Sir", keuchte sie.

Ihre Schenkel bebten, zeigten mir, wie kurz davor sie war, und ihre Klit war geschwollen und heiß, sodass ich sie nur zu berühren bräuchte, um Haley zu geben, was sie wollte.

Aber ich erlaubte es ihr noch nicht.

Ich schlug sie weiter, noch zehnmal, bis sie so am Ende war, dass sie sich nicht mehr an die nächste Zahl erinnern konnte. An diesem Punkt hörte ich auf.

Ich beugte mich über sie, drückte mit der einen Hand auf den Plug und mit der anderen auf ihre Klit, und meine Lippen befanden sich neben ihrem Ohr.

„Komm, Haley. Zeig mir, wie schön du kommst, weil ich das mit dir gemacht habe."

Ich zog an dem Plug, fickte sie langsam damit und rieb ihre Klit. Ich musste nur zweimal ziehen, dreimal ihre Klit anstupsen und sie streckte den Hintern in die Höhe, öffnete den Mund ... und schrie, brach völlig unter mir zusammen.

Während sie immer noch herunterkam, richtete ich mich auf, nahm meinen Schwanz in die Faust und rieb ihn ein paarmal, bevor ich ihr meinen Orgasmus auf den Rücken spritzte. „Oh verdammt, Haley", stöhnte ich und pumpte die letzten Tropfen aus mir heraus. Es war wie ein Rausch. Ich warf den Kopf zurück und biss die Zähne zusammen.

Als es vorüber war, legte ich die Hand zwischen ihre Schultern, beugte mich vor und strich mit den Lippen über ihre Wange. „Du warst fantastisch, meine Schöne. Warte hier, ich werde dich säubern."

Im Badezimmer stützte ich mich auf das Waschbecken und versuchte vergeblich, wieder zu Atem zu kommen.

An nur einem Abend, in einer einfachen Session, hatte Haley bereits begonnen, meine Ängste und Befürchtungen zu entzerren. Ich starrte mein Spiegelbild an. Meine Haare sahen aus, als wäre ich einen Marathon gelaufen, und am Hals schlug mein Puls wie verrückt.

Fantastisch. Das hatte ich ihr gesagt. Und es auch so gemeint.

Ich stieß mich vom Waschbecken ab, fuhr mir mit der Hand durch die Haare und suchte dann in ihrem kleinen Wäscheschrank nach einem Waschlappen. Ich feuchtete ihn mit warmem Wasser an und ging lächelnd zum Bett zurück.

Haley hatte sich keinen Millimeter von der Stelle bewegt.

Sie hatte die Augen geschlossen, die Lippen leicht geöffnet und lächelte entspannt. Das dunkelbraune Haar war zur Seite gefallen und erlaubte mir einen ungehinderten Blick auf Gesicht und Körper.

„Bist du wach?", fragte ich.

„Ja, Sir", murmelte sie mit geschlossenen Augen.

„Jetzt bitte Jensen", wisperte ich und begann, meine Spuren von ihrem Rücken zu wischen.

Sie öffnete die Augen und die pure Freude und Begeisterung darin ließ mich in meinen Bewegungen innehalten. Alle Bedenken, die ich hatte, alle Ängste, die mich von diesem Lebensstil abgehalten hatten, nachdem es mit Courtney so ein katastrophales Ende genommen hatte, lösten sich langsam auf.

So … genau so musste eine Sub aussehen, wenn sie bekommen hatte, was sie wirklich brauchte.

Ich warf den Waschlappen auf den Boden und zog Haley auf ihre Knie. Sie hob die Augenbrauen, als ich sie in die Arme nahm. Ich saß mit dem Rücken am Kopfteil des Bettes, und Haley kuschelte sich an mich. Ich streichelte ihren Rücken.

„Ich möchte, dass du den Plug über Nacht drinlässt", sagte ich leise. Sie spannte sich in meinen Armen an, doch ich fuhr ohne eine Begründung fort. „Morgen sage ich dir Bescheid, wenn du ihn rausnehmen darfst, okay?"

Sie murmelte etwas an meiner Brust. Ich hatte sie nicht in den Subspace befördert. Dieses Stadium erreichten Subs, wenn sie so von den Endorphinen überwältigt sind, dass sie in eine Art Trance gerieten. Denn dies war immer noch das erste Mal, dass sie sich unterwarf. Und das nachträgliche Kümmern war genauso wichtig wie die Dominanz.

„Magst du mir erzählen, was dir heute am besten gefallen hat?"

Sie erbebte, und ich hielt sie fester, ohne mit ihr unter ihre Bettdecke zu wollen, doch ich wollte sie trotzdem wärmen. Das Absinken des Adrenalinspiegels konnte unterschiedliche Gefühle auslösen und ich wollte nichts falsch machen.

„Alles", gab sie zu. Ihre weichen Lippen berührten meine Wange. „Aber am meisten, dass ich dir vertrauen konnte."

Mir schwoll die Brust vor Stolz. Das musste ich hören, es war das Wichtigste. Mit der Hand glitt ich ihren Hals entlang und vergrub sie in ihren Haaren. Sanft zog ich daran, bis ich ihr in die Augen sehen konnte. Sämtliche Aufrichtigkeit, die ich fühlte, legte ich in meinen Blick und mein Lächeln und presste meine Lippen auf ihre.

Es war unser erster Kuss. Sanft. Ich unterdrückte ein Stöhnen, als ihre Zunge meine berührte. Im Vergleich zu dem, was wir gerade getan hatten, war der Kuss gar nichts. Er war züchtig und süß, doch ich küsste sie weiter, ließ sie vorsichtig meinen Mund erkunden und verschlang ihre Zunge mit meiner.

So blieben wir liegen, Momente oder Stunden, bis sie völlig entspannte und mir signalisierte, dass es Zeit war, zu gehen. Sosehr ich unser Zusammensein auch genoss, musste ich doch klare Grenzen ziehen.

Ich entließ sie aus meinen Armen, legte sie auf das Bett, rückte die Kissen zurecht und deckte sie zu. Sie bewegte sich kaum, war erschöpft und zufrieden.

Mit den Lippen strich ich über ihre Wange. „Schlaf gut, Haley. Und ruf mich morgen Früh an, okay? Ich mache die Tür selbst hinter mir zu.“

Zwischen ihren Augenbrauen erschien eine schmale Linie. „Okay, Jensen.“

Ich trat zurück, sammelte schnell, aber leise meine Sachen zusammen, und als ich das Zimmer verließ, schnarchte sie leise. Selig.

Kapitel 9

Er hatte mich verlassen.

Das war mein erster Gedanke, als ich am Morgen erwachte und mir den gestrigen Abend in Erinnerung rief – und alles, was ich Jensen erlaubt hatte, mit mir zu tun.

Der Plug, der immer noch in mir war, bewegte sich. Ich drehte mich auf die Seite und spürte, dass mein Hintern vom Plug und dem Spanking wund war.

Es hatte wehgetan. Gebrannt. Und dann war daraus Lust geworden, und ich hatte gewollt, dass es niemals aufhörte. Das ganze Erlebnis war so gewesen. Jensen hatte mich immer weitergetrieben, bis ich unter ihm vollkommen zusammengebrochen war.

Ich hatte nicht erwartet, dass er so schnell wieder gehen würde, auch wenn ich bereits am Einschlafen gewesen war. Aber hatte ich wirklich von ihm erwartet, zu bleiben?

„Nein", sagte ich zu mir selbst und wischte mir das Haar von den Augen. „Hast du nicht. Weil er das von Anfang an klargestellt hat." Er würde keine Dates mit mir haben. Er würde *mich* nie haben wollen. Und im Moment reichte mir, was er zu geben bereit war.

Das machte ich mir wieder bewusst und streckte meine beanspruchten Muskeln, wobei der Plug sich wieder bemerkbar machte. Ich griff nach hinten und berührte ihn. Scham flutete meine Wangen.

Er hatte befohlen, das Ding drinzulassen, bis er mir sagte, dass ich es herausnehmen durfte. Und ich sollte Jensen anrufen, wenn ich wach war.

Als ich den Plug drehte und spürte, wie er mich dort füllte, wo ich schon immer gespannt darauf gewesen war, verursachte dies ein sehnsüchtiges Ziehen in meiner Pussy. Jede Bewegung, die ich machte, als ich aufstand, um mein Handy zu suchen, verstärkte das Ziehen.

Wie sollte ich damit arbeiten können?

Wie sollte ich … oh mein Gott! Er erwartete doch nicht etwa, dass ich mich mit dem Anwalt traf, während ich den Plug noch trug?

Auf keinen Fall!

Aufgebracht von der Vorstellung schnappte ich mir das Handy und wählte seine Nummer.

„Guten Morgen, Haley", antwortete er beim ersten Klingeln, als hätte er auf meinen Anruf gewartet. „Wie fühlst du dich heute?"

„Ähm …", stotterte ich und stieß einen Laut aus, während ich versuchte, ihm zu sagen beziehungsweise ihn zu fragen … „Wund", sagte ich schließlich.

Seine Stimme klang besorgt. „Zu sehr?"

„Äh, nein. Aber … darf ich ihn rausnehmen? Du weißt schon, den …"

Schon bei der Vorstellung, das Wort Analplug auszusprechen, brannten meine Wangen.

Er lachte als Antwort. Ein tiefes, fast gemeines Lachen, bei dem ich mich winden musste. „Nein. Aber ich möchte, dass du nachher zu mir kommst, nachdem du den Termin mit Ron hattest."

„Danach?"

„Ja. Und ich möchte, dass du daran denkst, wie ich dir den Plug rausnehme. In meinem Büro. Und daran, was ich dabei mit dir mache, wenn ich ihn langsam aus deinem Hintern ziehe, wie sehr dir das gefallen wird und wie sehr du ihn vermissen wirst. Kannst du das tun, Haley?"

Ich hatte wohl keine andere Wahl. Obwohl ich die hatte, indem ich *Rot* sagte. Aber was würde dann passieren? Außerdem hatte ich nicht gelogen, als ich ihm gesagt hatte, dass meine einzige Angst war, ihn zu enttäuschen.

Ich wand mich erneut und die Bewegung des Plugs in mir jagte pures Verlangen zwischen meine Beine. „Ich kann es versuchen."

„Gut." Er klang zufrieden. „Und fass deine Pussy nicht an, bevor ich es dir sage."

Ehe ich etwas antworten konnte, hörte ich es in der Leitung klicken.

Wie zur Hölle sollte ich das jetzt anstellen?

Im Badezimmer, wo ich mich für den kurzen Halt in meinem Büro und den anschließenden Termin in der Kanzlei fertig machte, bewegte sich der Plug bei jedem Schritt mit. Er rieb an Stellen, die eigentlich nicht diese Art der Reaktion in mir auslösen sollten.

Oder doch?

Ich hatte keine Ahnung, doch es lenkte mich ab, und ich dachte nur noch daran, zu masturbieren.

Als ich in der Anwaltskanzlei in Grand Rapids ankam, hatte ich bereits ein Mal das Höschen wechseln müssen. Ich war nass. Am liebsten hätte ich den Plug rausgenommen und das teuflische Spiel abgebrochen. Wollte auf die Knie sinken und Jensen bitten, mich endlich kommen zu lassen und das zu beenden.

Und ich hatte immer noch den Termin vor mir, bei dem ich meine volle Konzentration brauchte. Das konnte ich vergessen. Wie sollte das möglich sein?

„Haley Portsmouth für Mr. Bauer", sagte ich so freundlich wie möglich zu der Empfangsdame hinter dem großen Tresen im Eingangsbereich von *Rhodes und Partner.*

Die Kanzlei befand sich im obersten Stock eines sechsstöckigen Gebäudes und wirkte nicht so protzig wie andere Kanzleien, in denen ich schon gewesen war. Dennoch war sie mit dem vielen Holz, den flauschigen Teppichböden und der schönen Kunst an den Wänden ein paar Klassen besser als die des Anwalts, den ich bei der Scheidung gehabt hatte.

Geduldig wartete ich, während die hübsche Frau mit der karamellfarbenen Haut und dem glatten schwarzen Haar bis zu den Hüften den Telefonhörer nahm und mit ihren perfekt manikürten Fingern und feuerroten Nägeln eine Nummer wählte. Nachdem sie ein paar Worte gesprochen hatte, legte sie auf und deutete mit dem Finger auf die braunen Lederstühle.

„Er wird gleich da sein. Bitte nehmen Sie solange Platz.“

„Vielen Dank“, sagte ich und wollte mich umdrehen, doch sie sprach weiter.

„Und Mr. Rhodes möchte Sie gleich nach dem Termin in seinem Büro sehen.“

Sie hob eine perfekt gestylte Braue und verengte die Augen.

„Danke“, sagte ich erneut, wobei ich das Wort kaum aus meiner trockenen Kehle bekam.

Aufgeregte Erwartung pumpte durch meine Adern, und ich packte den Aktenordner fester, den ich für Mr. Bauer dabeihatte.

Ich hatte mich gerade erst hingesetzt, als ein Mann mit gut frisierten grauen Haaren den Wartebereich betrat. Seine hellen blauen Augen richteten sich auf mich und er hielt mir seine Hand hin.

„Haley, ich bin Ron Bauer. Wie geht es Ihnen?“

Ich erhob mich vom Stuhl und zuckte zusammen, als ich den Plug spürte. Nicht, dass ich den vergessen hätte. Als er sich bewegte, während ich aufstand und Mr. Bauer die Hand schüttelte, hatte ich das dringende Bedürfnis, Jensen zu erwürgen.

Der Plug brachte mich langsam zur Verzweiflung.

„Schön, Sie kennenzulernen, Mr. Bauer“, sagte ich und bemühte mich, die kleinen Schweißperlen in meinem Nacken zu ignorieren. „Danke, dass Sie so schnell Zeit für mich haben. Mir ist bewusst, dass das ungewöhnlich ist.“

„Nennen Sie mich bitte Ron. Ja, das ist es.“ Er ließ die Hand sinken und deutete auf einen Flur. „Ich kenne Mr. Rhodes schon sehr lange und vertraue seinen Instinkten.“

Er warf mir einen fragenden Blick zu.

Ich sah zu einem Büro mit Glasscheiben am Ende des Flurs, und der Mann darin, mit dem ich gestern Abend zusammen gewesen war, beobachtete alles. Der Schimmer in seinen Augen, als er sein Telefon ablegte und einen Kugelschreiber in der Hand drehte, war raubtierhaft. Mein sowieso schon dünnes Nervenkostüm wurde immer fadenscheiniger.

„Hier ist mein Büro“, sagte Ron und deutete auf das Zimmer gegenüber von Jensens.

Na toll.

Fast wäre ich gestolpert, fing mich aber schnell ab und setzte mich auf einen Stuhl vor Rons Schreibtisch.

Ich saß mit dem Rücken zu Jensen und spürte die ganze Zeit, wie sich dessen Blick in mich brannte, während Ron und ich über die Details meines Falls sprachen.

Ich wurde immer zappeliger. Ich legte die Beine übereinander und wieder zurück. Und das Schlimmste war, dass es Ron nicht entging. Er sagte nichts dazu, doch sein fragender Blick genügte. Ein paarmal sah er über meine Schulter. An seinen Augen erkannte ich, dass es klar war, wohin er blickte.

Langsam empfand ich Ärger, gemischt mit Scham und Verlangen, und das alles trug nichts zu meiner Konzentrationsfähigkeit bei.

Ron schob die Unterlagen, die ich mitgebracht hatte, wieder in die Aktenmappe.

„Kann er daraus überhaupt einen Fall machen?", fragte ich und verknotete die Finger auf dem Schoß.

„Ich denke, es ist wichtiger, dass sein Anwalt glaubt, es wäre ein Fall."

Ich runzelte die Stirn. „Das klingt gar nicht gut."

„Seien Sie versichert …", sagte Ron und tippte auf die dicke Akte auf dem Tisch, bevor er mich ansah. Sein Lächeln war ehrlich, sanft und freundlich, doch als sein Blick wieder über meine Schulter fiel, auch ein wenig herablassend. „… wir kümmern uns darum. Zweifellos werde ich erreichen können, dass die lächerliche Klage fallen gelassen wird. Sie können beweisen, dass Sie ihm bei der Trennung bereits mehr als nötig überlassen haben, und da die Scheidung schon rechtskräftig war, als Sie das Anwesen kauften, bin ich sicher, dass Sie ihrem Ex-Mann nichts mehr schulden. Viele Ehepaare trennen sich rechtmäßig, ohne sich je scheiden zu lassen, aber die Trennung wirkt sich nach dem Gesetz genauso aus."

Mit geschlossenen Augen atmete ich tief durch. Darauf hatte ich gehofft.

„Wie viel Ärger macht Timothy Ihnen schon seit der Scheidung?", fragte Ron, wobei sein Ton schwer nach meinem Vater klang und voller Sorge und Belehrung war.

„Eigentlich gar keinen." Ich zuckte mit den Schultern. „Bevor ich wieder zu meinen Eltern gezogen bin, hat er versucht, bei mir eine zweite Chance zu bekommen, aber seit ich wieder in Denton bin, hat er höchstens ein paarmal angerufen. Einmal war er in der Stadt, um alte Schulkameraden zu besuchen. Er kam vorbei und wir haben ein paar Minuten miteinander gesprochen. Ehrlich gesagt habe ich gedacht, das wäre das letzte Mal, dass ich ihn sehe. Deshalb bin ich aus allen Wolken gefallen, als mir die Klageschrift zugestellt wurde."

„Ich möchte Sie bitten, vorsichtig zu sein. Er war monatelang still, und da er nicht lange bei einem Job bleibt, macht mir sein Verhalten Sorgen."

„Was wollen Sie damit sagen?"

„Manchmal machen verzweifelte Männer dumme Sachen. Seien Sie vorsichtig und aufmerksam. Es würde mich nicht wundern, wenn er wieder Kontakt mit Ihnen aufnehmen würde."

Mir wurde heiß, als hätte ich mich vor ein Lagerfeuer gestellt.

„Ich kann dir versichern, dass ihr nichts passieren wird", sagte Jensen kühl hinter mir.

Rons Augenwinkel zogen sich zusammen.

Ich drückte den Rücken durch, als ich Jensen und seinen besitzergreifenden Tonfall hörte.

Ron schüttelte den Kopf und seine Lachfältchen wurden noch tiefer. „Das war es dann erst mal für heute", sagte er zu mir. „Ich melde mich bei

Ihnen, sobald ich mehr weiß und mir die Sache genauer angesehen habe."

Jensens Hand strich über meine Schulter, bevor er sie auf die Rücklehne meines Stuhls legte.

„Dann bist du fertig mit ihr?", fragte Jensen.

„Absolut." Ron nickte und machte eine entlassende Handbewegung. „Sie gehört ganz dir."

Ein Stein lag mir im Magen. Bevor ich widersprechen konnte, sprach Jensen.

„Ja, so ist es."

Jensen

Haley strahlte ihre Verärgerung und Scham wellenartig aus, als ich sie durch den Flur in den Konferenzraum führte. Vielleicht war ich zu weit gegangen, doch ich musste sie auch auf die Probe stellen, um ihre Grenzen kennenzulernen.

Als sich die Tür hinter uns schloss und Haley herumwirbelte und versuchte, mich mit einem tödlichen Blick aus ihren feurigen grünen Augen zu erstechen, folgerte ich daraus, dass ich ihre Grenzen soeben erreicht hatte.

Sie kreuzte die Arme vor der Brust. „Ich hatte gesagt, keine öffentliche Bloßstellung!"

Ihre Atmung war beschleunigt und ihre Wangen waren gerötet. Ja, sie war wütend. Und außerdem total angetörnt.

Ich trat einen Schritt auf sie zu. „Rons Büro ist

nicht die Öffentlichkeit. Meins auch nicht. Öffentlich wäre, wenn ich dich einen Vibrator tragen lasse, den ich mit einer Fernbedienung kontrolliere, und dich damit in einem Restaurant zum Orgasmus bringe, während der Kellner neben dir steht." Ihre Wangen wurden noch röter. Ich sprach weiter und trat noch näher. „Öffentlich wäre auch, dich im Club ans Andreaskreuz zu binden und dich zu peitschen, während Leute beim Zuschauen kommen."

Sie schluckte schwer.

Ich grinste und trat noch einen Schritt auf sie zu, bis sich unsere Schuhspitzen berührten. „Bist du bereit für deine Erlösung?"

Sie öffnete leicht die Lippen beim schnellen Einatmen. „Hier?"

Ihr Blick schweifte durch den Raum. Alle unsere Büros hatten Glasscheiben, aber der Konferenzraum nicht. Er hatte nur welche auf der Stadtseite, doch niemand konnte Haley von dort aus sehen.

„Ich bin echt sauer, dass du mich das Ding während des Termins hast tragen lassen. Er war wichtig und ich konnte mich überhaupt nicht konzentrieren."

Ich hatte keine Schuldgefühle. Ihr dabei zuzusehen, wie sie mit Ron sprach und sich dabei winden musste, weil sie wusste, dass ich sie beobachtete, war heißer gewesen als der Blowjob gestern. „Aber du hast den Befehl trotzdem befolgt. Hast du daran gedacht, es zu beenden?"

„Ja."

„Und doch hast du es nicht getan. Warum nicht?" Ich schob ihr glänzendes, schokoladenfarbenes Haar hinter ihr Ohr, streichelte ihre empfindliche Haut bis zu ihrer cremefarbenen Kehle.

„Jensen", wisperte sie.

„Sir. Warum hast du nicht das Safeword benutzt? Oder mich um eine Pause gebeten?" Ich fragte sie, damit sie immer daran dachte, dass sie mehr Möglichkeiten hatte, als einfach mit einer Sache aufzuhören.

„Es tut mir leid, Sir."

Sie blinzelte und sah mich mit ihren verträumten Augen an. Das wütende Feuer war vergangen und durch heftiges Verlangen ersetzt worden. Fuck, sie war einfach wunderschön.

„Ich habe daran gedacht, aber ich wollte dich nicht enttäuschen", fuhr sie fort.

„Das gefällt mir", sagte ich und beugte mich vor, bis meine Lippen an ihrem Ohr waren. „Aber vergiss nicht, dass meine größte Lust von deiner kommt, okay?"

Sie nickte und blickte zu Boden. Die Anspannung glitt von ihr. „Ja, Sir."

„Soll ich dir jetzt den Plug rausnehmen?"

Sie erbebte. „Bitte."

„Dann dreh dich um und leg die Hände auf den Tisch."

Sie blickte ruckartig auf.

„Ja, hier", sagte ich schnell, bevor sie noch einmal fragen konnte.

Sie mochte ängstlich sein oder nervös, doch sie

wollte es auch. Schon bei dem Gespräch heute Morgen hatte sie es gewusst. Ich konnte mir ihre Gedanken und Ideen nur vorstellen, die sie beim Warten auf diesen Moment gehabt haben musste. Schade war nur, dass ich keine Zeit hatte, alles zu tun, was mir vorschwebte.

Sie drehte sich um, legte die Hände flach auf den Tisch und spreizte die Beine. „Das ist so was von peinlich", flüsterte sie.

Ich streichelte ihr beruhigend den Rücken. „Hier gibt es nur dich und mich, meine Schöne. Aber du musst leise sein. Zwar gibt es hier keine Scheiben, aber die Wände sind dünn."

Sie spannte die Beine an, als meine Hand über ihren Hintern glitt und zum Saum ihres Kleides. Es war kurz, aber dennoch konservativ, und machte es mir leichter, als wenn sie Hosen angehabt hätte.

Ich gönnte ihr einen Moment, um sich zu sammeln, und als sie die Arme entspannte, glitt ich ihre Schenkel hinauf und zog ihr das Höschen bis zu den Kniekehlen hinunter.

„Leg die Wange auf den Tisch und sieh zur Seite. In der Stellung geht der Plug leichter raus."

Sie schnappte nach Luft, doch gehorchte, und ich holte eine kleine Tube Gleitgel aus meiner Tasche, um es noch leichter zu machen. Sie hatte den Plug viele Stunden drin, und auch wenn ihre Pussy nass und angeschwollen war, wollte ich nicht das Risiko eingehen, ihr wehzutun.

„Du hast das so gut gemacht, Haley", sagte ich

und schraubte die Tube auf. „Noch ein paar Minuten, und ich mache alles wieder gut, okay?"

Ihre Augen waren auf mich gerichtet. Genau wie gestern wuchs ihr Selbstbewusstsein durch mein Lob. Sie reagierte darauf, als ob es direkt in ihre Seele dringen würde. Ich liebte es, dass sie es so brauchte.

Schnell gab ich das Gel auf meine Finger und verteilte es um den Plug herum.

Haley öffnete die Lippen und hauchte ein Stöhnen, als ich sanft an dem Plug zog.

„Willst du mehr?", fragte ich, zog und drehte daran. „Willst du mich zusätzlich in dir haben?"

Sie schnappte nach Luft, sagte jedoch nichts. Ich schob ihr einen Finger tief in die Pussy. „Das war eine Frage, Haley."

„Ja, Sir", keuchte sie. „Ich brauche noch mehr."

Das konnte ich ihr nicht übelnehmen. Ich wollte ihr mehr geben. Zu schade, dass ich nicht die Zeit hatte, sie zu ficken, wie ich es vorgeschlagen hatte.

Ich kniete mich hinter sie und griff nach ihrem Höschen. Die Seide war zu fest, um sie zerreißen zu können, also zog ich ihr den Slip herunter und brachte sie dazu, ihre Füße abwechselnd zu heben, um ihn loszuwerden. „Spreiz deine Beine weiter." Normalerweise begab ich mich nicht in diese Stellung, aber der Duft ihrer Erregung reizte mich zu sehr.

Ich legte eine Hand auf den Plug in ihrem Hintern, und mit der Zunge kostete ich zum ersten Mal ihren reinen Geschmack.

Göttlich, dachte ich, als sie nach Luft schnappte und die Hüften bewegte.

„Stillhalten", wisperte ich und kostete sie weiter. Mit den Fingern spielte ich mit ihrer angeschwollenen Klit, während ich sie erbarmungslos mit der Zunge fickte. Ich drehte an dem Plug und zwang sie an den Rand des Höhepunkts, den ich ihr unbedingt verschaffen wollte, ohne ihr Vorbereitungszeit zu lassen. Doch die brauchte sie auch gar nicht. Sie war schon durchnässt, bevor ich sie angefasst hatte.

Kurz danach begann sie zu jammern.

„Ja, Sir. Bitte … mehr … Sir … ja … oh fuck … oh mein Gott …"

Ihre Laute und die bebenden Schenkel zeigten mir, wie kurz davor sie war. Mein Schwanz war schmerzhaft hart.

„Komm, Haley", befahl ich ihr und drückte die Lippen fester an sie. „Komm jetzt."

Als ihr Wimmern lauter wurde, zog ich den Plug heraus, saugte gleichzeitig an ihrer Klit und knabberte leicht an der empfindlichen Knospe.

„Fuck!" Sie schnappte nach Luft.

Haley spannte sich an, Schauer durchliefen sie, ihre Pussy klammerte sich um meine Finger in ihr, mit denen ich weiter zustieß und ihren Höhepunkt ausdehnte, bis sie schlaff und still wurde.

Ich leckte die Spuren ihrer Erregung von ihrer Haut und musste lächeln, als ich bei jeder Berührung ihrer Innenschenkel und an ihrer Pussy Nachbeben des Orgasmus spürte.

„So schön", murmelte ich und half ihr, das Höschen wieder hochzuziehen. „Du bist so ein braves
Mädchen, Haley."

Sie wartete zu lange, um mich anzusehen. Ich
hob ihr Gesicht am Kinn an, bis sie mich ansah.
„Alles okay?"

„Das war … ganz schön heftig."

Ich holte ein Taschentuch aus meiner Tasche und
wickelte den Plug darin ein. Darum würde ich
mich später kümmern.

„Das, Haley", ich berührte ihre Lippen mit meinen, „war erst der Anfang."

Kapitel 10

Haley

Die Welt kam mir neu vor. Das Gras grüner, der Himmel blauer, die Wolken weißer. Der Frühling wurde zum Sommer und die Blumen erblühten und die Vögel zwitscherten.

Vielleicht kam es mir nur so vor, weil es eine Woche geregnet hatte und nun endlich wieder die Sonne schien. Oder weil ich zwar Jensen seit Montag nicht mehr gesehen hatte, er mich jedoch für eine ganz neue Welt geöffnet hatte. Es fühlte sich so an, als ob ich alles zum ersten Mal sähe, egal wo ich hinging.

Die Veränderung in mir nach dem Wochenende und dem Montag in seinem Büro war unerklärlich, auch als ich versuchte, es Anya zu erzählen, als wir am Tag danach darüber sprachen und ich ihr von der Klage berichtete.

Ich konnte es nicht in Worte fassen, aber als ich mich über den Konferenztisch gebeugt hatte in dem Wissen, dass jeder hereinkommen könnte, mich jeder hören könnte und ich mich freiwillig in diese Lage gebracht hatte, Jensen vertraute, meine Entscheidung und meine Unterwerfung in Ehren zu halten … da öffnete sich etwas in mir ganz weit. Befreite mich von einer Fessel, die ich vorher nicht bemerkt hatte. Etwas, das bisher nur leise in der Stille gewispert hatte, und jetzt, wo ich es endlich zum Spielen hatte herauskommen lassen – im wahrsten Sinne des Wortes – hatte sich alles verändert.

Auch wenn ich Jensen seit Montag nicht gesehen hatte, waren wir in Kontakt geblieben. Wir hatten ein bisschen telefonisch gespielt, mit versauten Fotos und einem Handygespräch, das über alle Maßen verdammt erotisch war.

Aber wir hatten auch nur geredet. Er nahm sich die Zeit, mich auch außerhalb der Sessions näher kennenzulernen, und auch wenn ich nicht der Illusion verfiel, dass er mehr als eine sexuelle Spielbeziehung wollte, konnte ich ihm noch mehr vertrauen, weil auch ich ihn jetzt besser kannte.

Je länger wir redeten, desto öfter sprachen wir über unsere Familien, unsere Hobbys, unsere Leben und unseren Alltag. Ich musste im Hinterkopf behalten, dass er nie mein fester Partner werden würde. Er würde sich nicht mit mir verabreden und mich nach einem stressigen Tag zum Essen ausführen. Schließlich war er nur dafür da, mich sexuell zu befriedigen, während ich ihn mit meiner Unterwerfung glücklich machte.

Unsere Terminkalender hatten ein Treffen verhindert, doch das würde sich morgen ändern.

Im Resort lief alles langsam, ein paar Pärchen wollten das Wochenende fern der großen Städte bei uns verbringen, und ich nahm an, sie suchten nach einer Unterbrechung ihres sonstigen Lebens.

Maria hatte mir versichert, dass sie und Grace, unsere Manager-Assistentin in Teilzeit, das Wochenende allein abwickeln konnten, was mir ein seltenes Wochenende bescherte, an dem ich lediglich auf Abruf stehen musste.

Das Timing war perfekt. Anya wollte einen Mädelsabend haben und Jensen wollte mich unbedingt morgen Abend treffen.

Am Sonntag hätte ich dann die Gelegenheit, mich zu erholen, bevor am Montag wieder mehr los sein würde und das Geschäft im Mai anzog. Muttertag, Eröffnung der Angelsaison, Schulferien, das Memorial-Day-Wochenende. Das alles leitete die Sommersaison ein.

Dies war meine letzte Chance für die nächsten vierzehn Wochen, ein ganzes Wochenende freizubekommen, und ich wollte jede Minute davon genießen.

Ich war gerade fertig geworden, Anya von meinem Wochenende zu berichten, einschließlich aller Details von meinem Besuch in Jensens Büro, und musste nun lachen. Ihre Wagen färbten sich rot, und ständig fiel ihr der lange Pony ins Gesicht und sie schob die Haare hinters Ohr, doch eine Strähne fiel ihr immer wieder über die Augen.

„Okay, also, es tut mir leid, aber ich muss dich etwas fragen. Hat es dir wirklich gefallen?"

Sie sprach leise, damit niemand sie hörte. Nicht, dass das in der lauten *G's Bar* überhaupt möglich gewesen wäre.

Es war unsere Lieblingsbar und nur ein paar Meilen von Anya und Lance in Grand Rapids entfernt. Früher war es einmal ein Drogeriemarkt gewesen und jetzt war es ein Relikt aus den Achtzigern voller Erinnerungsstücke an Musiker und Graffiti an den Wänden. An einer Wand standen die Sitzecken und es gab eine schmale Reihe Stehtische zwischen den Sitzecken und der Bar. Die Musik und die Stimmen um uns wurden von den schwarzen Blechkacheln an der Decke reflektiert.

Wie immer an Freitagen war es rappelvoll. Das Risiko, dass uns jemand hörte oder auf uns achtete, war minimal. Außerdem war es mir egal.

„Ja." Meine Antwort war überzeugt und sicher. „Hat es."

Ihre Frage war zweifelnd und neugierig gestellt worden. Ich verheimlichte ihr nichts und wollte ihr sogar davon erzählen. Bis Anya die Arme um mich geschlungen hatte, als wir uns trafen, war mir nicht bewusst gewesen, wie sehr ich diesen Abend brauchte. Wie angespannt ich die ganze Woche gewesen war, bis ich mich in ihren Armen befand. Obwohl ich mich mit Jensen wohlfühlte, stresste es mich dennoch.

Ich war ein Planer. Ich trug alles in den Kalender ein und an meinem Kühlschrank hing eine laminierte Liste mit meinen Putzdaten. Ich besaß Listen über Aufgabenlisten und einen Kalender, der voller Erinnerungen war, sowie elektronische Erinnerungen per E-Mail und Handy. Mich mit Jensen einzulassen, wenn auch erst eine Woche, brachte den Drang, bestimmte Bereiche meines Lebens unter Kontrolle zu haben, durcheinander.

Obwohl ich es liebte, mich zu unterwerfen, die Möglichkeit zu haben, die Kontrolle sausen zu lassen und darauf zu warten, dass er den nächsten Schritt bestimmte, saß ich zugleich wie auf glühenden Kohlen.

Das hieß nicht, dass ich nicht weitermachen wollte.

Die Grenzen, die Jensen am Anfang gezogen hatte, begannen bereits zu verschwimmen. Falls sie sich weiter auflösten, wüsste ich nicht, wie ich es schaffen sollte, mein Herz herauszuhalten. Irgendwie musste ich mich während dieser Entdeckungsreise selbst schützen.

„Woran denkst du?", fragte ich Anya, die plötzlich still geworden war.

Ihre Wangen waren leicht gerötet und sie leckte sich über die Lippen. „Es hört sich so an, als ob du vorsichtig bist und es ungefährlich ist. Und obwohl ich nicht verstehe, warum du das so unbedingt willst, ist es … äh …"

Ich lachte, als sie mit einer Schulter zuckte, und beugte mich vor. „Gib zu, dass einiges davon echt heiß ist."

„Nun, ja." Sie verdrehte die Augen und trank einen Schluck Bier. „Ich meine, ich kann mich nicht über Lance im Bett beschweren oder so, aber wir sind schon seit einer Ewigkeit zusammen. Manchmal habe ich Angst, dass wir zu langweilig werden."

Ich schnaubte. „Du wirst Lance nie langweilig finden."

„So meine ich das nicht. Ich denke nur manchmal, dass es schön wäre, auch mal etwas auszuprobieren … du weißt schon … etwas anderes." Ihre Augen weiteten sich. „Ich will aber kein Spanking oder so etwas."

„Ich könnte dich jederzeit ins *Luminous* mitnehmen."

„Oh Gott, nein." Sie schüttelte den Kopf. „Auf keinen Fall. Und kannst du dir Lance in so einem Etablissement vorstellen?"

Ich dachte an Lance mit seinen zerrissenen Jeans, dem Werkzeuggürtel und den alten T-Shirts und unterdrückte ein Lachen. Er hatte den Arbeiterlook an sich, war ein harter Kerl, nicht verklemmt, aber total konservativ. Klassisch gut aussehend war er. Und das perfekte Gegenstück zu Anya in ihren Skinny-Jeans, die brav in den Stiefeln mit flachen Absätzen steckten, und ihrem hellblauen Strickset, das sie heute trug.

Ich bezweifelte, dass sie sonst noch etwas in ihrem Leben brauchte.

„Anya, wenn du irgendetwas ausprobieren willst, dann tu es einfach", ermutigte ich sie mit leiserer Stimme. „Hab keine Angst, Lance darauf anzusprechen, aber vergiss nicht, was ihr zwei habt, ist auch etwas Besonderes. Nicht jeder muss im Schlafzimmer etwas Neues einführen, um die Beziehung zu verbessern. Nur weil ich etwas Neues gefunden habe, was mir Spaß macht, muss das nicht heißen, dass es bei dir genauso sein wird."

„Ich weiß. Aber es ist schwer, nicht darüber nachzudenken, wenn du immer wieder davon sprichst." Sie zwinkerte mir zu.

Ich nahm unsere beiden leeren Bierflaschen und glitt aus der Sitzecke. „Ich hole die nächste Runde und lasse dich ein bisschen abkühlen."

Sie streckte mir die Zunge heraus. Ich fand einen freien Platz an der Ecke der Bar. Kurz darauf sah mich eine Barkeeperin.

„Noch zwei?", fragte sie, als ich ihr die leeren Flaschen hinstellte.

„Ja bitte."

Sie entsorgte die leeren Flaschen und öffnete zwei neue. Sie bewegte sich geschmeidig und schnell, und während sie mich bediente, ließ sie den Blick schweifen und behielt die anderen stehenden und sitzenden Gäste im Blick. Das verriet, dass sie den Job schon eine Weile machte, doch nicht nur das war es, was mir auffiel. Ihre lockigen platinfarbigen Haare hatte sie auf dem Kopf zu einem unordentlichen Knoten gebunden und kürzere Löckchen hingen über ihren Ohren und im Nacken. Das enge Halsband, das sie trug, glänzte und ließ mich innehalten. Es war aus dickem Metall mit einer eingravierten Fleur-de-Lis. Auf der Rückseite befand sich ein kleines Schloss. Das war kein Modeschmuck. Es war ein BDSM-Halsband.

„Sechs Dollar", sagte sie, ohne mich direkt anzusehen.

Ich fummelte in meiner Handtasche herum, unfähig, den Blick von ihrem Hals zu nehmen. Außer Master Dylan und Jensen hatte ich sonst noch niemanden getroffen, der den kinky Lebensstil lebte. Auf jeden Fall noch keine Subs oder Sklavinnen.

Sie hatte die Bar im Griff, nahm Bestellungen entgegen, während sie mein Wechselgeld abzählte, griff nach einem weiteren Bier, schloss die Kasse, öffnete das Bier und schob mir gleichzeitig das Geld zu.

„Danke!", rief ich, immer noch fasziniert.

Ihr fiel auf, dass ich mich nicht bewegte. „Sonst noch etwas?"

„Nein." Ich nahm mein Wechselgeld und ließ Trinkgeld für sie liegen. „Ähm … das heißt …"

Sie sah mich mit gerunzelter Stirn an.

Ich merkte, dass ich mich an der Kehle rieb. Schnell ließ ich die Hand fallen, als hätte ich mich an meiner Haut verbrannt.

„Ja?" Sie hob eine Braue.

„Äh … entschuldige bitte, das ist nicht der richtige Zeitpunkt und Ort, aber dein Halsband ist sehr schön."

Mit den Fingerspitzen berührte sie es und ihr Blick wurde weich. Beim Zusehen, wie sie das Metall streichelte wie sich selbst, lief mir Hitze über den Rücken.

„Ja, und?" Sie beugte sich über die Bar, und in ihren Augen schimmerte ein Glanz, der mir nicht entgehen konnte.

Ich beugte mich ebenfalls vor und sah mich kurz um, ob uns gleich jemand stören würde. „Ist das ein … Halsband?" Bevor ich mich selbst bremsen konnte, sprach ich weiter. „Ich habe das Schloss daran gesehen. Und … also … na ja … ich bin erst neu dabei. Oh Gott, das ist jetzt peinlich." Sie sah sich ebenfalls kurz um und lächelte freundlich. „Habe ich recht?", wollte ich wissen.

Anstatt mir zu antworten, reichte sie mir die Hand. „Ich heiße Gabby. Und du?"

„Haley", antwortete ich und legte meine Hand in ihre. Sie schüttelte sie kurz und ließ wieder los.

„Ja, du hast recht." Sie lächelte und berührte das Halsband noch einmal, sah über ihre Schulter und die Bar entlang. „Hey, Paul! Ich mache fünf Minuten Pause, okay?"

Ich nahm an, Paul war der Barkeeper am anderen Ende der Bar. Ein breiter, korpulenter Mann mit Tattoos an beiden Armen.

„Alles klar, G.", sagte er.

Mein Blick streifte das metallene G an der Wand hinter der Bar, und dann sah ich wieder zu der Frau, die mich immer noch anlächelte. „Die Bar gehört dir?"

Ihr Lächeln zeigte ihre weißen Zähne. „Hat mal meinem Dad gehört – George –, bevor er vor ein paar Jahren gestorben ist. Ich habe sie übernommen. Purer Zufall, dass mein Name auch mit einem G anfängt."

„Aber du bist eine Sklavin", sagte ich bewundernd.

Gabby legte den Kopf in den Nacken und lachte. „Bring deine Drinks zum Tisch deiner Freundin.

Sie sieht schon besorgt aus. Ich komme gleich nach."

Ups. Ich machte kehrt und eilte zu der Sitzecke, wo ich Anya allein gelassen hatte. „Entschuldige bitte", sagte ich beim Hinsetzen und gab ihr ein Bier.

„Warum hat das so lange gedauert?"

„Die Frau dort … sie ist die Besitzerin der Bar. Aber stell dir mal vor …" Ich beugte mich vor, sodass ich ihr direkt ins Ohr sprechen konnte. „Sie ist eine Sklavin. Ich habe ihr Halsband gesehen und wurde neugierig. Es tut mir so leid, Anya." Ich war dabei, mich zu verändern, und das sehr schnell, und außerdem drehte sich in unserer Freundschaft in letzter Zeit alles nur um meinen neuen Lebensstil. Heute Abend sollte es um uns beide zusammen gehen, aber ich riss ihn schon wieder an mich. „Ich bin eine schreckliche Freundin", sagte ich.

Anya verdrehte die Augen. „Ach was. Was ist los?"

Ich deutete auf Gabby, die auf dem Weg zu uns war. „Sie trägt ein Halsband, das kein Modeschmuck ist, sondern zeigt, dass sie eine Sklavin ist."

Anya klappte der Mund auf. Ich hatte ihr viel über den BDSM-Lebensstil erzählt, als ich recherchiert hatte, also kannte sie den Ausdruck.

Irgendwie hatte ich nicht damit gerechnet, unter normalen Menschen so jemanden zu treffen. Ich schalt mich selbst. Die Leute, die in Sexclubs gingen, mussten schließlich im Alltagsleben auch irgendetwas tun außerhalb der sexy vier Wände des *Luminous*.

„Hi, ich bin Gabby", sagte sie, als sie an unserem Tisch stand. Zu Anya war sie genauso nett wie zu mir, lächelte freundlich und schüttelte deren Hand.

„Anya. Schön, dich kennenzulernen."

„Kann ich mich zu euch setzen? Die Bar ist voll und zwei Mitarbeiter haben sich krankgemeldet, aber ich würde mich trotzdem gern kurz mit euch unterhalten."

Ich sah Anya fragend an. Das musste sie entscheiden.

„Natürlich", antwortete sie.

Ich rutschte zur Seite und machte neben mir Platz für Gabby.

„Es scheint dich zu überraschen, dass ich eine Sklavin bin und trotzdem ein eigenes Geschäft führe", sagte sie, direkt zur Sache kommend. „Und du hast gesagt, dass du neu bist. In dem Lebensstil, nehme ich an?"

Meine Wangen wurden heiß bis zu den Ohren. „Ja. Entschuldige, es ist alles noch so fremd für mich und ich habe viele Fragen."

„Es ist wichtig, mit jemandem reden zu können." Sie blickte Anya an und lächelte. „Du siehst wie eine gute Freundin für sie aus."

„Ich bin immer für Haley da."

„Das ist schön." Ihr Lächeln wurde weicher. „Wie bei jeder Beziehung oder Freundschaft braucht man jemanden, der einem zuhört. Andere Subs oder Sklavinnen sind gut dafür, aber manchmal kann jemand außerhalb des Lebensstils auch hilfreich sein. Hast du schon einen Dom kennengelernt?“

Ich nahm die Flasche an die Lippen und überlegte, wie viel ich ihr sagen sollte. Immerhin war sie eine Fremde. „Äh … ja.“

Es klang mehr nach einer Frage und sie weitete die Augen. „Wenn du dir wegen ihm nicht sicher bist …“

„Nein, das ist es nicht“, versicherte ich ihr. „Wie ich schon sagte, es ist alles noch so neu. Und manchmal etwas überwältigend.“

„Das verstehe ich“, sagte Gabby. „Ich gebe dir meine Karte mit meiner Handynummer. Ich bin schon seit Jahren in meiner Beziehung, aber wie beim Daten kann es schwer sein, einen guten Dom zu finden. Wenn du Hilfe oder irgendetwas brauchst, kannst du mich gern anrufen.“

„Das ist sehr nett von dir“, sagte ich.

„Du wirst merken, dass die Kink-Gemeinschaft eine sehr große, manchmal scheinbar nicht so gut funktionierende Familie ist. Aber wir helfen einander, und wenn du willst, kann ich mich nach deinem Dom erkundigen und fragen, was mein Master zu ihm sagt. Er kennt praktisch jeden.“

Mir gefiel der Gedanke nicht, Jensen auszuspionieren oder wie er darüber denken würde, sollte er davon erfahren. Außerdem hatte er mir bisher noch keine Zweifel verursacht. Und ich vertraute

Dylan immer noch. „Ich werde darüber nachdenken.“

„Gut.“ Sie erhob sich und deutete mit dem Daumen über ihre Schulter. „Ich gehe meine Visitenkarte holen und sollte dann weiterarbeiten. Paul macht das zwar gut“, sagte sie und zwinkerte, „aber ich mache es besser.“

Anya lachte und ich winkte Gabby.

„Also weißt du …“, sagte Anya, als Gabby gegangen war, „ich will ja nicht unhöflich sein oder bewertend, aber sie erscheint mir so normal.“

Ich schnaubte und trank einen Schluck Bier. „Komisch, ich habe dasselbe gedacht.“

„Das beruhigt mich jetzt“, sagte meine beste Freundin. „Du kannst zwar immer mit mir reden, aber sie scheint bereit zu sein, dir auf eine spezielle Art zu helfen, wie ich es nicht kann.“

Ich betrachtete Anya, doch entdeckte nur ihre typische Freundlichkeit. Es lag keine Eifersucht in ihrem Tonfall.

„Erzähl mir von der Schule“, sagte ich, um das Thema zu wechseln. Für heute hatten wir genug über mich geredet.

Anya verdrehte die Augen. „In sechs Wochen beginnen die Sommerferien, und ich habe lauter Vorschulkinder, die sich darauf freuen. Was glaubst du denn, wie es bei mir läuft?“

Nur Anya konnte mit dieser Art Chaos umgehen, ohne sich die Haare zu raufen. Meine Stärke war es auf jeden Fall nicht.

Wir sprachen über ihren Beruf und Lances neue

Firma, dass er schneller neue Kunden bekam als gedacht, und dann kam Gabby mit ihrer Visitenkarte zurück.

„Vielen Dank", sagte ich und steckte die Karte in meine Handtasche. „Wirklich."

„Wie gesagt …" Ihr Lächeln verschwand. Sie runzelte die Stirn wegen einer Gruppe Männer hinter ihr. „Ich helfe gern. Egal, womit."

Sie ging, und zwei der Männer in engen T-Shirts begannen, sich zu streiten. Ich verstand nichts, aber sie waren stinkwütend.

„Oha", sagte Anya und bestätigte meine Gedanken. „Eine Schlägerei droht."

„Ja."

Gabby schien sich nicht beirren zu lassen, doch ich stand trotzdem auf und folgte ihr. Warum, wusste ich nicht so genau, aber ich hielt es für keine gute Idee, dass sich diese kleine Frau zwischen zwei breite Kerle stellen wollte.

Als ich bei ihr war und sie aus dem Weg ziehen wollte, holte einer der Männer aus und wollte zuschlagen. Ehe ich Gabby zurückhalten konnte, griff sie nach dessen Handgelenk, verdrehte ihm den Arm und drückte ihn an ihre Vorderseite.

„Keine Schlägerei in meiner Bar!", rief sie und dann nach Paul. „Schmeiß die Typen raus!"

„Nimm deine Flossen von mir", knurrte der Kerl in ihrem Griff.

Ich war wie gelähmt. Sie war höchstens eins siebzig groß und schmal, aber sie hielt den Kerl mit der Kraft einer Bärin fest.

Der Kerl versuchte, sich zu befreien, doch da schob sich Paul schon durch die Gästemenge, die dadurch in Bewegung geriet. Ich wurde geschubst und gestoßen, und plötzlich landete schäumendes Bier auf meiner Brust und durchnässte mein T-Shirt. Ich trat zurück und versuchte, aus der Menge zu kommen. Ich schüttelte die Hände aus und arbeitete mich zu unserer Sitzecke durch.

„Mir wurde gerade ein ganzes Bier übergekippt!"

Anyas Nase kräuselte sich. „Und dein T-Shirt ist nicht gerade blickdicht."

Ich sah an mir hinab und stöhnte. Durch das hellgraue T-Shirt konnte man klar und deutlich meinen schwarzen Spitzen-BH erkennen. Ich kreuzte die Arme vor der Brust.

„Verdammt. Vielleicht sollten wir lieber gehen."

Paul nahm Gabby den Kerl ab und manövrierte ihn zur Eingangstür.

„Warum so eilig?", sagte ein Mann hinter mir.

Anya klappte der Mund auf und sie weitete die Augen. Ich hatte die ganze Woche davon fantasiert, dass mir diese Stimme unanständige Dinge ins Ohr flüsterte.

„Wenn der Spaß doch jetzt erst richtig anfängt?"

Kapitel 11

„Man stelle sich mal vor“, fuhr ich fort, während Haleys Freundin schockiert aussah, „bei all den vielen Bars in dieser Stadt kommst du ausgerechnet in meine.“

Das holte Haley aus ihrer Trance. „Das ist nicht deine Bar“, sagte sie an mich gewandt. „Es ist Gabbys.“

Als Dylan und ich *G's Bar* betraten, um ein paar Drinks zu genießen, hatte ich mit Haley am wenigsten gerechnet. Nicht, dass ich enttäuscht wäre, aber zu hören, dass sie Gabby kannte, erstaunte mich.

„Du kennst Gabby?“

Sie wirkte verwirrt. „*Du* kennst Gabby?“

Bevor ich antworten konnte, kam Gabby an, als hätte sie mit dem Linebacker Dylan getanzt und ich hätte zugesehen, wie sie sich ihm unterwarf. Er wusste, dass sie sich selbst helfen konnte, und mischte sich nur selten mit seiner Hilfe ein.

„Du kennst Jensen?“, fragte sie Haley.

Und dann weiteten sich ihre Augen, ebenso wie die von Haleys immer noch schweigender Freundin. Hätte ich eine Kamera gehabt, hätte ich wunderbar sämtliche erstaunten Gesichter verewigen können, auch noch, als Gabby ihre Schlüsse zog.

„Ist *er* dein Dom?“

Haley stotterte etwas und ich legte eine Hand auf

ihren Rücken.

„Ja, das bin ich“, antwortete ich.

Gabbys kristallblaue Augen blickten sanfter und sie nickte mir zu. „Wunderbar! Schön, dich zu sehen, Jensen.“

Ich schlang einen Arm um sie und drückte sie kurz an mich. „Dich auch, Gabby. Es ist eine Weile her.“

Sie zog sich zurück. „Zu lange. Was führt dich her?“

„Dylan wollte sichergehen, dass du keine Schwierigkeiten hast.“

„Aha.“ Mit dem Instinkt einer Sklavin schlug sie sofort die Augen nieder und nickte. „Alles in Ordnung, versprochen. Und wir haben viel zu tun, also muss ich jetzt wieder hinter die Bar.“

„Schade“, knurrte Dylan und trat zu uns. „Schön, dich zu sehen, Haley. *G's Bar* ist ganz offensichtlich meine Lieblingsbar.“

Unter meiner leichten Berührung versteifte sich Haley. „Anya und ich kommen alle paar Monate her.“ Als ob ihr erst jetzt einfiele, dass die Freundin auch noch da war, deutete sie auf die attraktive, jedoch konservativ gekleidete Frau, die verängstigt aussah. „Äh, Anya, das ist …“

Ich runzelte die Stirn und beobachtete, wie sie mit meiner Vorstellung haderte, doch dann verstand ich, als Anyas Wangen fast die Farbe von Auberginen annahmen.

„Ich bin Jensen“, warf ich ein und hielt ihr meine Hand hin. „Und das ist Dylan. Ich nehme an, dass du schon von uns gehört hast."

„Schön, euch kennenzulernen", murmelte Anya leise. „Und ja, Haley hat mir von euch erzählt."

„Dylan", stellte er sich selbst vor. Sein Blick huschte schnell zu Haley hinüber. „Nur Dylan."

Haley entspannte sich unter meiner Hand.

„Ladys, habt ihr etwas dagegen, wenn wir uns zu euch setzen?", fragte Dylan und nickte Richtung Bar, wohin Gabby verschwunden war. „Wir haben hier für einen oder zwei Drinks angehalten und um meine Frau zu besuchen, aber wenn ihr lieber allein sein wollt, ist das auch okay."

„Du bist Gabbys Master", entkam es Haley, und dann presste sie die Lippen aufeinander.

Als ob das Dylan peinlich wäre. Er nahm die Schultern zurück und richtete sich zu seiner vollen Größe auf. Die arme Anya sah aus, als würde sie jeden Moment in Ohnmacht fallen. Allein seine Statur und Präsenz konnten einschüchternd sein, und Anya war viel kleiner als Haley. Sie streckte den Hals, hob das Kinn und betrachtete seine beeindruckende Erscheinung.

„Und ob ich das bin. Schon fünf Jahre, aber wir sind schon seit sieben zusammen."

Er lächelte selten, außer es ging um Gabby. Mann, ich kannte ihn schon seit zehn Jahren, doch außer wenn sein Lieblingseishockeyteam, die Detroit Red Wings, in die Play-offs kamen, oder über Gabby gesprochen wurde, hatte ich Dylan wahrscheinlich noch nie lächeln sehen.

„Es ist also okay, wenn wir euren Mädelsabend

stören?", fragte er.

Haleys Blick ging zu Anya. Beide erbleichten leicht, und dann nickte Anya und sprach für Haley. „Natürlich."

Ich deutete auf ihren Finger, an dem sie nervös ihren Ehering drehte. „Wäre es dir lieber, wenn du deinen Mann anrufst und ihn fragst, ob er dazukommen will?"

„Äh …"

Ich hatte keine Ahnung, was Haley ihr über mich erzählt hatte, doch sie fühlte sich eindeutig unwohl. Bisher war mir die Meinung anderer Leute egal gewesen, aber aus irgendeinem Grund wollte ich, dass Haleys Freundin mich mochte. Ich wunderte mich über diesen Wunsch.

„Wir sind ganz normale Leute, weißt du?", sagte Dylan, bevor ich etwas erwidern konnte. „Wir haben noch andere Interessen außer Sex und wir tragen keine Flogger oder Rohrstöcke mit uns herum und packen sie in der Öffentlichkeit aus."

„Was ich immer wieder schade finde", sagte Gabby, wackelte mit den Augenbrauen und zog einen süßen Schmollmund, während sie Dylan und mir unsere üblichen Drinks servierte.

Mit der anderen Hand stellte sie zwei Bier auf den Tisch, wo Anya und Haley wohl gesessen hatten.

Master Dylan verdrehte die Augen in Richtung Gabby.

„Wie du willst", sagte Haley zu ihrer Freundin. „Mir ist es egal."

„Schon gut. Ich bin sicher, er würde auch gern einmal rauskommen." Die kleine Rothaarige entschuldigte sich, ging zum Eingang und holte unterwegs ihr Handy aus ihrer Handtasche.

„Bist du dir auch sicher?", fragte mich Haley. Sie hatte die Stirn gerunzelt, was ich nicht ganz verstand.

„Warum sollte ich mir nicht sicher sein? Das wird nett."

Ich war mir nicht wirklich sicher. Es könnte spaßig werden. Oder ein Desaster.

Ich hatte selbst klare Grenzen gesteckt, doch diese Woche hatte diese gehörig durchgeschüttelt. Wenn ich nicht mit Haley zusammen war, dachte ich an sie. Und dabei ging es nicht nur darum, wie ihr Hintern aussah oder sich ihre nasse, warme Pussy anfühlte.

Wenn ich von der Arbeit nach Hause gekommen war, von einem Fall gestresst, der nicht nach meinen Vorstellungen lief, hatte ich nicht weiter darüber nachgedacht, weil ich nur Haleys Lachen hören wollte. Wir hatten stundenlang über unsere Familien, Leben und Interessen gesprochen. Sie erzählte mir mehr über das Resort und was es ihr bedeutete, wie sehr sie beweisen wollte, dass sie es leiten konnte, und welche Ideen sie hatte, es zu erweitern, je nachdem, wie das Sommergeschäft ausfallen würde.

Ich mochte es. Mochte ihre Gesellschaft, wenn auch nur am Telefon. Vielleicht mochte ich es viel zu sehr. Es widersprach meiner ursprünglichen

Aussage, dass ich keine Dates mit ihr haben wollte. Niemals.

Jetzt wünschte sich ein Teil von mir, dass ich das nie gesagt hätte.

Denn jetzt, in dieser Bar, als Haley so unsicher wirkte bei der Vorstellung, private Zeit mit mir zu verbringen, wollte ich, dass es um *uns* ging. Zum ersten Mal wollte ich, dass eine Frau zu mir gehörte. Auf mehr als nur eine Weise.

„Okay“, sagte sie, immer noch zweifelnd, und kaute auf ihrer Unterlippe. „Das wird sicher nett.“

Als sie sich auf die Sitzbank begab, schüttelte ich das unangenehme Gefühl und das leichte Zögern ab und glitt neben sie. Dylan zog einen freien Stuhl an die Seite der Sitzecke heran, und wir warteten darauf, dass Anya zurückkam.

Als sie erschien, war ihr Ehemann Lance bei ihr und steuerte direkt auf die Bar zu, wo er sich ein Bier bestellte.

Zu fünft saßen wir am Tisch, nachdem Lance allen vorgestellt worden war, und es dauerte nicht lange, bis Lance, Dylan und ich in Gespräche über den Spielkalender der Red Wings in den Play-offs vertieft waren und darüber, wie die Saisoneröffnung für die Tigers gelaufen war.

Doch auch während wir über Sport sprachen und die Mädels neben uns kicherten, war Haley nie von mir entfernt. Ich legte einen Arm um ihre Schultern und zog sie dicht an mich. Bei dieser Nähe konnte ich nicht anders. Ich musste sie einfach festhalten. Berühren. Sie beschützen und in meiner Nähe haben. Sie warmhalten. Dafür sorgen, dass sie sich wohlfühlte.

Als sie weiterhin Alkohol trank, schob ich mein Glas von mir. Zwar hatte Lance bereits gesagt, dass er die Frauen nach Hause fahren würde, doch so würde das nicht laufen. Um Haley kümmerte ich mich selbst. Beschützte sie.

Als sie den Kopf nach hinten neigte und über etwas lachte, was Anya gesagt hatte, zog ich Haley noch enger an mich und entschied, dass ich beides tun würde. Kümmern und beschützen. Nicht nur im Schlafzimmer.

Haley

Wir sollten keine Dates haben. Wir sollten außerhalb der Spielzeit nicht zusammen sein, doch als Jensen und Dylan in die Bar gekommen waren, hatte es sich wie ein Date angefühlt.

Ein Drei-Pärchen-Date, bei dem die Männer über die Stanley-Cup-Play-offs und die Chance der Tigers auf eine anständige Baseballsaison sprachen. Während Anya und ich zu laut lachten und zu viel tranken, hatten die Männer nur ein paar Bier und hörten dann auf, um anscheinend die Frauen sich betrinken zu lassen und nüchtern zu bleiben, um uns nach Hause fahren zu können.

Jensen war völlig selbstsicher aufgetreten. Er war amüsant und locker. Er war genau so, wie ich mir einen Partner immer vorgestellt hatte, bis hin zu seinen Manieren und seiner Galanterie.

Es war zu viel für mich.

Er hatte mich an seine Seite gezogen, meine Schultern umfasst, als ob er es nicht ertragen könnte, von mir getrennt zu sein. Hatte mir jeden Wunsch von den Augen abgelesen und erfüllt, bevor ich danach fragen konnte. Er hatte den perfekten festen Freund gespielt. Ich wusste nicht, ob nur wegen Lance und Anya, doch im Laufe des Abends hatte es sich für mich in etwas anderes verwandelt. Etwas, was ich haben wollte, wie ich langsam begriff, das er aber bereits abgelehnt hatte.

Mit dem Spielen konnte ich umgehen. Konnte lernen, damit zu leben, wenn das alles war, was er mir geben wollte. Doch an diesem einen Abend, innerhalb von ein paar Stunden, machte Jensen die Situation undurchsichtig, und als er mich durch die ruhigen, dunklen Straßen von Denton fuhr, wurde es mir zu viel.

„Ich kann dich bis hierher denken hören", sagte er.

Wie könnte es ihm entgangen sein? Ich hatte seit zwanzig Minuten kaum ein Wort gesprochen. „Heute Abend war es schräg", gab ich zu.

„Wieso?"

Das Schild vom *Portsmouth Inn* erschien nach einer Kurve, und ich entspannte mich, als er in die Einfahrt bog. Als er vor dem Haus anhielt, drehte ich mich zu ihm um.

„Erinnerst du dich an unser Gespräch in der *Raccoon Brewery*?"

„Ja."

„Dann sicher auch daran, dass du extra dazugesagt hast, dass wir niemals daten werden. Wir werden Sessions haben, und alles, was sonst noch passiert, ist reines Training."

Er verengte die Augen. „Komm auf den Punkt, Haley."

Wollte ich das wirklich tun? Ich musste, um zumindest meinen Verstand zu retten. „Ich glaube, wir müssen einen Schritt zurückgehen."

„Wie bitte?"

„Die Telefonate, das Sich-gegenseitig-besser-Kennenlernen und heute Abend. Es wird langsam zu eng."

Innerlich betete ich, er möge verstehen, was ich nicht direkt aussprechen konnte. Dass ich ihm verfiel. Ihn zu sehr mochte.

Er packte das Lederlenkrad fester und wandte den Blick von mir ab. „Verstehe."

Das Schweigen dehnte sich aus und ich hatte einen Stein im Magen.

„Sag mir eins, Haley." Er wandte sich mir wieder zu. „Hat es dir heute Abend nicht gefallen? Was hätte ich sonst tun sollen, deiner Meinung nach? Dich ignorieren?"

Ich wischte mir über die Stirn und rieb mir die Schläfen. Musste das alles so stressig sein?

„Ich weiß es nicht. Ich versuche nur, herauszufinden, wie ich damit umgehen kann. Ich will die

Regeln verstehen, sie befolgen, aber deine gemischten Signale verwirren mich."

Schweigen. Schwere Stille umgab uns erneut. Ich griff nach dem Türöffner.

„Stopp."

Ich gehorchte sofort, doch ich sah ihn nicht an.

„Als dein Dom ist es meine Aufgabe, mich um dich zu kümmern. Dir zu geben, was du brauchst, auch wenn du es selbst noch nicht verstehst. Sollte ich eine Grenze überschritten haben, dann entschuldige ich mich dafür, aber ich werde nicht lügen und behaupten, ich hätte mich nicht gefreut, dich zu treffen, wenn auch nur per Zufall. Das alles bedeutet nicht, dass wir keine Freunde werden dürfen oder sollten."

Damit wollte er mich trösten. Stattdessen erweckte er Hoffnung in mir, die ich nicht haben sollte.

Ich hatte erkannt, wie viel Raum diese seltsame Beziehung einnahm. Sie lenkte mich von der Arbeit ab, meinen Freunden, die ich schon fast mein ganzes Leben hatte. Ich durfte nicht riskieren, alles wegen eines neuen Mannes zu verlieren. Nicht schon wieder.

„Wenn du weitermachen willst, bin ich gern deine Sub im Schlafzimmer, wie am Anfang vereinbart." Mir wurde das Herz schwer, als ich an die Konsequenzen meiner Worte dachte. Vielleicht schlug ich soeben einen Nagel in den Sarg meiner ersten Dom-Sub-Beziehung. „Aber außerhalb davon kann ich dir nicht noch mehr geben. Du hast klargestellt, dass du das nicht willst, und während ich versuche, auf diesem Kurs zu bleiben, darf ich die Grenzen nicht ständig überschreiten."

„Und was, wenn ich bereit bin, dir mehr zu geben? Mich um dich zu kümmern, nur eben als Dom?"

„Ich kann nicht riskieren, dass du es dir irgendwann anders überlegst."

Das würde zu sehr wehtun. Doch mehr als dass er seine Meinung ändern würde, wollte ich sein Versprechen, es nicht zu tun. Dass er mehr von mir wollte. Denn am Ende war ich nicht nur eine Sub, sondern eine ganz normale Frau, die von einem Mann geliebt werden wollte.

„Verstehe."

In seiner Stimme schwang Enttäuschung mit. Als wüsste er genau, was ich wollte, aber er wäre nicht der richtige Mann dafür.

Ich wollte weinen. Ich hatte gerade das getan, was ich nicht hatte tun wollen.

Als er wieder sprach, hatte sich sein Tonfall geändert und erweckte sofort dieses Verlangen in mir. Er klang kühl, aber machtvoll, und seine Dominanz funkte zwischen uns auf.

„Okay. Dann wirst du morgen wie besprochen zu mir nach Hause kommen. Morgen Nachmittag schicke ich dir Anweisungen und erwarte, dass du dich entsprechend vorbereitest."

Obwohl ich am liebsten über den Verlust, den ich möglicherweise erlitten hatte, geheult hätte, wurde mir heiß vor Erwartung.

„Gute Nacht, Haley.“

Ich sah ihn an und erkannte einen Widerstreit in seinen tiefgründigen, blauen Augen. Ich nickte. „Gute Nacht, Jensen.“

Er verzog die Lippen bei seinem Namen, als wollte er mir verbieten, ihn zu benutzen. Doch wir befanden uns nicht in einer Session und ich hatte mich klar ausgedrückt.

Ich stieg aus und eilte den schmalen Weg zu meinem Haus entlang. Als ich die Haustür hinter mir geschlossen hatte, hörte ich den leisen Motor seines Autos wegfahren. Ich blickte aus dem kleinen Fenster neben der Tür, bis die Rücklichter nicht mehr zu sehen waren.

Dann ging ich ins Bett und schlief vollständig bekleidet und mit einem Stein im Magen ein.

Kapitel 12

Noch bevor ich am nächsten Morgen aufwachte, hatte Jensen mir seine klaren Anweisungen gemailt. Der Uhrzeit nach zu urteilen, hatte er keine Zeit verloren, als er gestern Abend nach Hause gekommen war.

Sei pünktlich um 17 Uhr bei mir.

Bring eine Übernachtungstasche mit und pack lediglich deine persönlichen Toilettenartikel ein. Keine Kleidung.

Komm in einem Kleid. Nichts darunter.

Die Session beginnt, sobald du da bist.

Sei bereit, meine Schöne. Ich werde dir genau das geben, worum du mich gebeten hast.

Bei dem „Sei bereit" am Ende ging mein innerer Alarm los. Ich las die E-Mail mehrmals ganz genau. Jetzt lag mir das Gewicht von gestern noch schwerer im Magen.

Der E-Mail unterlag ein Hauch von Ärger. Als wäre er beleidigt, weil ich ihm etwas verweigert hatte. Hinter all dem vibrierte mein Körper vor Erwartung, was Jensen wohl für heute geplant haben könnte. Was genau hatte ich mir gewünscht? Und wie hatte er es aufgefasst?

Das Flüstern der Aufregung wegen heute Abend und dem, was er sich hatte einfallen lassen, war lauter als meine Bedenken, also verdrängte ich diese und bereitete mich vor, duschte und rasierte mich.

Als ich das mehrstöckige Apartmentgebäude in Grand Rapids erreichte, schlug mein Puls vor Begierde und Sehnsucht.

Mit geballten Fäusten betrat ich den Pförtnerbereich und ging direkt zum Empfang nach rechts.

„Ich bin Miss Portsmouth und möchte zu Mr. Rhodes", stellte ich mich vor.

Der grauhaarige Mann schenkte mir kaum einen Blick. „Hallo, Miss Portsmouth. Mr. Rhodes erwartet Sie. Ich soll Ihnen das hier geben." Er reichte mir einen kleinen weißen Umschlag, auf dem nur mein Vorname stand, und trat neben den Tresen. „Folgen Sie mir bitte zu den Aufzügen."

Der Umschlag zitterte in meiner bebenden Hand, während ich dem Mann folgte. Das nervöse Zittern fuhr mir mit jedem Schritt durch die Glieder. Als der Sicherheitsmann den letzten Fahrstuhl in einer Reihe von vier mit einem Schlüssel öffnete, kribbelten sogar meine Fußzehen in den roten High Heels, die ich passend zum schwarzen Kleid trug. Es war weit und flatternd obenherum, doch eng um die Taille und schmiegte sich um die Hüften, den Hintern und die Oberschenkel. Es war zu festlich für einen Abend in Jensens Wohnung, doch ich hatte es ausgesucht, weil es einen freien Rücken hatte und bis zum Hintern ausgeschnitten war und ich dafür keinen BH brauchte. Es war ein trägerloser eingenäht, der meine Mädels schön verpackte und anhob.

Auf diese Weise brach ich keine von Jensens Regeln, sondern bog sie nur ein bisschen.

„Ich wünsche einen angenehmen Abend", sagte der Sicherheitsmann und hielt die Tür für mich auf.

Ich betrat den Aufzug und der Mann beugte sich hinein und steckte einen Schlüssel in die Stockwerktafel. Daraufhin leuchtete der Buchstabe P auf.

Ich wartete, bis die Türen geschlossen waren, bevor ich wieder auf den Umschlag sah. Das Motorengeräusch des Aufzugs wurde zu einem dumpfen Brummen in meinen Ohren, während ich über den Umschlag strich.

„Das ist es also nun", wisperte ich und holte tief Luft. Mit dem Daumen fuhr ich über die silbernen Initialen *JRR,* die elegant geschwungen auf dem Umschlag standen, öffnete ihn hastig und zog eine weiße Karte mit denselben Initialen und Jensens kurzen Anweisungen heraus.

Sub,

Bei dem Wort packte ich den Umschlag fester und verknitterte ihn in der Hand. Vorbei war es mit der freundlichen Ansprache mit meinem Vornamen oder der liebevollen Bezeichnung *meine Schöne.* Ich war nur noch eine Sub. So, wie ich es gewollt hatte. Kälte durchfuhr mich, und ich zwang mich dazu, weiterzulesen.

Zieh dich aus. Ich will, dass du nackt bist, bevor der Aufzug aufgeht. Und in der besprochenen Stellung vor mir kniest. Erfreue mich und du wirst belohnt.

Sir.

Trotz der kühlen Ansprache jagte jeder Befehl einen Schauer durch mich hindurch, erhitzte mich und ängstigte mich gleichzeitig ein bisschen.

Ich sah auf die Stockwerkanzeige. Mir blieben nur Sekunden, mich zu entscheiden. Wollte ich das durchziehen? Oder *Rot* sagen, wenn die Türen aufgingen?

Ich las die Anweisungen noch einmal. Schweißperlen entstanden an meinem Haaransatz, und die feinen Härchen auf meinen Armen richteten sich auf. Langsam inhalierte ich, atmete ein, bis die kühle Luft in meiner Kehle brannte und mich mit Mut füllte.

Ich war schon so weit gekommen, und es war zu spät, umzukehren. Ich suchte die Ecken des Aufzugs nach Kameras ab. Ob welche versteckt waren und jemand die Karte mit den Anweisungen mitlesen konnte, wusste ich nicht. Doch das würde er nicht tun. Er wusste, dass ich nicht beobachtet werden wollte. Ich steckte Karte und Umschlag in die Tasche und stellte diese auf den Boden. Dann zog ich mir das Kleid über den Kopf, ging auf die Knie, faltete es zusammen und steckte es in meine Tasche.

Mit gespreizten Knien, dem Hintern auf den Hacken, geradem Kreuz und den Blick gesenkt, tat ich, was er befohlen hatte.

Als ich in dieser Stellung verharrte, spürte ich wieder die Enttäuschung über das Potenzial, das ich gestern weggeworfen hatte. Doch auch darum hatte ich selbst gebeten.

Mein Herz raste und trotz des Nervenflatterns fühlte sich das Kribbeln des Lebendigseins auf der Haut seltsam an. Genau wie immer, wenn ich daran dachte und wenn ich mit Jensen zusammen war, drängten mich seine Kommandos aus meiner Komfortzone, in der ich mich jedoch nie wirklich wohlgefühlt hatte.

Beim leisen *Pling* des Aufzugs zuckte ich zusammen und sah mich selbst in den spiegelnden Wänden. Ich war blass, die Augen waren ängstlich geweitet, doch meine Mitte war schon nass.

Konnte mich jemand sehen? Wohnten noch andere Leute in diesem Stockwerk?

Ich musste nicht lange auf die Antworten warten. Als die Türen aufglitten, erschien ein Paar schwarze Schuhe in meinem Blickfeld und der mir wohlbekannte männliche Duft von Jensen umwehte mich.

Ich zwang mich dazu, den Blick gesenkt zu halten und nur auf seine polierten Schuhe zu schauen und auf den Stoff seiner schwarzen Hose, als er nähertrat, bis die Hose fast meine Stirn berührte.

„Guten Abend, Sub." Seine Stimme brummte von oben auf mich herab. „Bist du bereit für heute?"

„Ja, Sir", sagte ich. Der Drang, hochzuschauen,

war enorm, doch ich betrachtete weiter seine Schuhe.

Sein Lachen war kontrolliert und unterkühlt. „Das werden wir noch sehen. Komm her."

Ich wollte aufstehen, aber er legte eine Hand auf meinen Kopf und hielt mich auf.

„Habe ich gesagt, du sollst laufen?"

Äh … „Nein, Sir."

„Gut." Er nahm die Hand fort und bückte sich. Ich hörte, dass er meine Taschen nahm und zurücktrat. „Auf alle viere, Sub. Krabbele zur Couch und nimm dort die Wartestellung wieder ein."

Er wollte, dass ich kroch? Das war nicht so abgesprochen. War das eins meiner Tabus? Ich war gegen öffentliche Bloßstellung, doch da mich wohl niemand sehen konnte, war es kein Regelbruch. Vielleicht gerade noch an der Grenze, so wie ich vorher. Nach einem nur kurzen Zögern sagte ich mir, dass es mir darum ging, Neues auszuprobieren, meine Grenzen zu erkunden, und ging auf dem flauschigen Teppich vor dem Aufzug auf alle viere.

Während ich mich wie ein Hund vorwärtsbewegte, wurde mir heiß und die Knie schmerzten. Jensens Anwesenheit hinter mir war greifbar, als ob er mich berührte, auch wenn ich ihn nicht hören oder sehen konnte. Jede Vorwärtsbewegung, jeder Schwung meiner Hüften, die kühle Luft auf meinen nackten Pobacken erhitzten meine Haut. Ich presste die Zähne aufeinander und rümpfte die Nase, während ich kroch und er mich wie einen Köter hinter Gittern betrachtete.

Gefiel ihm das wirklich? Mich so erniedrigt zu sehen? Die widersprüchlichen Empfindungen, der Wunsch, ihm zu gefallen, und die Wut, wie ein Tier behandelt zu werden, tobten in mir.

Doch aus irgendeinem Grund gehorchte ich ihm.

Ich führte seinen Befehl aus, krabbelte vor die Couch, ging wieder auf die Knie und hockte mich auf die Hacken, wie im Aufzug.

Vor Scham brannten meine Wangen. Dennoch war es heiß und nass zwischen meinen Beinen.

„Wie fühlst du dich?" Er presste seine warme Hand auf meinen Kopf und glitt dann an meinem Haar entlang.

Ich sah auf den Boden und überlegte, ob ich das hier wollte oder nicht. Spanking war eine Sache, wie ein Tier behandelt zu werden eine andere.

Weil ich nicht sofort antwortete, zerrte er an meinen Haaren. „Haley?"

„Ich bin nicht sicher, Sir."

Sein Schatten glitt über mich und dann sah ich ihn aus den Augenwinkeln durch den Vorhang meiner Haare neben mir stehen.

„Erklär es mir."

Ich kniff die Augen zu und konzentrierte mich auf die Dunkelheit und die Empfindungen, die mich durchliefen. „Das Kriechen ist beschämend, Sir."

„Und trotzdem riechst du so, als ob du jetzt gern meinen Schwanz in dir hättest."

Diese unterkühlte Stimme.

Ich kämpfte gegen ein Schaudern an. Tränen tropften auf den Teppich und ich schniefte noch mehr davon zurück. „Ja, Sir."

„Du kannst immer Gelb sagen", erinnerte er mich.

Das war mir klar, doch so erniedrigend das Krabbeln auch war, seine Hand auf mir hatte mich beruhigt, auch beim Weinen.

Ich nahm die Schultern zurück und lehnte mich seiner sanften Berührung entgegen. „Ich möchte das Safeword nicht benutzen, Sir."

„Gut, gut", sagte er nach einem Augenblick. „Siehst du den Couchtisch?"

Mit gesenktem Kopf hob ich nur den Blick und nickte. Es war ein normaler viereckiger Couchtisch, der wie ein Kasten aussah. Im ersten Moment wirkte er wie eine altmodische Truhe, in der man seine Sachen auf einer Schiffsüberfahrt verstaut hatte. Bis auf die schweren Messingringe an den Seiten. Zwölf insgesamt. Daran erkannte man, dass der Tisch anscheinend einen völlig anderen Sinn hatte.

„Ja, Sir, ich sehe ihn."

„Gut." Er streichelte meinen Arm mit den Fingerspitzen. Gänsehaut kitzelte mich, bis er an meiner Hand zog und mir beim Aufstehen half. „Beuge dich darüber. Du darfst hinlaufen."

Erleichtert sackten meine Schultern nach unten. Mir gefiel das Krabbeln nicht und er hatte die Szene geändert. „Vielen Dank, Sir."

Er ließ meine Hand los. Ich ging zum Tisch,

beugte mich darüber, genau wie verlangt. Ich kniete davor und spreizte die Arme seitlich, bis ich mit Bauch und Brüsten auf dem kühlen Holz lag. Ich versuchte noch, eine bequeme Lage zu finden, als ein kleines schwarzes Kissen vor mir auftauchte.

„Hebe den Kopf, mit dem Kissen ist es bequemer."

Ich gehorchte, und auch wenn ich es nicht durfte, sah ich Jensen kurz an. Sein Blick lag auf mir, seine Stirn war gerunzelt. Mit dem Daumen wischte er mir eine Träne ab.

„Tränen, Sub?", fragte er rau.

„Nur überwältigt, Sir."

„Brauchst du eine Pause?"

Ich wollte mit dem Kopf verneinen, aber die Lage war zu einschränkend und die Bewegung fiel ungeschickt aus. „Nein, alles gut, Sir."

„Das ist gut. Du bist ein sehr braves Mädchen. Aber vergiss dein Safeword nicht." Er lachte leise und hielt einen kleinen gelben Ball hoch. „Allerdings wirst du vielleicht nicht viel sagen können." Er kniete sich hin und gab mir den Ball in die Hand. In dieser Position waren wir auf Augenhöhe. „Ich werde dich knebeln. Der Ball ist dein Safeword. Lass ihn einfach fallen. Und vergiss nicht", sagte er und in seinen dunklen Augen funkelte Hitze, „der heutige Abend läuft so, wie du es dir gewünscht hast. Nur Dominanz."

Wie er am Ende kurz die Lippen verzog, raubte mir den Atem.

Es war mir so vorgekommen, als ob er sich wohlfühlte, bereit war, vorbereitet … doch dieser kleine Riss in seiner Maske sagte etwas anderes. Er war verletzt, dass ich sein Freundschaftsangebot abgelehnt hatte. Oder sogar mehr. Ein Teil von mir wollte vom Tisch steigen, sich vor seine Füße werfen und ihn um Verzeihung bitten. Ihm sagen, dass ich alles von ihm annehmen wollte, auch wenn es mir am Ende das Herz brechen würde.

Doch ich konnte nicht.

Ich blieb wie erstarrt auf dem Tisch liegen, und Jensen hob eine Braue, als er meinen inneren Kampf beobachtete. Nachdem ich mich erneut auf dem Tisch justiert hatte, nickte er und wandte den Blick ab.

„Also dann, Sub."

Er ging und ich hörte hinter mir Metall klimpern. Das Geräusch erhöhte meinen Puls, und dann fühlte ich etwas Kaltes am Fußgelenk. Ich hörte das Klicken eines Verschlusses, bevor Jensen meine Wade rieb. Dann ging er auf die andere Seite.

Während er arbeitete, sprach er mit mir und reizte mich. Streichelte mich sanft, über meinen Hintern, durch meine Ritze. Eine Berührung an den Rippen. Ein Streicheln über die Haare. In mir kribbelte es vor zig Empfindungen.

„Wenn du hier bist, gehört dein Körper mir, und ich mache damit, was ich will." Er ging in die Hocke, sah mir aber nicht in die Augen. „Vergiss nicht, was ich über das Fallenlassen des Balls gesagt habe." Ein kleiner schwarzer Ball an Lederbändern baumelte vor mir. „Mache deine Lippen mit der Zunge feucht und sauge an dem hier, das macht den Knebel schön nass und angenehmer."

Ich tat mein Bestes. Doch meine Kehle war so trocken wie die Wüste. Ich weitete die Augen, als der Knebel in meinen Mund glitt. Der Ball war schwerer als erwartet und drückte meine Zunge nieder. Jensen schloss die Lederbänder an meinem Hinterkopf.

„Sieh dich nur an", sagte er, stand neben mir und bewunderte sein Werk. „Gefesselt und geknebelt. Was ich jetzt alles mit dir machen könnte, Sub, und alles würde dir gefallen."

Mir lief ein Kribbeln über den Rücken und ich erschauerte. Sein Lachen, seine Erwiderung auf meine Reaktion auf seine Worte war kühl. Ich war nicht mehr Haley. Ich war nur eine Sub. Als ich ihn verletzt hatte, hatte ich die zarte persönliche Verbindung zu ihm verloren. Meine Augen brannten von den ungeweinten Tränen, die ich zurückhielt.

Doch so hatte ich es gewollt, und gemessen an der Reaktion meines Körpers, wollte ich es wirklich.

Ich wartete. Meine Muskeln waren angespannt wegen meiner inneren Anspannung und der Fesseln, während Jensen langsam um mich herumging.

Als ich ihn hinter mir spürte, schloss ich die Augen und alle anderen Sinne wurden schärfer. Ich hörte das leise Rauschen der Klimaanlage und seine leisen Schritte auf dem Teppich. Ich inhalierte seinen Duft, der mich wellenartig umwehte. Er war so männlich. So sexy. Sein Duft warm und würzig. Teuer.

Gott, wie ich ihn wollte.

Ich spannte die Schultern an, als ich das Öffnen seiner Gürtelschnalle und das Zischen des Leders hörte.

„Du bist so schön", murmelte er. Seine Stimme war leise, andächtig, als spräche er mehr zu sich selbst. „Und diese Session ist nicht für dich. Diesmal ist sie nur für mich. Ich werde dich spanken und ficken und es wird hart werden. Und du wirst alles nehmen, was ich dir geben werde, nicht wahr, Sub?"

Bei dem Wort zuckte ich zusammen. Aber da er mir die Möglichkeit zu sprechen genommen hatte, konnte ich nichts dazu sagen, höchstens den Ball fallen lassen. Doch das würde ich nicht tun. Denn auch wenn er mich anders behandelte als vorher, brannte ich dennoch für ihn.

„Oh", sagte er mit einem Hauch kalter Heiterkeit, „und du darfst nicht kommen."

Ich versuchte, zu schlucken. Das entging ihm nicht.

„Tja, Sub. Manchmal bist du nur für mich da, für meine Lust. Aber das weißt du schon, oder? Dass man manchmal, wenn man etwas will, einem anderen seine Wünsche verwehrt."

Ich riss die Augen auf und suchte nach ihm hinter mir, doch durch die Fesseln konnte ich mich nicht bewegen.

„Aber wenn du brav bist", fuhr er fort, als hätte er nicht gesehen, was seine Aussage mit mir machte, „wirst du später dafür belohnt."

Ich versuchte, mich zu entspannen. Ich konnte das aushalten. Ja, ich würde es schaffen.

„Aber wenn du versagst", warnte er mich in gefährlichem Ton, „wirst du bestraft."

Kaum hatte ich seine Worte verinnerlicht, landete seine Hand fest auf meinem Po. Ich zuckte, meine Hüften wurden auf das Holz gedrückt, doch er machte weiter. Er schlug mich mit der Hand und jagte eine stechende, wunderbare Hitze durch mich hindurch. Ich ächzte und stöhnte in den Knebel, kniff die Augen zu, biss in den Ball und versuchte, die Schmerzen und den Schock jedes stechenden Schlages zu absorbieren.

Bald schon bäumte ich mich gegen sein erbarmungsloses Tempo auf, bis er meinen Hintern streichelte und tröstende Worte sprach. Fast hörte ich sie gar nicht, doch sie waren wieder da. *Meine Schöne* und *braves Mädchen* und *schöne Sub*. Er sagte sie alle, während ich versuchte, meine Schreie des Schmerzes gemischt mit Lust zu beruhigen. Er hatte mit dem Spanking aufgehört und rieb in großen Kreisen über meinen Po.

„Gut gemacht, meine Schöne", sagte er und gab mir einen Kuss auf den Rücken.

Er setzte eine Spur aus Küssen mein Rückgrat entlang. Ich wand mich in den Fesseln hin und her, schnappte nach Luft und bog mich ihm entgegen.

„Du kannst noch mehr ertragen, okay? Du machst das so gut."

Aus meiner Kehle drang ein unverständlicher Laut. Ich konnte es nicht. Ich wollte nicht mehr. Ich wollte es nur noch beenden. Meine Säfte liefen mir die Schenkel hinab und ich war so geschwollen, so wild auf ihn.

Seine Finger fuhren durch meine Erregung und ich zuckte zusammen. „Siehst du? Du hältst es zurück. Ich bin stolz auf dich."

Ich atmete aus. Wieder erklang ein erstickter Laut.

Er streichelte weiter meinen Hintern. „Ich benutze jetzt das Paddel. Zehn Schläge, und dann werde ich dich ficken. Und du wirst nicht kommen, verstanden?"

Ich zerrte an den Fesseln, ballte die Fäuste, schrie seinen Namen, doch heraus kam nur ein Würgen. Er hatte mich lediglich mit Spanking und Loben an den Rand des Wahnsinns getrieben. Spucke lief mir aus dem Mund, als wäre ich wirklich das Tier, das er den Boden entlangkrabbeln ließ. Doch da war keine Scham mehr, keine Peinlichkeit. Nur noch schieres Verlangen, das mich ins Schwitzen brachte.

Seine Hand bewegte sich über meinen Rücken zur Schulter. Er drückte sie, massierte die Verspannungen fort und berührte mein Ohr mit den Lippen.

„Meine hübsche Sub, meine Schöne."

Ich wimmerte, als er sich mit der Brust über meinen Rücken beugte. Sein großer Schwanz rieb durch meine Ritze. Ich dachte an das letzte Wochenende und wie sich der Plug in mir angefühlt hatte und wie sehr ich Jensen in mir gewollt hatte.

Er lachte. „Keine Sorge." Ich suchte seinen Blick über die Schulter hinweg, und als ich seinem begegnete, glühten seine Augen. Erregt. „Deinen Hintern werde ich auch nehmen."

Noch ein Wimmern. Noch ein Winden. Ich hätte allein von seinen Worten kommen können.

„Und jetzt mach dich auf das Paddel gefasst. Und nicht vergessen, nicht zu kommen."

Ich jammerte laut und er brachte mich mit einem Blick zum Schweigen. Ich drückte den gelben Ball fest in der Hand und wappnete mich. Ein Paddel.

Wie war ich nur zu so einem Menschen geworden?

Und wieso liebte ich es so?

Beim ersten Schlag des Holzpaddels auf meinen Hintern schrie ich auf.

„Eins", sagte er und zählte an meiner Stelle mit.

Mit dem Paddel legte er ein langsameres Tempo vor als mit der Hand. Doch seine Schläge waren nicht schwächer. Mein Hintern stand in Flammen, jagte feurige Blitze bis in die Fußzehen und die Finger, und ich schrie, vor Schmerz und Lust in Ekstase, als er bei sieben ankam.

Er hielt inne, und ich versuchte, zu Atem zu kommen.

„Du darfst den Ball fallen lassen", erinnerte er

mich, ohne enttäuscht zu klingen. Er war nur besorgt, achtete auf mich.

Ich drückte den Ball fester. Ich beschloss, ihm zu vertrauen, und rief erneut seinen Namen unter dem Knebel. Wieder traf mich das Paddel. Und noch zweimal. Das Feuer brannte lichterloh in mir, als Jensen sich über mich beugte, und ich war nur noch ein zitterndes Etwas.

„So gut, Sub", knurrte er und fickte mich auf bestrafende Weise. Seine Eier schlugen gegen meine Schenkel und sein Schwanz steckte tief in mir. „Ich bin so stolz auf dich, Haley."

Als er meinen Namen sagte, schrie ich auf. Meine Pussy war geschwollen und heiß. Zog sich um ihn zusammen. Der Höhepunkt kam. Ich bewegte den Kopf, so gut ich konnte, um ihm das zu signalisieren, doch er stieß nur noch härter zu. Er hörte nicht auf, in mich zu pumpen, mit langen, festen Stößen, die Sinne in mir aktivierten, von denen ich noch nichts gewusst hatte.

Als mir der Schweiß über die Wangen lief vor Anstrengung, mich zurückzuhalten, legte er eine Hand auf meine Schulter.

Er stieß erneut zu und rief: „Scheiß drauf, komm, Haley! Komm mit mir zusammen!"

Das tat ich. Ich explodierte in tausend Splitter. Mein Schrei war gnadenlos und wollte nicht enden, während er mich so hart und abrupt stieß, dass ich dankbar für die Fesseln war.

Ich rief weiterhin seinen Namen, grub die Zähne in den Knebel, und Jensen sagte meinen Namen erneut, bevor er noch einmal tief in mich drang. Er pumpte seinen Samen in mich und dann berühr-ten seine Lippen mein Ohr.

„Du bist mehr", flüsterte er zwischen den zu-sammengebissenen Zähnen, „mehr als nur meine Sub."

Kapitel 13

Jensen

Als ich wieder gehen konnte, oder mich zumindest bewegen, ohne umzufallen, löste ich schnell ihre Fesseln und massierte ihre Muskeln. Unter meinen Händen kühlte sie ab und zitterte. Nichts wollte ich mehr, als sie in die Arme zu nehmen, doch ich wartete damit noch und erledigte erst die Nachsorge.

Fuck.

Ich hatte die Lektion nicht so weit treiben wollen.

Ich hatte erwartet, dass sie aufgab, statt sich so zu unterwerfen, wie es nicht einmal eine erfahrene Sub ertragen würde, ohne nicht mindestens ein Mal zu schwächeln.

Ich musste sie derartig bedrängen. Sie ihrer Kontrolle berauben, nach ihrer Warnung von gestern. Als sie mir gesagt hatte, dass ich lediglich ihr Dom sein könnte, hatte ich den Schmerz in ihren Augen gesehen. Sicherlich spiegelte er den Schock in meinen. Erst nachdem sie das gesagt hatte, hatte ich begriffen, dass ich mehr von ihr wollte als die vereinbarte Art der Beziehung.

Es war schnell geschehen, doch irgendwie auf natürliche Weise, durch Telefonate, Lachen, kleine Tests und meine Erinnerung an ihre Reaktionen auf mich.

Die Hitze ihrer Pussy, selbst durch den Latex des Kondoms hindurch, hatte mich überrascht. Das tat

Haley immer wieder. Mich überraschen. Schockieren. Sie verdrehte mir den Kopf und entwirrte ihn wieder, wenn ich tief in ihr war.

Sie machte mich auf die schönste Art fertig.

Ich nahm ihr den Knebel heraus und wischte ihr die Wangen und Lippen mit einem Waschlappen ab.

„Trink etwas Wasser." Ich steckte einen Strohhalm in eine Flasche und hielt ihn ihr an den Mund. „Aber beweg dich noch nicht so viel."

Ihre grünen Augen waren verschleiert, als wäre sie noch nicht ganz da. Als sie den Strohhalm aus dem Mund nahm und ihre Lippen beleckte, griff ich nach hinten, zog die große Fleecedecke heran und legte sie über Haleys Rücken.

„Mach langsam", sagte ich und half ihr von der Spanking-Bank, die ich so gestaltet hatte, dass sie wie ein Möbelstück wirkte. Vieles in meiner Wohnung war gut getarntes BDSM-Equipment. Seit zwei Jahren überlegte ich, das alles abzuschaffen. Immer wenn ich es ansah, empfand ich Reue oder Scham, Courtneys Anzeichen übersehen zu haben.

Doch das würde sich bald ändern. Ich hatte vor, alles mit Haley zu benutzen, damit ich ihr Gesicht vor mir hatte, wenn sie in meinen intimsten Erinnerungen erschien. Hoffentlich würde das die schlechten Erinnerungen an Courtney ersetzen.

„So", wisperte ich beruhigend, als sie auf die Knie kam. Ich wickelte sie in die Decke, nahm sie in die Arme und wiegte sie. Ich ließ mich mit ihr auf der Couch nieder, zog sie an meine Brust auf meinen Schoß, bis ihre Stirn an meiner Kehle lag. „Ich muss dich warmhalten und dir Wasser geben. Ich habe nicht damit gerechnet, dass du so schnell in den Subspace gerätst, und so heftig."

Ich streichelte ihr Haar, während das Adrenalin noch in ihr tobte. Sie klapperte mit den Zähnen und ich bot ihr das Wasser an. Ich musste mir verkneifen, ihr zu sagen, dass sie gestern im Auto unrecht gehabt hatte, doch dazu war später noch Zeit. Ich musste warten, bis sie mir glauben würde.

Stattdessen nahm ich die Fernbedienung und schaltete die Lautsprecher ein. Das Rauschen von Meereswellen ertönte und Haley lachte leise. Ich spürte ihre Lippen an meinem Schlüsselbein.

„Woher weißt du, dass ich Wellenrauschen mag?"

Ihre Stimme war heiser und trocken. Es würde eine Weile dauern, bis es vorbei war. Ich hatte den Knebel lange dringelassen und viel von ihr verlangt.

Mit der Hand an ihrem Hinterkopf drückte ich sie an mich. „Das war eine Vermutung, weil du am Wasser wohnst, und da dachte ich, damit mache ich nichts falsch." Ich lächelte. „Sei jetzt still und ruh dich aus. Wir reden später, wenn du bereit dazu bist."

Ich hielt sie fest und Minuten oder Stunden vergingen. Bis die Sonne untergegangen war und der Mond durch die Vorhänge schien. Bis ihr wieder warm war und nicht mehr zitterte. Erst als sie anfing, zappelig zu werden, sich streckte und die Zehen und Füße bewegte, ließ ich sie los.

„Ich kann dich massieren, um deine Muskeln zu lockern, oder du kannst auch ein Bad nehmen, während ich das Abendessen mache, aber ich kann dich nicht verkrampfen lassen." Mit den Lippen strich ich über ihre Haare und liebte das Gefühl ihres Gewichts an meiner Brust. „Was ist dir lieber?"

„Wenn ich mich in die Wanne lege, schlafe ich bestimmt ein."

„Dann die Massage." Ich legte eine Hand auf ihren Rücken und tippte sie leicht an. „Steig von mir und leg dich auf den Boden. Ich hole ein Öl für deinen Rücken und deinen Hintern. Das muss ich machen oder dein Hintern wird schrecklich wund werden."

Sie leckte sich die Lippen, sah mich zögernd an und wandte den Blick ab. „Ja, Sir."

Ich ließ sie los und sie erhob sich langsam und bedächtig von der Couch. Ich verzog das Gesicht beim Anblick ihrer vorsichtigen Bewegungen, als ob sie jetzt schon wund wäre, was wahrscheinlich auch der Fall war. Sobald das Adrenalin verflogen und sie stabiler war, würde sie sich erneut verkrampfen.

Ich breitete die Decke auf dem Boden aus und zog mir meine Boxershorts an. „Mach es dir bequem", sagte ich und ging ins Schlafzimmer, um das Öl zu holen und eins meiner T-Shirts sowie Boxershorts für sie. Als ich verlangt hatte, dass sie keine Kleidung mitbringen sollte, hatte ich vorgehabt, dass sie das ganze Wochenende über nackt sein sollte. Doch jetzt, wo ich mit ihr reden wollte, konnte ich mir vorstellen, dass sie sich wohler fühlte, wenn sie bedeckt war. Bedeckt von mir.

„Das riecht gut", murmelte sie, als ich meine Hände auf ihre Schultern drückte.

Ich hatte das Öl bereits auf ihren rot markierten Hinterbacken und Schenkeln verrieben.

„Salbei und Lavendel", sagte ich. „Beides nutzt man gegen Entzündungen und zur Muskelentspannung."

„Wäre ich noch ein bisschen entspannter, würde ich schlafen."

Ich lachte leise. Lieber eine entspannte, befriedigte Sub als eine verspannte.

Ich beendete die Massage mit langen, beruhigenden Strichen meiner Hände auf ihrem Rücken und den Schultern. Der Abend verlief nicht wie geplant. Gestern, frustriert darüber, dass sie gesagt hatte, dass sie nichts weiter von mir wollte, als ihr Dom zu sein, war ich wütend weggefahren. Dieses Wochenende wollte ich ihr klarmachen, dass sie das nicht wirklich wollte. Ich wollte ihr zeigen, wie eine reine Dom-Sub-Beziehung aussah. Doch dafür mochte ich sie einfach zu sehr. Wollte ich sie zu sehr.

Der gestrige Abend, als wir in der Bar mit den anderen lachten und redeten, hatte mir eine andere Seite von Haley gezeigt. Hatte mir gezeigt, wie eine echte Beziehung mit ihr sein könnte. Was ich nicht einmal mit Courtney gewollt hatte. Doch das bedeutete nicht, dass ich es mir nicht irgendwann doch gewünscht hätte. Ich hatte aber nicht gewusst, dass eines Tages eine grünäugige Schöne mit porzellanfarbiger Haut daherkommen und für mich wie eine Feuerwerksrakete abgehen würde.

„Dreh dich vorsichtig auf die Seite und geh dann auf die Knie." Sie streckte ihre Glieder wie eine Katze nach einem langen Schläfchen. Als sie gehorchte, reichte ich ihr die Hand und half ihr beim Aufstehen. „Ich habe dir etwas zum Anziehen mitgebracht. Möchtest du einen Drink?"

Sie blinzelte, sah zu den Kleidern auf dem Tisch und dann verwirrt zu mir. „Wein."

„Okay. Zieh dich an und komm zu mir in die Küche." Ich ging, um ihr Zeit zu geben, sich zu sammeln, obwohl ich den Drang verspürte, sie in meine Arme zu ziehen. Sie wirkte schläfrig, sexy, verschämt und süß. Eine Kombination, von der ich nie gedacht hätte, dass sie attraktiv für mich wäre. „Ich habe Essen bestellt, das müsste jeden Moment kommen", rief ich aus der Küche.

Kurz darauf kam sie zu mir in die Küche und ich goss uns beiden ein Glas Wein ein. Ich gab ihr das gekühlte Glas und betrachtete ihre bedächtigen Bewegungen. „Ist alles okay?"

Sie blinzelte, hielt das Glas zart mit ihren Fingerspitzen am Stiel fest. „Du … äh … du hast vorhin etwas gesagt."

Ihr Stottern war genauso bezaubernd wie alles an

ihr. Wie sie da so stand, ein Glas Wein in der Hand, als wäre es aus Diamanten, in meiner Küche, in meinen Kleidern, wusste ich genau, was ich wollte. Dass Haley mir gehörte. Nicht als Sub. Nicht als jemand, den ich trainierte. Nicht als jemand, den ich fickte. Ich wollte, dass sie mir gehörte.

„Haley", begann ich … und wurde von einem Handyton unterbrochen. „Das ist unser Essen. Es ist gleich da." Ich legte eine Hand an ihre Wange. „Ich weiß, was ich gesagt habe, aber lass uns erst essen. Wir reden später, okay?"

Mit leicht geöffneten Lippen nickte sie, war aber immer noch unentspannt. Die ganze Mühe mit der Massage war wahrscheinlich umsonst gewesen.

„Okay."

Mit den Lippen strich ich über ihre Stirn. „Alles wird gut. Entspann dich, meine Schöne."

Im Weggehen sah ich auf ihre Lippen … sie lächelte unsicher.

Haley

Du bist mehr als nur meine Sub.

Sosehr ich mich auch bemühte, mich von dem intensivsten Erlebnis meines Lebens zu erholen, hämmerten jedoch diese Worte in meinem Kopf und machten das Entspannen schwierig.

Doch als Jensen seine warmen, öligen Hände auf mich legte und mich von oben bis unten massierte, reagierte mein Körper auf ihn wie immer. Als wäre ich wie für ihn erschaffen. Dafür, ihm zu dienen.

Seine Fürsorge, nachdem er mich losgemacht hatte, war nicht überraschend. Ich hatte darüber gelesen, und sogar nach dem ersten Abend im *Luminous* hatte er mich gefragt, ob er mich anfassen und festhalten dürfe. Das alles zeigte mir, dass er ein Mann war, der die Fürsorge für seine Sub ernst nahm.

Überrascht hatte mich aber der Ton seiner Stimme, als er mir praktisch ins Ohr geknurrt hatte, dass ich kommen solle, nachdem er es mir erst verboten hatte. Wie er mich festgehalten hatte, die Wildheit seiner Stöße, als könnte er sich nicht vorstellen, zu kommen, ohne mich daran teilhaben zu lassen.

Dieser eine euphorische Moment, als er mich ins lustvolle Nirwana geschickt hatte, erschütterte die Grundfesten seiner Regeln. Das gab mir die Hoffnung, dass er mich vielleicht doch wirklich haben wollte.

Alles in mir wollte nach ihm greifen, sogar jetzt noch. Ich wollte mich seiner Leidenschaft und seinen zarten, doch bestimmten Berührungen ergeben.

Er beobachtete mich mit freundlichen, aber abschätzenden Augen, als wir uns das köstliche, kohlenhydratreiche italienische Essen schmecken ließen. Jeder seiner Blicke war klar und knapp.

Er wollte meine Mauern niederreißen, die ich versucht hatte, wieder zu errichten. Wollte mich entblößt vor ihm liegen sehen, und das nicht, weil ich nackt war. Obwohl das sicherlich dazugehörte.

Bei dem Gedanken erbebte ich, und das entging ihm nicht.

„Ist dir immer noch kalt?“ Er hielt mit der Gabel voll Linguine vor dem Mund inne.

„Nein. Ich musste nur an etwas denken.“ Ich sah ihm in die Augen. Sein Blick war weicher geworden. Als ich angekommen war, hatte Kälte in seinen Augen gestanden, doch die war nun verschwunden. „Du hast gesagt, dass wir reden werden.“

„Ja.“ Er nahm einen Bissen und kaute.

Wollte er die Spannung steigern? Ich traute mich nicht, ihn zu fragen.

„Gestern Abend hast du gesagt, du willst dich nur mit mir treffen, wenn wir lediglich spielen.“ Er wischte sich mit einer Serviette den Mund ab und legte sie auf den Tisch. „Was, wenn ich dir sagen würde, dass ich das nicht mehr will?“

Eine Mischung aus Hoffnung und Befürchtung lag mir im Magen. „Wie meinst du das? Was willst du denn?“

„Vielleicht war ich zu schnell mit der Grenze, die ich gezogen habe. Nach der Woche, die wir zusammen waren, nachdem wir uns so oft unterhalten haben und gestern Abend zusammen waren, habe ich mich entschieden, dass ich mit dir …

mehr versuchen möchte."

Der letzte Teil hing noch in der Luft. Mir klappte der Mund auf. Ich hatte gehofft. Gewollt. Und nie geglaubt, dass er das je sagen würde. Doch auch jetzt stimmte etwas an seinem Tonfall nicht. Es kam zu zögerlich, als ob er sich dazu durchringen müsste. Sein Kiefer war angespannt und an seiner Schläfe zuckte ein Muskel.

„Warum?"

„Warum ich dich will?"

Ich nahm einen ordentlichen Schluck Wein, ohne ihn zu schmecken. „Nein. Warum willst du mehr? Und was meinst du damit überhaupt?"

Er neigte den Kopf leicht zur Seite. „Willst du wissen, wieso ich dich attraktiv finde? Warum ich gern mit dir zusammen bin und mehr will? Du kommst mir nicht so vor, als ob du eine Bestätigung für dein Selbstvertrauen brauchst."

Er wollte mich nicht verletzen. Sein Blick war offen und aufrichtig. Dennoch schmerzte es mich, weil ich an Timothy denken musste. In meiner Ehe hatte ich so viel Zeit damit verbracht, mit den Händen Wasser aus dem sinkenden Schiff zu schöpfen, dass ich mich selbst wirklich infrage gestellt hatte. Seit einem Jahr arbeitete ich hart daran, die Frau zu sein, die ich sein wollte. Unabhängig, stark und … ja, selbstbewusst.

„Du hast meine Frage nicht beantwortet", erwiderte ich und war mir durchaus bewusst, dass ich auch seine Frage mied.

„Als du Dylan kennengelernt hast, hat er dir etwas über mich oder meine Geschichte als Dom erzählt?"

„Nein." Ich lachte auf, doch es war aus Nervosität und klang nicht amüsiert. „Sollte er das?"

Jensen schüttelte den Kopf und sah aus den Fenstern rechts von mir. Etwas flackerte in seinen Augen und die Luft um uns schien schwerer zu werden. Während er aus dem Fenster starrte, trommelte er unbewusst mit den Fingern auf dem Tisch. Jede Sekunde seines Schweigens, wie er die Lippen zusammenpresste und überlegte, erhöhte meinen ohnehin schon schnellen Herzschlag.

„Dylan hat mich trainiert. Er war mein Mentor und ich bin schon von Anfang an Mitglied im *Luminous*. Aber ich war nicht immer so ernst oder vorsichtig. Wusstest du, dass er mich extra angerufen hat, damit ich dein Dom werde?"

Nein, das hatte ich nicht gewusst. Ich griff nach meinem Wein und unzählige Fragen tauchten auf. Bevor ich eine stellen konnte, sprach er weiter.

„Ich bin seit zwei Jahren nicht mehr im *Luminous* gewesen, nicht seit die Sache mit meiner letzten Sub … tja, also … endete."

Der endgültige Klang dieser Aussage jagte mir einen Schauder über den Rücken. Ich schob den Teller mit dem halb gegessenen Essen von mir, da mir der Appetit vergangen war. „Endete?", fragte ich nach und nahm einen weiteren Schluck Wein.

„Sie ist nicht tot", sagte Jensen tonlos. „Aber sie wäre fast gestorben, und es war mein Fehler."

Mein Puls hämmerte und das kalte Gefühl in mir

breitete sich aus. Ich kreuzte die Arme vor meinem Bauch. „Wie das?"

„Ich hatte mich an Courtney gewöhnt und auf sie geachtet. Aber mir war entgangen, dass sie nicht immer … sagen wir mal, geistig stabil war. Sie wollte Dinge von mir, die ich ihr nicht geben wollte, ich tat es aber trotzdem, denn mit den Jahren hatte ich mir eingeredet, sie zu lieben. Aber irgendwann ging es nicht mehr um unsere Lust. Es hatte nichts mehr mit mir zu tun, als ob das Peitschen und Spanking für sie zu einer Sucht geworden wäre."

Ich versuchte, ihm zu folgen, doch es fiel mir schwer. Jensens Blick ging in die Ferne und er sprach mehr zu sich selbst.

„Vor zwei Jahren ließ ich den Lebensstil hinter mir, als sie einen Selbstmordversuch unternahm, Haley."

Mein Name gab mir die Konzentration zurück. „Was?"

Er schüttelte den Kopf. Ich brauchte keine Wiederholung. Seinen zusammengepressten Lippen nach zu urteilen, hätte er es auch nicht getan.

„Danach bezweifelte ich, dass ich der Sache noch gewachsen war, und dachte, ich wüsste nicht mehr, was eine Sub braucht. Seit zwei Jahren hatte ich zwar Frauen, aber ohne den Dom rauszulassen. Und dann rief Dylan mich an und wollte, dass ich dich trainiere."

„Willst du damit sagen, dass du nicht mein Dom sein willst?" Meine Kehle war kratzig und ausgedörrt. Ich trank einen Schluck Wein. Hatte er mir etwa alles gegeben, was ich so verzweifelt wollte, nur um es mir jetzt wieder zu nehmen? Tränen brannten in meinen Augen und rollten hinab, ehe ich sie verbergen konnte.

„Scheiße." Jensen kam näher, während ich die Tränen wegwischte. Er umfasste meine Wangen, zog mich an sich und küsste meine Lippen. „Nein. Damit wollte ich sagen, dass ich bei Courtney allein ihr Dom war, zumindest in ihren Augen. Irgendwie hatte ich übersehen, dass sie nie eine emotionale Verbindung zu mir aufgebaut hatte. Für sie ging es nur um den Schmerz, nicht einmal um Unterwerfung. Das ist mir erst so richtig aufgefallen, als wir beide bei dir zu Hause zusammen waren. Du unterwirfst dich freiwillig. Courtney spielte nur eine Rolle, um den Schmerz zu bekommen, den sie brauchte." Er lehnte sich wieder zurück, und sein Blick war so intensiv, dass es mir den Atem raubte.

„Das verstehe ich nicht."

„Ich weiß, ich versaue gerade alles." Er setzte sich direkt neben mich und legte die Hände auf meine Hand auf dem Tisch.

„Ich versuche zu sagen, als ich nur ein Dom war, wollte ich mehr. Eine echte Beziehung. Aber wenn ich in einer reinen Vanilla-Beziehung war, fehlte mir etwas. Ich musste mich zurückhalten, konnte nicht so sein, wie ich wirklich bin. Aber mit dir kann ich beides haben."

Ich hob den Kopf. „Beides?"

Er verdrehte die Augen und lächelte nervös. Ich starrte das Lächeln an, das breiter wurde. „Mit dir möchte ich beides, Haley. So meine ich das. Ich will, was du gestern gesagt hast, das ich dir nicht geben könnte, weil ich von vornherein Nein dazu gesagt hatte. Aber ich will dein Dom sein. Ich möchte dich spanken, dir einen Plug verpassen und dich knebeln. Ich will, dass du mir gehorchst, wenn ich es dir sage, aber ich will auch die Dates und Biere in Bars. Ohne Trainingssessions, nur du und ich.“

„Du willst, dass ich deine Sklavin bin?“

„Nein.“ Er schüttelte den Kopf und konnte sein Lachen nicht zurückhalten. „Ich will dich. Nur dich. Ich will dich auf alle Arten, auf die ich dich brauche, und auf alle Arten, auf die du mich willst. Das müssen wir nicht genau definieren, oder? Du unterwirfst dich, wenn ich es dir sage, und ansonsten sind wir ein normales Paar.“

Das klang perfekt. Nach genau dem, was ich wollte. Dennoch, es fehlten die klaren Grenzen, die mich angezogen hatten, diesen Lebensstil zu erkunden.

Teilweise war es wegen Timothy. Ich hatte Zurückhaltung, Treue und Respekt in unserer Ehe sehr ernst genommen. Allerdings hatte er nie ans Beschützen und Ehren gedacht. Unsere Ehe war voller Erwartungen, Hoffnungen und Träume meinerseits gewesen, die er niemals hätte erfüllen können.

Jensen sah mich immer unsicherer an.

Ich wollte haben, was er anbot. Ich wusste nur nicht, ob ich damit umgehen konnte.

„Ich weiß nicht so recht", sagte ich schließlich und zog meine Hand unter seiner fort.

Kapitel 14

Haley

W‟as soll das heißen, du weißt nicht so recht?"

Jensen lehnte sich zurück und legte die Hand auf seinen Schoß, doch seine Schultern waren angespannt.

Mir gefiel die Klarheit einer Dom-Sub-Beziehung. Das entsprach mir. Ich unterwarf mich gern. Und ich konnte entscheiden, wann ich es wollte. Er wollte, dass ich diese Grenzen über Bord warf.

„Das wäre eine große Veränderung", gab ich zu und sah ihn an. Sein Ausdruck und seine blauen Augen waren eisig geworden. „Gerade die klaren Linien haben mich an dem Lebensstil angezogen. Ich muss mir über nichts Gedanken machen, und die Person, der ich vertraue, trägt diese Bürde. Meine letzte Beziehung …" Ich hielt inne und fuhr mir durch die Haare.

Der Duft des Massageöls umwehte mich, und ich erinnerte mich an alles, was er mit mir gemacht hatte. An alles, was er gesagt hatte, und welche Empfindungen er in mir ausgelöst hatte. „Ich glaube, ich weiß nicht, ob ich mir eine normale Beziehung zutraue."

Seine eisigen Augen blickten wärmer und er verzog die Lippen zu einem Lächeln. „Haley?"

„Was?"

„Ich will, dass du die Shorts ausziehst und dich auf meinen Schoß setzt."

Ich hob den Kopf. „Was?"

Er spreizte die Beine, hob eine Braue und wartete. „Wirst du mir gehorchen?"

Ein Schauer durchlief mich und ich räusperte mich. Er hatte nichts verändert, nur seinen Tonfall, und mein Körper reagierte bereits. Ich erhob mich und tat, was er verlangte. Mit den Daumen schob ich seine Shorts von mir, spürte die warme Baumwolle an den Hüften und Schenkeln, bevor die Hose auf den Boden fiel. Ich umfasste den Saum des T-Shirts. „Das auch?"

„Behalte es an und komm her."

Seine Ungeduld war an den geballten Fäusten und seiner strengen Kinnpartie zu erkennen. Ich schwang ein Bein über ihn und setzte mich auf seinen Schoß. Er packte mich an den Hüften, rieb mich an ihm, zweimal, und dann schob er mir das Haar aus dem Gesicht.

„Wirke ich wie ein Mann, der sich nicht um dich kümmern würde?"

Ich schüttelte den Kopf. Seine dominante Seite war viel zu stark.

„Wirke ich wie ein Mann, der sich um seine Verantwortung drückt?"

Seine beruflichen Erfolge beantworteten das, auch wenn ich ihn nie persönlich getroffen hätte. „Nein."

Er hob eine Braue und krallte die Finger in meine Haare. „Nein?"

Oh. Verdammt. „Nein, Sir."

„Sehr gut, meine Schöne. Siehst du? Es ist ganz einfach. Du weißt genau, was ich will und wann ich es will, Haley. Richtlinien müssen nicht in Stein gemeißelt sein, um deutlich zu werden."

Ich dachte kurz darüber nach und nickte dann. In einem kurzen Augenblick hatte er dies in ein Training verwandelt und nur seinen Tonfall geändert. Es war völlig klar, was er wollte, als er mich an seine Erektion presste und mich gleichzeitig so festhielt, dass ich mich nicht bewegen konnte. Meine Klit pulsierte bei der Erkenntnis, während er mich bewegte, an seiner Länge rieb, und ich war dazu verdammt, ihn mich einfach nehmen zu lassen.

Mein Atem beschleunigte sich. Er zog mich an sich, und ich schnappte nach Luft, drückte meine Brust an seine. Meine Nippel waren hart und rieben an seinem Shirt, was sich köstlich anfühlte.

Ich bog mich ihm entgegen, doch er hielt mich fest im Griff, zog meinen Kopf zurück, sodass ich das Kinn anheben musste.

„Erzähl mir von deinem Vanilla-Sex."

Mir war ganz schwummerig im Kopf vor Verlangen. Er brauchte mich nur zu berühren, und schon war ich erregt. Ich benötigte einen Moment, um zu begreifen, dass er etwas gesagt hatte. „Was, Sir?"

Er lächelte. „Vanilla-Sex. Ich nehme an, dass du den hattest. Hat er dir gefallen?"

Hatte er das? Ich war dabei gekommen.

„Manchmal", gab ich zu.

„Hat er dir gereicht?"

„Meinst du, ob ich Orgasmen hatte?"

„Ja." Er sah mich an. „Das meine ich."

Er sah aus, als ob er lieber Nägel essen würde, als mir diese Frage zu stellen.

„Nun ja, ich kannte ja nichts anderes, aber es war alles andere als …" *Als das, was wir haben.* Das sprach ich jedoch nicht aus. Sein Ego war schon aufgeblasen genug, doch das war es nicht allein. Ich war immer noch unsicher, wohin uns das alles brachte, und wollte mich ihm gegenüber nicht noch verletzlicher machen. Er besaß bereits genug von mir. „Warum willst du das wissen?"

Er hob die Hüften und presste sich an meine geschwollene, heiße Mitte. Erneut drückte er mich an den Hüften auf seinen harten Schwanz und rieb mich durch seine Jeans hindurch. Mit der anderen Hand ballte er eine Faust in meinen Haaren und zog an ihnen. Ruckartig zerrte er mich zu sich und ich japste auf bei dem Schmerz.

Er sah mich an und Erregung schimmerte in seinen Augen. „Das hier ist kein Bondage, oder? Da sind keine Peitschen, keine Flogger und keine Plugs." Er verzog leicht die Lippen. „Sehr zu meiner Enttäuschung. Aber es ist auch kein Vanilla, oder, Haley?"

Er lockerte den Griff für meine Antwort. „Nein, Sir."

„Vorher hast du nicht bekommen, was du brauchst. Gib mir eine Chance. Wir finden uns da

währenddessen rein, aber ich kann dir versprechen, dass du die Regeln lernen wirst. Wir werden
ganz wir selbst sein ... nur versautere Versionen."

Ich grinste. „Das ist ein verlockendes Argument."

Er gab mir einen Klaps. Hart, aber verspielt. „Im
Spiel bin ich immer noch Sir. Wenn ich dein Dom
bin, bin ich Sir. Verstanden?"

„Woher soll ich wissen, wann du mein Dom bist
und wann nur Jensen?"

Er hob eine Braue und seine Stimme klang ver-
schwörerisch und verrucht. „Ich bin sicher, dass
du das schnell herausfindest. Und sieh es einfach
mal so: Wenn du nicht gehorchst, wirst du bestraft."

Eine echte Bestrafung von ihm musste ich erst
noch erleben. Wenn sie nur halbwegs so war wie
das vorhin ... das Verbot des Höhepunkts oder
das Paddel, dann klang das gar nicht so schlecht.

Er beugte sich vor und sein Mund berührte mein
Ohr und knabberte fest daran. „Sag mir, dass du
es mit mir versuchen wirst. Ich will es. Ich will
dich."

„Ja, Sir."

Seine Hände fesselten mich ganz ohne Schellen,
Gürtel oder Ähnliches, doch er raubte mir trotzdem den Atem und machte mich sprachlos, drang
mit der Zunge in meinen Mund und nahm sich,
was er wollte. Er plünderte und raubte mich aus,
während ich mich seinem Griff ergab, unfähig,
mich zu bewegen oder mich an ihm zu reiben.

Der Kuss war erst vorbei, als Jensen mir in die

Augen sah. „Öffne meine Hose und setz dich auf meinen Schwanz."

„Kondom?", fragte ich, als ich seinen dicken, heißen Schaft in der Hand hielt.

„Fuck." Er lehnte die Stirn an meine. „Ich habe sie im anderen Zimmer gelassen. Halte dich an mir fest."

Bedauernd ließ ich seinen Schwanz los und er stand auf. Ich schlang die Beine um seine Hüften und die Arme um seinen Hals. Er trug mich den langen dunklen Flur entlang in sein Schlafzimmer.

Ich versuchte, etwas zu sehen, doch ich sah nur das große Bett in dem gedämpften Licht. Er setzte sich auf das Bett, den Rücken ans Kopfteil gelehnt, und hielt mich genauso wie im Esszimmer.

„In der obersten Nachttischschublade. Nimm zwei Kondome raus und zieh mir eins über."

Jensen

Sie war mehr als hübsch. Mehr als schön. Mit dem dunkelbraunen Haar, das ihr über den Rücken fiel, und den großen, verträumten Augen, war Haley eine Göttin.

Ich wusste nicht mehr genau, wann ich entschieden hatte, mehr als Sex mit ihr zu wollen. Aber der Gedanke, sie nicht zu haben, nicht alles von ihr zu besitzen, verknotete mir die Eingeweide, und es war unmöglich, sie jetzt nicht zu nehmen.

Meine Finger krallten sich in ihren Hintern, als sie nach der Nachttischschublade griff. Jede ihrer sanften, geschmeidigen Bewegungen faszinierte mich.

„Zieh es mir über", befahl ich. Meine Stimme war rau und knurrig. Das hölzerne Bettgestell drückte gegen meine Schultern, schmerzte, doch ich achtete nicht darauf. Ich wollte, dass sie mich ritt und lernte, dass ich die Oberhand hatte, auch wenn sie oben saß. Ich würde sie nur mit Händen und Worten dominieren und sie zu der meinen machen.

Ihre Finger bebten, als sie das Kondom öffnete und die Verpackung zur Seite warf. Meine Daumen pressten auf ihre Hüftknochen, während sie mir sanft den Latex auf die geschwollene Spitze stülpte, und ich musste mich dazu zwingen, die Augen geöffnet zu halten. „Roll es langsam herunter. Ich möchte, dass du jeden Zentimeter von mir spürst."

Ihr Blick zuckte kurz zu meinem, bevor sie wieder meinen Schwanz ansah. „Das ist nicht schwer."

Trotz meines Verlangens entkam mir ein kurzes Lachen, auf das schnell ein Stöhnen folgte, als ihre Hände folternd langsam an meinem Schaft entlangglitten. Ich tippte ihren Hintern an. „Und jetzt setz dich auf mich. Nimm mich langsam, und komm erst, wenn ich komme."

Nicht, dass das lange dauern würde. Mein Schwanz war schon seit der Massage hart, durch das ganze Abendessen hindurch.

Ich nahm eine Hand von ihrer Hüfte und legte sie um die Wurzel meines Schwanzes, um den Drang, zu kommen, zu unterbrechen. Mein Schwanz glitt in sie, und ich biss die Zähne zusammen, als die erste Hitzewelle meine Spitze umschloss. Fuck. Sie war so nass und glitschig, ihre Pussy so eng und klammernd. Ich zog Haley auf mich, hielt nach jedem Zentimeter inne, genoss, wie ihre Pussy mich einsaugte, und labte mich an jedem kleinen Laut, den Haley von sich gab. Mit einer Hand drückte ich ihre Hüfte fest und hielt sie davon ab, sich zu bewegen. Ihre Muskeln spannten sich an.

„Sieh uns zu", brachte ich zwischen den Zähnen hervor. „Schau zu, wie mein Schwanz in dich gleitet. Heilige Scheiße, Haley, das ist einfach perfekt."

„Ich will mich bewegen", hauchte sie jammernd. „Bitte."

„Nein." Ich nahm die Hand von meinem Schwanz und zwang Haley auf mich herunter. Mein Schwanz stieß an das innere Ende ihrer engen Wände und ich mit dem Kopf an die Rückwand des Bettes.

„Jens… Sir, bitte!"

Ich gab ihr einen Klaps auf den Hintern, wodurch sie sich nach vorn bewegte. Ich hielt sie zurück, als sie ihre Klit an mir reiben wollte.

„Du kommst, wenn ich es dir sage, keinen Moment früher." Ich fing ihren Blick auf. „Muss ich dich erst fesseln, damit du gehorchst?“

Ich wollte das nicht tun müssen. Ich wollte ihr zeigen, wozu wir in der Lage waren, wie wir auch ohne agieren konnten.

Ihre grünen Augen wurden dunkel wie Smaragde und sie zappelte auf mir herum. Fuck. Sie wollte es wirklich.

„Du willst es, oder? Du liebst es, gefesselt und unbeweglich zu sein und mich mit dir machen zu lassen, was ich will.“

In ihren Augen schimmerte Verlangen. „Ich will nur, dass ich mich bewegen darf.“

Bei ihrem verzweifelten Blick grinste ich. So verdammt schön. So selbstsicher, was sie haben wollte, so ehrlich und ungeniert, darum zu bitten.

Ich justierte mich auf dem Bett und sie verdrehte die Augen bei der Bewegung.

„Dreh dich um.“ Ich ließ ihre Hüfte los und half ihr, bevor sie darüber nachdenken konnte. Als mir ihr Hintern zugewandt war und ihre Haare auf meine Schenkel fielen, nahm ich diese in die Hand und zerrte daran. Ihr gehauchtes Stöhnen ließ meinen Schwanz noch mehr anschwellen.

„Hände auf den Rücken, Haley.“ Als sie meinen Befehl befolgte und mich über ihre Schulter ansah, schlang ich meine Hand um ihre Handgelenke.

„Kannst du dich noch bewegen?“, wollte ich wissen und zog an ihren Haaren und Händen.

Ihre Hüften zuckten, doch sie bewegte sich kaum. „Nein.“

„Gefällt dir das besser?“ Meine Stimme hatte einen warnenden Unterton. Sie versuchte, die Schultern zu entspannen, doch ich zog noch fester an ihr. „Antworte mir, Haley."

„Ja, Sir. Das gefällt mir besser."

Ihre Worte klangen zögerlich, als hätte sie Angst, mich zu enttäuschen. Sie hatte ja keine Ahnung, dass ich langsam glaubte, dass das gar nicht möglich war. Ich stieß mit den Hüften nach oben und zerrte Haley gleichzeitig nach hinten.

„Oh", stöhnte sie, und ich tat es wieder, stieß zweimal hart in sie.

Meine Eier zogen sich zusammen. „Hab niemals Angst …" Ich stöhnte, fickte sie, als hätte ich das nicht gerade erst vor wenigen Stunden getan. „… mir zu sagen, was du willst."

Mein Kiefer schmerzte, die Muskeln in meinem Nacken und in der Brust spannten sich an, während ich weiter in Haley stieß. „Ich habe gesagt, wir finden es heraus, während wir es tun, und mein Job ist immer noch und wird immer sein, dir zu geben, was du brauchst."

„Ich muss kommen", hauchte sie. „Bitte, bitte … oh mein Gott."

Ich zerrte sie zurück, bis ihr Kopf meine Schulter traf. Ich nahm die Hand aus ihren Haaren und legte sie auf ihre Vorderseite. „Nimm alles", knurrte ich in ihr Ohr. Ich stieß in sie, fickte sie, während ihr Rücken auf meiner Brust lag und ihr nichts anderes übrig blieb, als es hinzunehmen.

Ihr Wimmern wurde lauter, ihr Körper spannte sich an, und mein Drang, in ihr zu explodieren, wurde unerträglich. Ich legte die Hand auf ihre Kehle, achtete darauf, ihre Atmung nicht zu behindern, und drückte die Lippen an ihr Ohr. „Du bist nicht gefesselt, Haley. Aber das hier ist auch kein verdammter Vanilla-Sex, oder?"

Sie schüttelte den Kopf. „Jensen." Ich nahm die Hand von ihrer Kehle und zwickte ihren Nippel, drehte ihn, bis sie schrie: „Sir!"

„Vergiss das nie", wisperte ich. „Vergiss nie, wer ich in diesem Bett bin."

„Okay. Aber bitte … ich bin so kurz davor."

„Ich weiß." Mit den Fingerspitzen strich ich über ihre harten Nippel. „Ich spüre dein Zittern, den Schweiß auf deinem Rücken. Deine Pussy umklammert mich, als ob sie meinen Schwanz melken wollte. Du liebst das, oder?"

„Ja … ja, Sir, bitte …"

„Gut so. Bettele." Mit der Hand glitt ich über ihren Bauch und strich über ihre heißen, geschwollenen Schamlippen. Mein Orgasmus begann im Rücken, die Wirbelsäule entlang und raste in meine Eier. „Bitte mich, Haley."

Ich erhöhte das Tempo, fickte sie, als ob ich sie in der Mitte durchbrechen wollte, zerrte sie an mich, zwang sie zum Stöhnen und Schreien.

„Bitte, bitte, bitte, Sir!"

„Komm", knurrte ich. Ich konnte nicht mehr warten. Mit der Hand glitt ich nach unten und schnippte mit dem Daumen ihre Klit an. „Komm schon, lass mich dich fühlen." Ich fickte sie wie wild und spielte mit ihrer Klit.

Sie zuckte zusammen und der Orgasmus raste durch sie hindurch. Ich ließ ihre Hände los und umfasste ihre Brust, presste die Stirn an ihre Schulter und biss zu, während sie davonschwebte. Mein Höhepunkt überwältigte mich. Ich explodierte in ihr, und zum ersten Mal hasste ich es, dass Latex dazwischen war und mir etwas, was ich so unbedingt wollte, vorenthalten wurde.

Darüber würden wir noch reden müssen.

Haley bebte immer noch in meinen Armen. Ich genoss das Gefühl ihrer Wärme, ihres süßen Dufts und dass ihr kein anderer Mann geben konnte, was sie wirklich brauchte.

Keiner außer mir.

Ich hielt sie eng an mich gepresst, mit dem Rücken an meiner Brust, meinen Armen um ihren Bauch, bis die Nachbeben ihres Höhepunktes vorbei waren und unser Herzschlag sich beruhigt hatte. Ich küsste ihre zarte Haut hinter dem Ohr.

„Soll ich einen Waschlappen für dich holen?"

„Nein", murmelte sie und sah mich an. „Ich möchte so liegen bleiben."

Ich lachte leise. „Aber ich muss das Kondom loswerden, meine Schöne."

Ein Schauer überlief sie und sie lächelte. Sie war mehr als schön, und mir gefiel, wie sie auf den Kosenamen reagierte.

„Na gut." Sie küsste mich aufs Kinn und glitt von mir. Ich ließ sie nicht weit kommen, legte sie bequem aufs Bett und zog die Decke über sie.

Ich ging ins Bad, entsorgte das Kondom und

kümmerte mich um mich selbst, bevor ich mit warmem Wasser und einem Lappen zu Haley zurückging.

Sanft drückte ich den Waschlappen auf ihre Schultern, und sie lachte leise, gedämpft von dem Kissen unter ihr.

„Noch eine Massage?", fragte sie.

„Ich kühle dich nur ein bisschen ab. Es war ganz schön viel für dich."

„So mag ich es. Ich mag alles, was du mit mir machst."

Sie legte die Wange auf das Kissen und verzog die Lippen zu einem zufriedenen Lächeln. Hätte sie nicht gerade erst meinen Schwanz gemolken, wie ich es nie für möglich gehalten hätte, hätte mich allein dieser Blick schon wieder hart gemacht.

„Dann lass uns jetzt schlafen." Ich küsste ihre Schläfe und schob ihr das Haar aus dem Gesicht. „Denn morgen werde ich dich mit dem Plug und mir füllen und wenn du ein wirklich braves Mädchen bist, deinen Hintern ficken."

Kapitel 15

Haley

Klingt super, Gabby. Bis bald", sagte ich und kaute auf meiner Lippe, während Gabby zustimmte.

„Klasse! Ich kann es kaum erwarten!"

Ich beendete das Gespräch, legte die Stirn auf den Handflächen ab und stützte die Ellbogen auf dem Empfangstresen auf.

Es war der Donnerstag nach dem Wochenende mit Jensen. Ein Wochenende und dann eine Woche, in der er anscheinend beschlossen hatte, es mit unserer neuen Art der Beziehung nicht langsam angehen zu lassen. Und das machte er richtig gut.

Am Sonntag hatte ich mich vorsichtig aus dem Bett gerollt und nicht verhindern können, vor Schmerzen auf dem Hintern das Gesicht zu verziehen, als ich ins Bad ging. Jensen war das nicht entgangen und er hatte den Sonntag kurzerhand als sexfrei erklärt.

Natürlich versuchte ich, seine Meinung zu ändern, doch es war sinnlos. Stattdessen hatte er mir Frühstück gemacht, aufgeräumt und wir blieben den ganzen Tag auf seiner Couch. Wir sahen uns Filme an und redeten, aßen Snacks und etwas vom Lieferservice, bis es Zeit für mich wurde, nach Hause zu fahren.

Als ich ging, griff er mir in den Nacken, zog mich

an sich und küsste mich. Weil ich bereits von dem Kuss allein dahinschmolz, grinste er. „Ich werde mein Versprechen von gestern einhalten. Zum richtigen Zeitpunkt."

Darauf wartete ich schon die ganze Woche. Wir hatten uns jeden Abend getroffen, und immer hatte es damit geendet, schnell zu Abend zu essen und die Teller zur Seite zu schieben oder sie gleich komplett zu vergessen, übereinander herzufallen und mit rasenden Herzen sämtliche Körperteile ineinander zu verschlingen.

Doch was nicht passierte, war eine echte Session zu spielen. Zwar war der Sex wie immer umwerfend gewesen, aber auch langsamer. Leidenschaftlich, und wenn auch nicht vanillamäßig, sondern so intensiv, dass es mir den Atem raubte, hatte Jensen sein Versprechen trotzdem noch nicht erfüllt.

Bei der Vorstellung, vollständig ausgefüllt zu werden, spürte ich Verlangen an Stellen, an denen ich es nie erwartet hätte.

Letzte Nacht, als ich das Thema vorsichtig erwähnt und gefragt hatte, warum wir noch warten würden, hatten seine Augen frech geglänzt. Sexy.

„Macht dir das Warten denn keinen Spaß?"

Ein Schauer überlief mich. „Nein."

Er lachte. Seine Stimme war rau und die pure Erotik, was ich mehr genoss, als geistig gesund sein konnte.

„Lügnerin. Du kannst es kaum erwarten, dass ich meinen Schwanz tief in deinen Hintern stecke."

Noch ein Schauer. Ich stöhnte laut.

Er hatte noch mehr gelacht, mir einen Klaps auf den Hintern gegeben und mich eng an sich gezogen. „Das Warten ist Teil des Spaßes, Haley. Vertrau mir, es zu erfüllen, wenn der Zeitpunkt am besten ist."

Vertrauen fiel mir schwer, und ich hatte gedacht, es gar nicht hinzubekommen. Neben meinem Vertrauen, Männer richtig beurteilen zu können, hatte Timothy auf jeden Fall meine Offenheit anderen gegenüber ordentlich gestört. Doch das war es nicht, was Jensen von mir wollte. Er bat mich darum, ihm Teile von mir zu geben und darauf zu vertrauen, dass er sorgsam damit umging. Auf eine Art und Weise, die ich mir gar nicht vorstellen konnte. Er bat mich darum, ihm die Zügel zu übergeben, die ich so fest in Händen hielt, und daran zu glauben, dass er nur tun würde, was für mich das Beste war.

Diese Vorstellung war ebenso beängstigend wie aufregend. Also lehnte ich mich an ihn, küsste seine Brust, auf der sich genau die richtige Menge Haare befand, die Richtung Süden immer schmaler verliefen, wie ein perfekter Pfad zum Goldschatz. „Ich vertraue dir."

Er atmete kurz und scharf ein und seine Muskeln spannten sich unter mir an, was mir zeigte, dass er verstand, was dieses Geständnis mir bedeutete.

Er hatte mich in seine Welt gezogen. Wenn er nicht da war, dachte ich an ihn und wollte ihn sogar noch mehr. Und es war erst eine Woche her, seit er gesagt hatte, dass er mehr als das wollte.

Es war erst drei Wochen her, seit ich diese Seite von mir hatte erkunden wollen.

Ich steckte tief drin. Nicht nur knietief. Auch nicht nur bis zu den Hüften. Ich steckte so tief drin, dass ich, falls etwas schief gehen und Jensen mir den Teppich unter den Füßen wegziehen würde, einen Rettungsring brauchen würde, um nicht unterzugehen.

Daran hatte ich an diesem Vormittag gedacht, als das Handy geklingelt hatte. Als ich Gabbys Namen auf dem Display las, freute ich mich, mit ihr reden zu können. Ich brauchte eine weibliche Meinung. Jemanden, der Jensen kannte, seine Vergangenheit; der wusste, wozu er fähig war, um mir den letzten Schubs zu geben, ihm auch außerhalb des Schlafzimmers zu vertrauen … oder des Wohnzimmers, der Küche, des Flurs, seines Büros … denn er weitete die Grenzen aus, die ich noch nicht komplett aufzugeben bereit war.

„Haley?"

Ich sah auf, als ich meinen Namen hörte. Claire stand vor mir. Ihrem Blick nach zu urteilen, hatte sie mich nicht das erste Mal angesprochen.

„Entschuldige", murmelte ich und stand auf. „Was kann ich für dich tun?"

„Ist alles in Ordnung? Du wirkst diese Woche irgendwie abgelenkt."

Ich kannte Claire schon, seit sie zehn war und ich fünfzehn. Damals war ich ihr Babysitter gewesen. Auf keinen Fall würde ich je mit ihr darüber reden, auch wenn sie jetzt erwachsen war.

„Ja, alles okay. Es ist nur eine stressige Woche." Ich seufzte und fuhr mir über die Wangen. „Kommst du allein zurecht? Ich habe zum Mittagessen einen Termin und später einen in Grand Rapids."

Sie grinste und zuckte mit den Schultern.

Als Claire vor zwei Jahren zu meinen Eltern kam und erzählte, dass sie das College geschmissen habe, weil es nichts für sie sei, und dringend einen Job brauche, um nicht wieder nach Hause ziehen zu müssen, hatten sie Claire als Empfangsdame für unter der Woche eingestellt. Sie kannten sie noch besser als ich und wussten, dass sie nicht nur verantwortungsvoll, sondern auch klug war.

Klug genug, um zu merken, dass meine Erklärung nur eine Ausrede war.

„Na klar. Aber vielleicht solltest du etwas schlafen. Du siehst müde aus."

Ich war erschöpft. Die Nächte mit Jensen entzogen mir den Schlaf. Und wir wachten früh auf, weil er mich vor der Arbeit immer noch einmal nehmen wollte. Doch auch das erzählte ich ihr natürlich nicht.

„Ich werde es später versuchen." Das würde ich nicht. Schlafen konnte ich, wenn ich tot war. Bis dahin wollte ich von Jensen gefickt werden. Auf alle Arten, die er wollte.

Nach dem Mittagessen mit Gabby und dem Termin mit dem Anwalt, um über den Fall mit Timothy zu sprechen, sollte ich auf Jensen warten, der mich nach seiner Arbeit zum Essen ausführen wollte.

Ganz offensichtlich hatte er überhaupt kein Problem damit, sich Hals über Kopf in eine Beziehung zu stürzen. Ich hoffte nur, dass ich auch bald so weit sein würde.

Gabby und ich waren im *Madcup Coffee* an der westlichen Grenze der Innenstadt von Grand Rapids. Vor unserem Fenster lag ein Park und dahinter das Kunstmuseum, durch das ich oft an langen, kalten Winterwochenenden geschlendert war, wenn es in Denton nicht viel zu sehen oder zu tun gab.

Diesmal dachte ich allerdings nicht an kalte Winternächte, Schals oder ob ich neue Winterstiefel brauchte. Nein, ich hatte gerade eine Atombombe auf Gabby losgelassen. Sie starrte mich mit geöffneten Lippen an und hielt mit der Kaffeetasse auf halbem Weg zum Mund inne, sodass ich mich fragte, ob sie sich je wieder bewegen oder sprechen würde.

Schließlich schüttelte sie den Kopf, als ob sie sich vom Schock befreien wollte. „Er hat *was* gesagt?"

„Also, äh …" Es war mir nicht schwergefallen, mit ihr darüber zu sprechen. Gabby hatte sich alles angehört und meine Fragen nach bestem Wissen beantwortet. Sie war lieb und freundlich, mit einer kecken Art, die ich an ihr mochte. Sie erklärte mir ihre Beziehung zu Dylan, wie es dazu gekommen war und dass sie jetzt seit sieben Jahren zusammen waren. Sie kannte Jensen gut und vertraute ihm.

Das half mir, ihm auch zu vertrauen.

Als ich ihr sagte, dass er mehr als nur mein Dom sein wollte, hatte ich nicht mit dieser Reaktion gerechnet.

„Haley", sagte sie mit sanfter Stimme und stellte die Tasse auf die Serviette vor ihr. „Ich kenne Jensen schon länger als Dylan. Er hat nie etwas anderes gewollt als eine Sub, nicht einmal mit Courtney, und sie waren zwei Jahre zusammen."

Bei dem Namen erbleichte ich. Ich konnte nichts dafür. Er hatte mir nur wenig von ihr erzählt, und Gabbys Reaktion entnahm ich, dass ich nicht die ganze Geschichte kannte. „Er hat sie erwähnt", antwortete ich.

Sie riss kurz die Augen auf. „Wow … das ist … ich meine, das ist toll. Aber … wow."

„Irgendwie komme ich nicht mit."

„Ich habe nicht das Recht, diese Geschichte zu erzählen, Süße. Und dieses Vertrauen werde ich auch nicht brechen. Nicht, weil er ein Dom ist oder weil mir Dylan sonst den Arsch versohlt und mir die Orgasmen bis zur Zombie-Apokalypse verbietet …" Sie blickte verträumt drein. „… was gar nicht so schlimm wäre. Sondern weil …" Sie schwang einen Finger durch die Luft, als wollte sie ihre Gedanken von den Sexfantasien befreien. „Weil Jensen nach Courtney lange total fertig war. Er nahm eine Menge Schuld auf sich, die gar nicht seine war. Und ich hätte gedacht, wenn er in den

Club zurückkommt und endlich Frieden mit seiner Neigung macht, dann würde er sich nicht so schnell wieder binden.“

Etwas an ihren Worten brachte meinen Rücken zum Kribbeln. „Er hat mir erzählt, dass sie keine Beziehung hatten. Jedenfalls nicht auf …“ Ich suchte nach dem richtigen Ausdruck. „… nicht auf romantische Art.“

„Das stimmt. Zwei Jahre sind dennoch eine lange Zeit, egal wie man es bezeichnet. Aber ich freue mich.“ Sie trank einen Schluck Kaffee und lächelte dabei, als sie die rot geschminkten Lippen ansetzte. „Ich freue mich für ihn. Und für dich. Du könntest keinen besseren Mann finden, der sich um dich kümmert. Im Bett und außerhalb.“

Dass sie so schockiert war, ließ mich innehalten, doch gleichzeitig strahlte sie Aufrichtigkeit aus. Eine unsichtbare Axt schlug den ersten Riss in die Mauer, die ich um mich gebaut hatte.

„Danke fürs Zuhören.“

Sie grinste und rieb sich die Hände. „Und jetzt reden wir über die Party. Was willst du anziehen?“

Ich lachte und rollte mit den Augen. Jensen hatte gesagt, dass wir am Samstag zu einer Wohltätigkeitsveranstaltung gehen würden. Jedes Jahr veranstaltete er eine zu Ehren seines Vaters, der ein großer Wohltäter gewesen war. Diesmal ging es um eine Spendensammlung für das Obdachlosenheim für Teenager in Grand Rapids. Seine Klienten und Freunde Donovan und Talia Lore leiteten es. Seit er mir davon erzählt hatte, saß ich auf glühenden Kohlen und freute mich, dass Gabby und Dylan auch dort sein würden. Ich würde nicht nur Jensens Geschäftspartner kennenlernen, sondern auch seine langjährigen Freunde. Es war ein großer Schritt, doch weniger unangenehm, wenn Gabby dabei war.

„Morgen will ich shoppen gehen. Hast du eine Idee, was ich tragen soll?"

Sie lachte und berührte ihr silbernes Halsband. Es war schön und etwas in mir sehnte sich ebenfalls danach. Für Meister und Sklave bedeutete das Halsband Besitzanspruch. Ähnlich einem Ehering, doch der Stellenwert schien noch höher zu sein.

Ich schob den Gedanken beiseite. Wir hatten bereits genug über Jensen gesprochen und wohin es mit ihm führen würde, und ich hatte genug Stoff, über den ich nachdenken musste. Also ergingen wir uns in Frauengesprächen über Kleider, Schuhe und wie solche Veranstaltungen generell abliefen. Wir lachten und grinsten bei einer weiteren Runde Kaffee.

Sie war soeben dabei, mir von dem Desaster ihrer Haussuche mit Dylan zu erzählen, als ihr Blick ernst wurde und sie sich kerzengrade aufrichtete. Hinter mir hörte ich, wie die Tür aufging, und genau dort starrte Gabby hin.

„Was ist los?", fragte ich, stellte den Kaffee ab und wollte mich umdrehen.

Gabby legte ihre Hand auf meine und ich hielt

inne. „Nicht umdrehen. Und lass mich reden." Sie drückte kurz meine Hand und ließ mich los.

Gabby blickte über meine Schulter hinweg. „Hallo." Ihre Freundlichkeit war verflogen, und ihr Gesichtsausdruck ähnelte dem in der Bar, als sie sich mit dem Kerl angelegt hatte, der doppelt so groß und breit gewesen war wie sie.

„Gabby", sagte die Frau und trat in mein Sichtfeld. „Wie geht's?"

„Gut, Meredith. Kann ich dir irgendwie helfen?"

Ich sah die Frau an. Sie trug einen teuren Hosenanzug, der leicht und weiblich wirkte und nach Reichtum roch. Als ich ihre Augen sah, erkannte ich sie. Auf meinem Schoß ballte ich die Hände zu Fäusten. Es war die Frau, mit der Jensen gegessen hatte, als ich auf der Suche nach ihm gewesen war.

Und sie kannte Gabby. Etwa aus dem *Luminous*?

„Nein", sagte Meredith. „Courtney und ich essen hier zu Mittag, und ich dachte, wir sagen dir Hallo. Lange nicht gesehen."

Sie war schön, doch ihr Lächeln wurde dünn und ihr Blick anzüglich, als sie mich ansah. In meinen Ohren hallte noch immer das eine Wort nach.

Courtney. Courtney. Courtney.

Jensens Ex-Sub. Und er war mit einer Freundin von ihr essen gegangen?

„Nicht lange genug", sagte Gabby unverblümt und verbarg dabei nicht, dass sie genervt war. „Wenn du nichts von mir willst, kannst du ja wieder gehen."

Meredith, völlig unbeeindruckt von Gabbys Unfreundlichkeit, warf ihr langes blondes Haar über ihre Schulter. Sie war groß und dünn und hätte auf einem Cover posieren können, ohne dass man sie mit Photoshop noch perfekter machen müsste. Ich konnte an ihr keinen einzigen Makel erkennen, außer vielleicht ihr gehässiges Grinsen.

„Kein Grund, gleich gemein zu werden, wir sind doch praktisch alle eine Familie."

Ein würgendes Geräusch entkam meiner Kehle.

Meredith verengte die Augen und sah mich an. Ihr Grinsen änderte sich kein bisschen. „Kennen wir uns?"

„Nein", sagte Gabby schnippisch. „Wir sind mitten in einem Gespräch, das du unterbrochen hast, und deshalb solltest du dich jetzt verziehen."

Meredith schnalzte mit der Zunge. „Wie unhöflich. Gabby. Kein Wunder, dass dich jemand besitzen und dir Unterwerfung einprügeln muss."

Gabby lächelte und berührte ihr Halsband. Genau so hatte sie vorhin bei mir auch gelächelt. Ich bewunderte ihr Selbstvertrauen, ihr Selbstverständnis für ihre Neigung, während ich zwischen den beiden hin und her sah wie dem Ball beim seltsamsten Tennis der Welt.

„Deine Freundin wartet auf dich", antwortete Gabby und nickte zu jemandem am Empfang.

Ich sah hin. Sie war nicht weniger hübsch als Meredith, doch ihre Erscheinung war anders. Ihre Haare hatten die Farbe eines wunderschönen Sandstrandes und die blauen Augen glichen dem Meer. Sie wirkte klassisch und unschuldig, hatte einen Hauch dunkler Ringe unter den Augen, die aber nur verrieten, dass sie ganz ohne Make-up so schön sein konnte. Gekleidet in eine schwarze Yogahose und eine Sportjacke mit Reißverschluss sah sie aus, als käme sie gerade aus dem Fitnessstudio oder wäre auf dem Weg dorthin. Doch das tarnte nicht, wie umwerfend gut sie aussah. Sie war der Typ Frau, der für Zeitschriften modelte und dessen Fotos männliche Teenager sich herausrissen und unter ihren Betten versteckten.

„Ich weiß", sagte Meredith. Dann sah sie mich an und ihre Augen verengten sich erneut, maßen mich ab.

Ich musste mich beherrschen, nicht sämtliche Fragen herauszuplaudern, die mich beschäftigten. Was bedeutete sie Jensen? Was meinte sie mit *eine Familie sein*? Und war die andere Frau Courtney?

Sie streckte ihre Hand aus, lange, schmale Finger, um meine zu schütteln. Automatisch ging ich auf die Geste ein.

„Meredith Moxley", sagte sie.

„Haley." Ob sie spürte, wie meine Hand zitterte? Bevor ich das herausfinden würde, entzog ich ihr schnell meine Hand.

„Es kommt mir so vor, als hätten wir uns schon mal gesehen."

„Sorry." Ich zuckte mit den Schultern und lächelte, doch es fühlte sich gezwungen an. „Das glaube ich eher nicht."

„Meredith?", sagte die andere Frau zögerlich. „Wir sollten jetzt gehen."

Alle sahen die Frau an.

„Ich komme gleich, Courtney", antwortete Meredith, ohne den Blick von mir zu nehmen.

Ich wusste nicht, ob sie gesehen hatte, wie mich Jensen vor Wochen durch den Flur des *The Royal Mile* und fort von ihr gezerrt hatte, doch es war offensichtlich, dass sie mich von irgendwoher kannte. Falls sie noch nicht eins und eins zusammengezählt hatte, wirkte sie jedoch klug genug, dass dies nicht mehr lange dauern konnte.

Währenddessen konnte ich den Blick nicht von der Frau nehmen, die jetzt neben sie getreten war. Sie war zappelig, verknotete ihre Finger ineinander und blickte unruhig durch das kleine Café. Ihre Unterlippe bebte, während sie auf Meredith wartete. Dann streifte ihr Blick Gabbys und etwas wie Furcht leuchtete in ihren Augen, bevor sie grüßend das Kinn hob.

„Gabby. Hallo."

Gabby verlor die Kälte, mit der sie Meredith hatte einfrieren wollen, und ihr Ausdruck wurde neutral. „Courtney. Ich hoffe, es geht dir gut."

Courtney blinzelte ein paarmal. „Ich, äh … ja, besser, glaube ich. Danke."

Gabbys Lippen verzogen sich zu einem nicht echt wirkenden Lächeln, doch zu einem verständnisvollen Ausdruck.

„Lass uns gehen, Meredith", sagte Courtney erneut.

Ich konnte meinen Blick nicht losreißen. Musste immerzu daran denken, was Jensen alles über sie gesagt hatte. Daran, wie er dabei ausgesehen hatte, und ich konnte mich nur wundern, was er alles nicht erwähnt hatte. Diese Frau wirkte unschuldig und schüchtern, ein bisschen verpeilt und schien Angst vor ihrem eigenen Schatten zu haben.

Doch Meredith bemerkte sie gar nicht oder sie war ihr egal. Aber dann drehte sie sich um, nahm Courtney den für sie bestimmten Kaffee to go aus der Hand und sah Gabby und mich noch einmal an.

„Ich denke, wir sehen uns dann am Samstag."

Ein schweres Gewicht schien mich auf die Brust zu treffen und presste mich an die Stuhllehne. Meredith wandte uns den Rücken zu und ging, ohne auf Courtney zu achten.

Als sie draußen waren, sah ich sofort Gabby an. „Wer zum Geier war das?" Mein Magen schmerzte. Ich wusste die Antwort bereits. Zumindest, was eine von ihnen anging.

„Das, meine neue Freundin, die morgen Abend nicht weiter als einen Schritt von mir, Jensen oder Dylan entfernt sein wird, war Meredith, die hinterlistigste Schlampe, die du je treffen wirst. Und Courtney."

Kapitel 16

Jensen

Ich steckte bis zum Hals in Gerichtsakten, tippte auf den Computer ein und versuchte, nicht ständig auf die Uhr zu sehen.

Vor einer Stunde hatte ich Haley zu ihrem Termin mit Ron kommen hören. Seitdem hatte ich mich nicht mehr konzentrieren können und mich gewundert, wie zur Hölle ich so verrückt nach einer Frau geworden sein konnte. Ich hatte die Rollos zugezogen, um sie nicht mehr sehen zu müssen.

Was nicht bedeutete, dass mein Schwanz nicht erwacht war, als ich ihre Stimme gehört hatte, während sie mit Ron über den Flur gegangen war.

Ich war sitzen geblieben, um sie nicht wieder in Verlegenheit zu bringen. Ron hatte eine Menge herausgefunden, als er in dem Fall mit ihrem Ex-Mann ermittelt hatte. Obwohl ich nicht nur ihren Fall bearbeiten wollte, sondern auch den elenden kleinen Mistkerl, der Haley das Leben schwer machte, zwang ich mich dazu, mich auch da rauszuhalten.

Zwar waren meine Methoden, einen Fall zu gewinnen, legal, doch nicht immer ganz lupenrein. Ich hatte überall Kontakte für die Drecksarbeit, sodass ich alles abstreiten und meine Klienten und mich sauber halten konnte. Ron arbeitete nicht so, aber er hatte einen Privatdetektiv eingesetzt, den ich ihm praktisch hatte aufzwingen müssen.

Inzwischen war es mir egal, ob er mitbekam, dass zwischen mir und Haley etwas war. Er würde es sowieso spätestens bei der Wohltätigkeitsveranstaltung sehen, die ich jedes Jahr zu Ehren meines Vaters gab.

Es war das einzige Wochenende im Jahr, an dem meine Mutter das sonnige San Diego verließ, um nach Michigan zu kommen. Kurz nach seinem Tod war sie fortgezogen, weil sie etwas Neues wollte und in eine wärmere Gegend. Obwohl ich es ihr nicht übel nahm, gefiel mir nicht, dass sie einen ganzen Staat von mir entfernt war.

Haley wusste nicht, dass meine Mom dort sein würde, und ich hatte es nicht erwähnt. Sie war zögerlich genug, so schnell schon meine Freunde und Geschäftspartner kennenzulernen, und ich dachte mir, meine Mutter auf sie loszulassen, würde sie direkt zum Flüchten veranlassen.

Beim Klang von Schritten vor meiner Tür hoffte ich, dass es Haley war, die mich besuchen kam, und mein Schwanz zuckte sofort.

Tja, ich bekam sowieso nichts auf die Reihe, bis Haley hier war, ich sie nehmen konnte, wie ich es so verzweifelt wollte, und sie dann zum Essen ausführen würde. So war zumindest der Plan. Den Rest des Abends hatte ich ebenfalls geplant, denn auch wenn es mich fast umbrachte, ihren Hintern nicht zu nehmen und sie auf jede Art zu besitzen, liebte ich es, mit ihr zu spielen und sie warten zu lassen.

Die Woche hatte mir bewiesen, dass ich mehr sein konnte als nur ein Dom. Mehr als jemand, der nur Schmerzen und Lust geben konnte.

Nach Courtney brauchte ich das. Brauchte jemanden, der mir auch über meine Fähigkeiten mit dem Paddel oder Flogger hinaus vertraute. Mir gefiel nicht nur, dass Haley das alles wollte, dass sie auf denselben Sex stand wie ich, sondern ich genoss auch Sex ohne Hilfsmittel, um unsere Lust zu erhöhen.

Dieser große Teil einer Beziehung hatte bei Courtney und den anderen Subs stets gefehlt. Das, was hinter dem Sex lag und tiefer ging.

Wahrscheinlich hatte ich die ganze Zeit auf eine Frau wie Haley gewartet, ohne es zu wissen. Der Gedanke, dass ich für diese Erkenntnis ausgerechnet Dylan danken musste, brachte mich zum Lachen. Ich kannte ihn schon zehn Jahre und hatte ihm noch nie für etwas gedankt. Doch das würde ich bald nachholen. Vielleicht mit einer Flasche seines bevorzugten Scotchs.

Ich war total in meinen Dankesplänen versunken und merkte gar nicht, dass meine Tür aufging, bevor sie wieder zuknallte.

„Was soll das?" Ich sah auf und sah Haley vor dem Schreibtisch stehen. Sie war blass, hatte die Arme vor dem Bauch verschränkt, ihre Augen waren riesig und blickten wild. „Was ist los?" Ich stand auf, ging auf sie zu, doch sie hielt eine Hand hoch. „Haley, was ist los? Geht es um Timothy?"

Das holte sie aus ihrer Starre. „Nein", murmelte

sie und sah mich an.

Diesen Blick hatte ich bei Frauen schon gesehen. Er kam immer, kurz bevor man ein Knie in die Eier bekam oder eine Ohrfeige. Zur Sicherheit trat ich einen Schritt zurück. „Was ist los?", fragte ich erneut, diesmal ruhiger.

Sie ließ den Blick durch mein Büro schweifen und nahm die Arme herunter. „Heute habe ich Meredith getroffen. Und Courtney. Und jetzt will ich wissen, wieso du mir weismachen wolltest, dass du neulich ein Geschäftsessen mit ihr hattest."

Ich hob entsetzt den Kopf. „Was? Wo denn?" Ich trat wieder einen Schritt vor, doch hielt inne, als ich ihren Ausdruck verinnerlichte. Kalt. Voller Angst. Stinksauer.

„Ich gebe mir wirklich Mühe, dir zu vertrauen", sagte sie und ihre Unterlippe bebte. „Aber ich brauche eine Erklärung. Die beiden sehen super aus, sind echt schön, und sie kennen dich gut."

„Wie hast du sie getroffen?" Meredith umgab sich gern mit Menschen, die schwächer waren als sie. Wahrscheinlich war sie nur deshalb mit Courtney befreundet.

„Spielt das eine Rolle?"

„Ja, das tut es." Ich trat näher und der Raum schien zu kippen. Wut brodelte in mir. Weil sie mich ansah, als ob sie an mir zweifelte. Als wäre ich nicht völlig aufrichtig zu ihr gewesen. Dabei hatte ich alles getan, was ich als Dom tun musste, einschließlich ehrlich zu sein, als ich die Regeln ändern wollte. Das Wichtigste in einer BDSM-Beziehung war Ehrlichkeit – neben Sicherheit, Vernunft und Einverständnis. Kommunikation, Offenheit, Ehrlichkeit. Diese Worte sollten auf jeder BDSM-Webseite stehen und an jeder Wand in jedem Sexclub hängen.

Ich hatte all das getan, und diese Frau, die mir versichert hatte, mir zu vertrauen, zweifelte nun an mir.

„Und ob es eine Rolle spielt, Haley", sagte ich leiser, sodass sie an meinem Ton erkannte, wie ernst es mir war. „Weil du in mein Büro kommst und dir hast den Kopf verdrehen lassen. Du bist voller Mist, der nichts mit uns oder unserer entstehenden Beziehung zu tun hat." Oder was ich glaubte, was gerade entstand … verdammt, das schmerzte.

„Setz dich", befahl ich. Ihre Augen blickten verweigernd, was meine Wut noch mehr anfachte. „Und erzähl mir genau, was passiert ist. Lass uns reden, bevor du mich mit Vorwürfen überhäufst."

„Ich spiele dieses Spiel heute nicht, Jensen."

Sie drückte das Kreuz durch und in ihren Augen brannte ein Feuer.

Und verdammt, ich bekam einen Ständer. Ich unterdrückte ein Stöhnen bei dem Anblick ihrer Wut. Ich hatte Haley schon verängstigt gesehen. Nervös. Fröhlich lachend. Doch diese Seite von ihr noch nicht. Ich hätte nicht leugnen können, dass ich ihr die Wut am liebsten sofort aus dem Leib gefickt hätte. Ich ignorierte diesen Wunsch, beugte mich vor und legte allen Ernst in meine Miene und Stimme. „Setz. Dich. Hin."

Das Feuer in ihren Augen flammte auf. Sie biss die Zähne zusammen, und kurz war ich überzeugt, dass sie sich weigern würde. Fast hoffte ich es, damit ich sie mir schnappen, über den Tisch beugen und ihr das Spanking verpassen konnte, das sie nicht nur genießen, sondern das auch ihre Wut vertreiben würde, sodass wir uns vernünftig unterhalten konnten.

Doch ehe ich nach ihr greifen konnte, dämpfte sie ihre Wut und senkte leicht den Blick.

„Na gut", murmelte sie.

Sie setzte sich an den kleinen Konferenztisch, den ich im Büro hatte. Normalerweise traf ich mich hier mit Ron und meiner Assistentin Amy, und momentan lag ein Stapel Akten darauf, um die ich mich drückte.

Ich folgte ihr und setzte mich auf einen Stuhl, weit genug von ihr entfernt, mit neutralem Ausdruck, ohne jedoch zu verbergen, dass ich verletzt war. Ich wollte nichts mehr verstecken. Ich hatte nichts falsch gemacht, und eigentlich war sie diejenige, die sich erklären sollte. Ich gab ihr einen Moment, um sich zu beruhigen, obwohl mein Herz raste.

„Fang am Anfang an."

Sie sah mich nicht an beim Sprechen. Diese Distanzierung störte mich mehr als ihre Wut. Als hätte sie sich bereits innerlich verabschiedet.

„Gabby und ich haben uns heute auf einen Kaffee im *Madcup* getroffen."

„Du und Gabby?"

Sie zuckte mit den Schultern und spielte mit der Handtasche auf ihrem Schoß herum, die sie so bei sich behielt, als ob sie nicht plante, lange zu bleiben. Ich presste die Zähne zusammen, bis mein Kiefer schmerzte. Dann zwang ich mich zur Konzentration. „Gabby ist ein guter Umgang." Sie gehörte zu den Liebsten in meiner Welt. Sie konnte einen Mann lächelnd bezwingen, ohne sich einen Fingernagel dabei abzubrechen oder ins Schwitzen zu kommen. Und sie war immer loyal. Und seit sie Dylans Sklavin war, war er glücklicher, als ich ihn je zuvor gesehen hatte.

„Ja. Jedenfalls haben wir über dich und andere Sachen geredet, als plötzlich Meredith aufgetaucht ist." Fast lächelte sie und sah mich dann an. „Meredith ist eine Bitch."

Für den ersten Eindruck lag sie da völlig richtig. „Ich nehme an, Gabby ist mit ihr fertiggeworden."

„Ja. Aber sie hatte Courtney dabei, und das Ganze … wie Meredith mich angesehen hat … und wie gut sie Gabby kannte …"

Ich beugte mich vor und legte eine Hand auf ihr Knie. „Ich habe Meredith nie gefickt, Haley. Ich habe sie nie angefasst, und das auch nie gewollt. Aber ich kenne sie schon lange."

„Aber das Treffen mit ihr neulich war kein geschäftliches."

Ich fuhr mir mit der Hand durch die Haare. „Unsere Beziehung ist kompliziert. Aber nicht auf sexuelle Art. Unsere Väter waren befreundet. Sie ist jünger als ich, aber wir sind sozusagen zusammen aufgewachsen."

„Sie will dich."

„Das stimmt." Haley zuckte zusammen bei meiner Ehrlichkeit, aber ich hatte nichts zu verbergen.

Sie leckte sich die Lippen und sah enttäuscht aus. „Sie ist schön."

Ehe ich mich zurückhalten konnte, legte ich den Kopf in den Nacken und lachte. „Meredith ist ein Hai, Haley. Oder eher ein Piranha und sehr schlau. Sie hat einen guten Geschäftssinn und weiß, wie gut sie aussieht. Früher habe ich sie einmal respektiert. Und ja, sie ist hübsch. Und sie will mich als ihren Dom, aber das habe ich immer abgelehnt."

Unentschlossenheit zeichnete ihre Züge. Während ich meine Worte wirken ließ, verflog mein Ärger. „Ich bin nicht so ein Kerl, für den du mich gerade hältst. Erstens war sie für mich immer eher wie eine nervtötende Schwester. Zweitens wollte ich sie wirklich noch nie anfassen. Drittens ist sie als Freundin von Courtney sowieso aus dem Spiel für mich und meine moralischen Ansichten, und viertens … falls du noch einen Grund brauchst, warum Meredith nie eine Bedrohung für dich sein wird …" Ich wartete, bis sie mir in die Augen sah und senkte die Stimme. „Ich habe noch nie eine Frau getroffen, die schöner ist als du. Und die besser zu mir passt."

„Und Courtney?" Ihre Stimme schwankte.

„Sie ist völlig irrelevant." Zum ersten Mal seit zwei Jahren spürte ich, dass das wirklich stimmte. „Sie ist eine ehemalige Sub. Da ist nichts zwischen uns, und Courtney ist innerlich kaputter, als ich ihr je helfen könnte. Ich musste erst dich kennenlernen, um das Thema für mich wirklich beenden zu können." Ich wollte nicht in die Details gehen müssen und glücklicherweise fragte sie nicht nach.

Es dauerte eine Weile, während ihr innerer Kampf tobte, und dann fiel er wie ein wogender Vorhang von ihren Schultern.

„Okay. Es tut mir leid, dass ich an dir gezweifelt und gleich das Schlimmste vermutet habe. Meredith war nur so …"

„Geier-mäßig?"

„Ja." Sie lachte leise. „Auf jeden Fall einschüchternd."

„Du brauchst keine Angst vor ihr zu haben. Das verspreche ich dir. Allerdings muss ich leider sagen, dass du sie am Samstag wiedersehen wirst und in Zukunft wohl öfter, aber ich werde nicht zulassen, dass sie dir wehtut."

„Gabby erwähnte es. Und dass ich nicht mehr als ein paar Schritte von dir, ihr und Dylan entfernen sein werde."

Deswegen liebte ich Gabby so. „Das wirst du auch nicht. Und Meredith wird ihren Kampf verlieren, wenn sie sieht, dass ich vergeben bin."

„Bist du das denn?" Sie biss sich auf die Lippe. „Vergeben?"

„Dass du das nach dieser Woche noch fragst, bringt mich um." Sie öffnete den Mund, doch ich sprach weiter. „Aber ich verstehe es. Du hast deine früheren Erlebnisse, deine Zweifel, und vielleicht habe ich es dir nicht deutlich genug gezeigt."

Ich stand auf und zog Haley auf die Beine. Bevor sie sicher auf ihren hohen Absätzen stand, umfasste ich ihre Wangen und zog sie an mich und stöhnte, als ihre Lippen auf meine trafen.

Köstlich. Vom Himmel gesandt. Sie war schön und perfekt und alles, was ich wollte. Ich küsste sie, um ihr zu zeigen, wie sehr ich sie begehrte. Was sie mir bedeutete. Küsste sie, denn wenn sie in meiner Reichweite war, wollte ich nichts mehr, als sie zu besitzen.

Doch ich war immer noch wütend, dass sie mir nicht vertraut hatte, als sie in mein Büro gestürmt war.

Sie hatte eine Lektion verdient.

Ich zog die Hände zurück und meine Daumen strichen über ihre erhitzten Wangen. Bei der zärtlichen Berührung öffnete sie die Augen.

Träge. Entspannt. Erregt.

Ich genoss einen Moment ihren Ausdruck in dem Wissen, dass er noch heißer werden würde. Dann knabberte ich an ihrem Ohrläppchen und flüsterte: „Hast du noch den Plug, den ich dir zurückgegeben habe?"

Sie schnappte leicht nach Luft. „Ja."

„Gut. Dann ändere ich den Plan für heute Abend.

Wir gehen nicht essen."

Sie spannte sich leicht an, doch ich hielt sie fest, bewegte die Hüften und presste meine Erektion an sie. „Ich werde um sechs bei dir sein. Schließe die Tür nicht ab und knie dich in der Stellung vor das Bett, wie ich es mag, dich zu sehen. Bereite dich mit dem Plug vor, denn heute werde ich deinen Hintern nehmen."

Ein Schauer durchlief sie und sie hauchte ein Stöhnen aus.

„Zweifele nie an mir, Haley", sagte ich im Zurückziehen. „Du bist nicht Courtney und ich bin nicht Timothy. Und ich werde immer ehrlich zu dir sein."

„Okay." Sie zögerte kurz, bevor sie nickte.

Ich ließ sie los und zwang einen dominanten Ausdruck auf mein Gesicht. „Und jetzt geh. Wir sehen uns später."

Haley

„So verdammt gut, Haley. So eng."

Langsam stieß er in meinen Hintern. Was als stechender Schmerz begann, wurde köstlich befriedigend.

Meine Hände waren auf dem Bett an meine Fußknöchel gebunden und meine Wange war auf ein Kissen gepresst. Mit einer Hand an meiner Hüfte und einer auf meiner Schulter umschloss mich

Jensen. Mit jeder Bewegung seiner Hüften strich seine Brust über meinen Rücken, und das Kitzeln seiner Brusthaare jagte Funken über meine Wirbelsäule. Seine Fingerspitzen bohrten sich in meine Haut. Seine harte, starke Länge bewegte sich in mir, hinein und heraus. Was ich immer gebraucht und nie gewagt hatte, danach zu fragen – er gab mir alles auf perfekte Weise.

Oh mein Gott. Es war himmlisch. Schmerz und Lust gemischt, bis der Druck so stark wurde, dass ich glaubte, gleich zerrissen zu werden. Und Jensen war so gut darin, dass er kein Problem damit hätte, mich hinterher wieder zusammenzusetzen.

Ich ballte die Fäuste und stöhnte. „Mach schnell", wimmerte ich.

Ich war bereits zweimal gekommen, dafür hatte er gesorgt, mich gedehnt und vorbereitet und mich so entspannt wie möglich gemacht. Momentan war ich allerdings nicht entspannt. Ich war höchst erregt, verkrampft und bereit und würde gleich überschnappen. Nässe lief mir die Schenkel hinab, meine Klit pulsierte vor Verlangen nach Reibung. Er versagte sie mir, bis er so weit war.

Seine Lippen wisperten mir Lob und Zuspruch ins Ohr. „Du fühlst dich so gut an, so heiß, so eng … meine Schöne … mehr … ich bin gleich so weit."

Ich erschauerte bei seinen Worten und zerrte an meinen Fesseln. Ich wollte ihn so gern anfassen.

„Komm jetzt", stöhnte er und sein Tempo nahm Fahrt auf.

„Berühr mich, Sir", keuchte ich. Ich konnte mich nicht bewegen und mir nehmen, was ich brauchte. „Bitte … bitte …"

Ich bettelte. Flehte. Wimmerte, bis er die Hand von meiner Hüfte nahm. Er streichelte meine geschwollene Pussy.

„Wolltest du das?"

„Ja!", rief ich und zerrte erneut an den Fesseln. Ich sah nichts, bekam keine Luft. Alles in mir zog sich zusammen. „Jensen!", schrie ich.

Seine Hüften stießen härter gegen meinen Hintern, seine Eier schlugen gegen meine Pussy. Mehr konnte ich nicht ertragen. Ich grub die Fingernägel in die Handflächen und verlor mich in der Lust, wurde von der Flutwelle der Ekstase erfasst.

Er stieß in mich, einmal … zweimal … seine lobenden Worte hielten mich auf ihn fixiert, während ich unter ihm explodierte.

„Fuck, Haley", stöhnte er ein letztes Mal und hielt tief in mir inne.

Er pulsierte, entleerte sich in mir.

Mein Herzschlag dröhnte in meinen Ohren.

„Alles okay?", fragte er schließlich, doch ich konnte nicht antworten.

Mein Mund war ausgetrocknet, mein Blick verschwommen …

„Haley?" Seine Hände ruhten auf meinem Rücken und sein Gewicht verließ mich.

Es war so gut … so viel Lust. Meine Augen schlossen sich. Mein Puls raste weiter und seine Hände lagen immer noch auf meinem Rücken.

Bevor ich davonschwebte, hörte ich noch, wie er die Fesseln löste, und spürte sein sanftes Streicheln über meine Hüften.

„So wunderbar, meine Schöne, alles wird gut. Lass dir Zeit …"

Ich sagte nichts. Ich war bereits fort, surfte auf der Welle, bis sie mich überspülte.

Kapitel 17

Jensen

Schnell löste ich ihre Fesseln und nahm Haley in die Arme, legte sie unter die Bettdecke, während sie völlig wegtrat.

Ich musste ihr Orangensaft und Wasser bringen. Sie brauchte Zucker und Wärme, doch ich wollte sie so nicht allein lassen, während sie sich im Subspace befand. Es geschah nicht immer, dass eine Sub in diesen euphorischen Zustand geriet, in dem der Körper die Regie übernimmt, Adrenalin und Endorphine freigesetzt werden und sie in einen anderen geistigen Bereich geriet, doch es kam vor. Und es war immer schön.

Bei Haley war ich von ihrem seligen Ausdruck fasziniert, der ihre zarten Züge noch friedlicher machte.

„Alles okay", flüsterte ich, drehte sie auf die Seite und streichelte an ihrem Körper entlang, berührte sie, wo ich nur konnte, unfähig, mich zu beherrschen. Ich massierte ihre Handgelenke und Hände, löste die Verspannungen.

Hätte ich noch irgendwelche Zweifel gehabt, was nicht der Fall gewesen war, bis sie mich als Lügner und Betrüger beschuldigt hatte, waren sie verflogen, sobald ich meinen Schwanz in sie geschoben hatte, in eine Öffnung, in die sie noch nie einen Mann gelassen hatte.

Ich hatte sie markiert.

In Besitz genommen.

Ich spürte den Drang, jedem zu zeigen, dass dieses selbstbewusste, reine, sexuelle Wesen mir gehörte. Sie hatte sich mir voll ergeben.

Aber damit gehörte ich ihr.

Es gab nichts, was ich nicht für sie getan hätte.

Ich küsste ihre Schläfe und streichelte ihren Hals. Dort und auf einer ihrer Brüste hatten meine Zähne Spuren hinterlassen. Meine Fingerabdrücke waren auf ihren Schultern, ihrem Rücken und Hals zu sehen. Ich hatte mich hinreißen lassen, mich in dem Gefühl von ihr verloren, und jedes Mal, wenn ich so wild wurde, reagierte sie perfekt darauf.

„Geht es dir gut?", wisperte ich. Sie bewegte sich an mir. „Du musst aufwachen, damit ich mich um dich kümmern kann."

Sie verzog leicht die Lippen, und die langen Wimpern flatterten. „Habe ich geschlafen?"

„Subspace", erklärte ich und streichelte von ihrer Schulter bis zu ihrer Hüfte. Dort hielt ich inne und ihre Wärme sickerte in mich. Ihre Zartheit war ein starker Kontrast zu meiner festen Haut. „Geht es dir besser? Du hast das so gut gemacht."

So viel besser als ich mir je hätte vorstellen können. Und das war eine Menge.

„Wow." Ihre Stimme war trocken. Ich drehte sie auf den Rücken, damit ich sie ansehen konnte. „Das war ... einfach wow."

„Ja." Ich grinste, streichelte mit dem Daumen über ihre Unterlippe und legte die Hand an ihre

Kehle. Sie war jetzt ruhiger. Entspannter. Ihr Puls gleichmäßig. Diese Bestätigung brauchte ich dringender, als ich gedacht hätte. „Ich hole dir Orangensaft für deinen Blutzuckerspiegel. Hast du welchen da?"

Sie zog die Augenbrauen zusammen. „Keine Ahnung. Vielleicht. Ich weiß es nicht mehr."

„Ich gehe nachsehen. Bleib liegen und ruh dich aus, ich kümmere mich gleich um dich, okay?"

„Ich könnte mich nicht mal bewegen, wenn ich es wollte."

Ich lachte, küsste sie auf den Kopf und stand auf, machte mir nicht die Mühe, etwas anzuziehen. Ich wollte Haley baden und die Anspannung vom Fesseln wegwaschen.

Ich eilte nach unten in die Küche, durchsuchte ihren Kühlschrank, fand jedoch nur Grapefruitsaft. Der musste reichen.

Ich goss ein Glas Saft ein, füllte zwei weitere mit Wasser und klemmte mir noch eine Packung Oreo-Kekse unter den Arm.

Ich grinste, als ich sah, dass Haley noch brav im Bett lag. Sie sah gründlich durchgevögelt aus, mit zerzausten Haaren, geröteter Haut und immer noch glasigem Blick. Sie setzte sich auf und lehnte sich ans Kissen am Kopfteil. Als sie die Oreos sah, lachte sie. Mann, sie sah umwerfend aus.

„Kekse auch noch?"

„Ich verwöhne dich gern", sagte ich und stellte die Gläser ab.

Ihre grünen Augen leuchteten. „Ja, das machst

du gut."

Ich drückte ihr einen Kuss auf die Stirn und reichte ihr den Saft. „Trink, du brauchst den Zucker. Dieser Zustand kann sich unterzuckernd auswirken."

„Danke für alles heute und dass du mich so verwöhnst."

Ich wollte nichts anderes mehr tun. Sie war wunderbar, wenn sie sich mir unterwarf. „Das Vergnügen ist ganz auf meiner Seite, Haley, glaub mir."

Ich küsste sie noch einmal, weil ich einfach nicht von ihr lassen konnte, bevor ich ins Badezimmer ging und das Badewasser andrehte. Die Wanne war nicht groß, hatte nicht einmal eine normale Größe. Wir würden uns hineinquetschen müssen, doch das würde ich schon schaffen.

Ich konnte kein Schaumbad finden, also nahm ich eine größere Menge Duschgel, das nach Lavendel roch, und hoffte, es wirkte entspannend genug.

„Bist du bereit für dein Bad?", fragte ich sie im Schlafzimmer.

Sie kaute auf einem Keks herum und verzog das Gesicht.

Haley hielt einen Keks hoch. „Das ist eine widerliche Kombination."

„Komm mit." Ich lachte über ihren Gesichtsausdruck und hob sie aus dem Bett. Sie war groß und schlank, doch leicht. Sie schlang ihre Arme um meinen Hals und legte den Kopf an meine Schulter. Als ob sie genau dorthin gehören würde. Als ob sie es genauso brauchte, mich zu umarmen, wie ich umarmt werden wollte.

Wir setzten uns in die Wanne, ihr Rücken an meine Brust gelehnt, ihre Beine zwischen meinen Knien, und ich massierte ihr die Schultern. Das Licht war gedimmt und der Duft des Duschgels entspannend. Ich schlang die Arme um sie und zog sie enger an mich. Streichelte ihre Arme entlang. Sie lockerte sich und ich begann zu sprechen. Zu erklären. Genau wie zuvor schon, als ich ihr von Courtney erzählt hatte, denn ich wollte keine Geheimnisse zwischen uns. Nichts übrig lassen, was zu Missverständnissen führen könnte. Und sie hatte verständnisvoll reagiert.

„Meredith und ich sind, wie gesagt, zusammen aufgewachsen." Sie spannte sich in meinen Armen an, doch ich zog sie wieder fest an mich. „Lass es mich erklären, ja? Ich kann ihr unmöglich aus dem Weg gehen, dafür sind wir zu sehr miteinander verstrickt." Sie murmelte ein Okay, und als sich ihre Schultern entspannten, sprach ich weiter. „Als Kinder waren wir oft zusammen und unsere Väter waren gute Freunde. Ihr Vater wickelt seine Geschäfte über meine Kanzlei ab. Meredith wird seine Nachfolgerin werden. Sie ist clever, echt schlau, und ich streite nicht ab, dass sie mich will. Aber sie wird mich nie bekommen, und sie hasst es, etwas nicht zu erreichen."

„Sie ist mit Courtney befreundet."

Ich lachte. „Meredith ist nur mit sich selbst be-

freundet. Durch sie habe ich Courtney kennengelernt. Sie war süß, lieb und so schüchtern, dass ich
dachte, sie hätte vor ihrem eigenen Schatten
Angst. Wir gingen zusammen aus und ich führte
sie in Bondage ein. Ich wollte diese Verbindung
mit ihr und habe lange das Gewicht der Schuld
mit mir herumgetragen, dass sie vielleicht keinen
Selbstmordversuch begangen hätte, wenn ich das
nicht in ihr Leben gebracht hätte."

„Es war nicht deine Schuld. Wir treffen alle unsere Entscheidungen selbst."

„Ich weiß. Vom Verstand her weiß ich das. Und
Courtney hatte ihre Dämonen, vor denen sie
flüchten wollte. Sie hatte eine schlimme Kindheit,
war nie in stabilen Verhältnissen aufgewachsen
und immer auf der Suche nach etwas. Ich habe die
Zeichen nicht gesehen, bis es zu spät war." Ich
drückte die Lippen an Haleys Hinterkopf, brauchte die Verbindung zu ihr. Bis Haley in mein Leben
getreten war, hatte ich den Unterschied nicht gekannt. Den Unterschied dazwischen, den Schmerz
zu suchen und sich unterwerfen zu wollen. Auch
wenn es fast dasselbe zu sein schien, war es doch
etwas ganz anderes. „Nach ihrem Selbstmordversuch habe ich ihr Hilfe besorgt, schickte sie in eine
Therapie, und Meredith blieb mit ihr befreundet.
Ich glaube, weil Courtney immer auf sie hören
wird."

„Langsam fange ich an, Meredith zu hassen."
Ich auch.

„Meredith steht gern im Mittelpunkt. Courtney

vertraut ihr, und Meredith wird das immer ausnutzen. Ich will nicht, dass es zwischen uns Geheimnisse gibt, Haley. Nicht jetzt und niemals. Ich will nicht, dass du an meinen Gefühlen für dich zweifelst."

Es begann, mir alles zu bedeuten. Zu früh, um es zuzugeben, doch ich hoffte, dass sie es verstehen würde, wenn ich sie festhielt und ihr alles erzählte.

„Und am Samstag wird sie auch da sein?"

„Zusammen mit ihrem Dad, aber wie Gabby schon gesagt hat, werden wir sie von dir fernhalten."

Sie schnaubte. „Ich brauche keinen Schutz vor einer eifersüchtigen Frau. Nicht, wenn sie weiß, dass ich dir gehöre."

Über diese Aussage war sie leicht gestolpert.

„Das tust du. Unbedingt."

„Das reicht mir völlig." Sie war eine Weile still und dann sprach sie zögerlich weiter. „Ich mag Gabbys Halsband. Es ist schön."

Mein Schwanz zuckte gegen ihren Rücken. „Was?"

„Ach, nichts", sagte sie zu schnell.

Ich legte eine Hand unter ihr Kinn, drehte sie zu mir und lächelte. „Dir gefällt das Halsband."

Ihre Wangen röteten sich und das hatte nichts mit dem Dampf im Bad oder dem heißen Wasser zu tun. „Es bedeutet nichts. Ich meine, es gefällt mir, und ich habe gerade daran gedacht, dass du gesagt hast, dass ich dir gehöre. Damit will ich nicht sagen …“

Ich brachte sie mit einem Kuss zum Schweigen, fuhr mit den Fingern in ihre Haare, hielt sie fest an mich gedrückt und erkundete ihren Mund, als wäre es das erste Mal. Jeder Moment mit Haley war ein Erlebnis, das sich immer wie das erste Mal anfühlte.

Bilder von Haley mit meinem Halsband, mein Besitzanspruch, zogen durch meinen Kopf, während unsere Zungen umeinandertanzten und unsere Lippen miteinander verschmolzen. Sie mit dem Halsband auf meinem Bett ausgebreitet, das Metall glänzend, während ich sie wieder und wieder nahm.

„Meine Aufgabe ist es, dich zu beschützen, mich um dich zu kümmern, dir zu geben, was du brauchst“, wisperte ich mit den Lippen an ihren. „Aber alles nach meinem Zeitplan.“

Und das würde bald geschehen. Diese Bilder in meinem Kopf würden jetzt nie mehr verschwinden. Und sie würden alle wahr werden.

„Und jetzt erzähl mir von deinem Termin mit Ron.“ Ich wechselte das Thema und justierte unsere Stellung in der Wanne.

„Kurz gesagt, Timothy ist ein Arschloch. Er hat kein Recht und keine legale Möglichkeit, sich an das Resort heranzumachen. Aber er lässt nicht locker. Ich weiß nicht einmal, wie er sich den Anwalt leisten kann. Ron sagt, dass wir nicht verlieren werden, aber wenn Timothy will, kann er es noch länger hinziehen.“ Sie senkte das Kinn.

„Gott, ich wusste, dass er ein fauler Hund war. Kurz nach der Heirat war mir klar, dass er ein Loser ist. Aber ich wollte ihm so gern glauben, dass er tun würde, wovon er sprach, seine großen Träume erfüllte. Damit hat er mich bei der Stange gehalten, und ich dachte, dass ich für ihn auf einem Sockel stand, aber ich habe mich geirrt. Ich war so jung und so naiv."

Sie hielt inne und ich ließ sie eine Weile in ihrer Stille verharren. Dann schüttelte sie den Kopf und machte sich von ihren Gedanken los.

„Was ist dein Lieblingsessen?", fragte sie so abrupt, wie sie verstummt war.

„Was?"

„Dein Lieblingsessen. Hausmannskost. Welches Essen macht dich immer glücklich?"

Ich lachte und drückte die Wange in ihre. Streichelte gemächlich ihre Arme und ihren Bauch, die zarte Stelle über dem Bauchnabel. „Du wirst es albern finden", gab ich zu.

Ihr Lächeln wurde breit und amüsiert. „Dann musst du es mir verraten."

„Na gut." Ich schloss die Augen und dachte an das kleine Haus, in dem ich aufgewachsen war, bevor Dads Firma erfolgreich wurde und wir Geld hatten. Das waren schöne Zeiten gewesen, mit einer Mutter und einem Vater, die immer lachten und sich berührten. Mit einer Küche, die seit den Siebzigern nicht erneuert worden war, mit gelben Arbeitsplatten und einem braunen Herd. Meine Mutter war immer gekleidet, als ob sie gleich irgendwo hingehen würde, obwohl sie nicht zur Arbeit ging. Sie liebte es, in der kleinen, dunklen Küche zu backen und zu kochen.

„Kartoffelkroketten-Auflauf."

Kurz war sie still und dann lachte sie auf. „Entschuldige, bitte was?"

Ich musste mitlachen. „Ich habe doch gesagt, dass du darüber lachen wirst. Aber wir hatten nicht immer Geld, bis ich ein Teenager war und mein Dad einen großen Fall übernahm, der alles für ihn änderte. Bis dahin arbeitete er und Mom blieb zu Hause. Sie kochte Aufläufe und fror Reste ein. Und dieser Krokettenauflauf hatte etwas an sich …"

„Weil die dabei so matschig werden?"

„Nein, Schlaumeier. Ich war ein Kind und die waren echt gut. Das war mein Lieblingsessen und Mom machte es nur für mich. Wenn mein Jugend-Baseballteam gewann, mein Footballteam verlor, wenn ich mit einer Eins nach Hause kam, als das erste Mädchen mit mir Schluss gemacht hat."

Sie schnappte nach Luft und tat entsetzt. „Nein!"

„Ja. Das kam vor. Ich war vierzehn. Aber ich will nicht darüber reden. Es hat mich fürs Leben gezeichnet."

„Du bist so ein Spinner", sagte sie lachend.

Ich zuckte mit den Schultern und stand dann auf, denn das Wasser wurde kalt und ich wollte mich noch ein bisschen länger mit ihr unterhalten. Sie nach ihrem Lieblingsessen fragen und Filmen und Erinnerungen. Wir wussten noch so wenig voneinander. „Immer wenn ich an zu Hause denke, an meine Mom, denke ich als Erstes daran.“

Ich trocknete sie ab und sie sah mich an. Ich schlang das Handtuch um sie und zog sie an meine nasse Brust.

Sie legte die Hand auf mein Herz. „Ich finde es schön, dass du das hattest.“

So rein. So süß. Gott, ich hoffte sehr, dass ich es mir mit Haley nicht verscherzte. Ich küsste ihre Stirn. „Und ich finde es schön, dich zu haben.“

Kapitel 18

Haley

„W ow! Du siehst super aus!"
Ich drehte mich zu Claire um und
grinste. „Ja, nicht wahr? Jensen hat mir
das Kleid gekauft. Es wurde gestern geliefert."

Sie weitete die Augen. „Ich glaube, ich mag deinen neuen Kerl."

Ich auch.

An dem Abend neulich hatte sich etwas für uns verändert. Wegen einer Unterhaltung über Krokettenauflauf. Darüber amüsierte ich mich immer noch. Nachdem wir nach dem Bad ins Bett gegangen waren, hatte Jensen gesagt, dass es so vieles gab, was wir noch nicht voneinander wussten. Ich hatte immer angenommen, dass er mit einem goldenen Löffel im Mund geboren worden wäre. Dass dem nicht so war, machte ihn noch sympathischer, und das sagte eine Menge.

„Ja." Ich wandte mich wieder dem großen Spiegel am Eingang des *Inn* zu. Jeden Moment konnte Jensen da sein und mich zu der Wohltätigkeitsveranstaltung abholen. Ich war das reinste Nervenbündel.

Nicht wegen ihm, sondern wegen seinen Freunden und Kollegen, und auch wenn er nichts gesagt hatte, nahm ich an, dass seine Mom auch da sein würde, obwohl sie in San Diego lebte.

„Er ist ganz okay."

Claire schnaubte hinter mir. „Ganz okay? Hotdogs sind ganz okay. Halloween ist ganz okay. Ich habe den Mann noch nie gesehen, aber ich weiß, dass er auf einer Skala von zehn bei fünfzehn stehen muss."

Ich verdrehte die Augen. Sie hatte ja keine Ahnung. Mindestens bei fünfundzwanzig. „Wie kommst du darauf?"

„Habe ich unrecht?"

„Nein." Ich sah sie an. „Er ist der Beste, den ich je getroffen habe."

„Du liebst ihn."

Tat ich das? Zumindest fing ich damit an. So viel war sicher. Oh Mann, wahrscheinlich liebte ich ihn schon. Ich konnte es nur noch nicht zugeben. Ich hatte schon einmal geliebt und die Liebe verloren und hatte nicht wirklich vor, mich noch einmal derartig verletzbar zu machen. Noch nicht. Das war ironisch, wenn man bedachte, wie sehr ich mich ihm auf andere Weise auslieferte.

„Jedenfalls mag ich ihn sehr." Ich wandte den Blick von Claire ab und strich mein schönes, schwarzes Kleid glatt. Es war kurz, eher ein Cocktailkleid als ein Ballkleid. Ein Träger bestand aus glitzernden Steinen, die wie Diamanten aussahen, und es hatte einen asymmetrischen Ausschnitt und der Stoff war von einer Schulter bis zur Hüfte gerafft. Zusammen mit den silbernen Schuhen, die lebensgefährlich hohe Absätze hatten, hatte ich noch nie besser ausgesehen. Wahrscheinlich nicht einmal an meinem Hochzeitstag.

Das Outfit war schön, klassisch, dennoch einfach und raffiniert. Jensen hatte gesagt, dass die Veranstaltung zwar formell sei, jedoch nicht steif, also hatte er etwas meiner Meinung nach Passendes gewählt. Es ging um eine Spendensammlung für einen wohltätigen Zweck eines Freundes, und Jensen wollte nicht, dass Tausende für Kleidung ausgegeben wurden, wenn man sie stattdessen dem guten Zweck zuführen konnte.

Himmel noch mal. Wie perfekt konnte Jensen eigentlich noch sein?

Hinter seinen dunklen Augen und beherrschten Emotionen war er ein unentdeckter Softie. Ich wollte alles an ihm erforschen, jeden Winkel, jede Linie seines Körpers, genau wie sein Innenleben, alle Seiten seines Herzens.

Ich drehte mich zu Claire um und lächelte sie dankbar an. „Danke, dass du dafür sorgst, dass heute alles glatt läuft." Normalerweise arbeitete Claire nur in der Woche. Damit, dass sie bereit war, die Spätschicht an einem Samstag zu übernehmen, wenn sie hätte ausgehen und mit ihren Freunden Party machen können, tat sie mir einen großen Gefallen. Und es bewies, dass sie nicht nur hübsch, sondern auch sehr lieb war.

„Um nichts in der Welt hätte ich verpassen wollen, wie du heute aussiehst", antwortete sie. „So glücklich habe ich dich schon ewig nicht mehr erlebt."

„Ich hoffe, dass ich der Grund dafür bin."

Wir sahen zur Tür, und Jensen kam herein. Mir

wurde ganz heiß.

„Oh, das wäre möglich." Claire grinste und reichte Jensen die Hand. „Und wenn nicht du, dann bestimmt das tolle Kleid. Hallo. Ich bin Claire Canton."

„Jensen Rhodes."

Er gab ihr die Hand, hatte aber nur Augen für mich. Fast blieb mir das Herz stehen. Plötzlich fühlte sich alles intensiver an, schöner und wärmer auf meiner Brust.

Er sah nicht nur fantastisch aus in seinem stahlgrauen Anzug und dem passenden Hemd dazu, sondern auch atemberaubend. Hirn- und vernunftberaubend.

„Also, woran liegt es?", fragte er und hob eine Augenbraue. „Am Kleid oder am Mann?"

Ich grinste und trat einen wackeligen Schritt vor. „An beidem."

Er lachte und schüttelte den Kopf. „Auch gut. Gehen wir?"

„Bleibt nicht so lange", sagte Claire zum Spaß und gab mir meine kleine silberne Handtasche. „Nicht, dass sich Haley um Mitternacht in einen Kürbis verwandelt und ihr Märchen zerstört."

„Nein, das könnte gar nicht passieren."

Dieser Blick, den er Claire zuwarf, und wie ernst er wurde, als er wieder mich ansah … voll Aufrichtigkeit und Verlangen … ich glaubte ihm. Ich glaubte diesem Mann mit Herz und Seele.

„Okay", hauchte Claire, offensichtlich amüsiert und beeindruckt und vielleicht auch ein bisschen bezaubert. Sie wandte sich an mich. „Du musst mir verraten, wo du dieses Exemplar gefunden hast. Ich will auch so eins."

Sofort kam mir das *Luminous* in den Sinn. Die Frau am Kreuz, die gepeitscht wurde, und die Sexräume. Auf keinen Fall würde ich es ihr sagen. Sie war noch zu jung. „Vielleicht eines Tages."

Jensen griff mir unter den Ellbogen und zog mich langsam zu ihm. Er lachte leise in sich hinein.

Kurz wirkte Claire irritiert, doch dann unterbrach das klingelnde Telefon am Empfang den Moment. Sie entschuldigte sich, und als wir allein waren und Claires Stimme nur noch im Hintergrund hörten, streichelte er meinen Arm weiter entlang und hinterließ eine Gänsehaut.

„Du siehst umwerfend aus", sagte er. Er umfasste mein Gesicht und zog mich näher.

Da ich so hohe Schuhe trug, musste er sich nicht beugen, um mich zu küssen. Als seine Lippen auf meine trafen, explodierten das Licht und all die Farben, die er in mein Leben brachte, um mich herum. Ich schmolz an ihm dahin, legte die Hände an seine Hüften und hielt ihn fest, während er mir langsam, aber sicher den Verstand fortküsste.

„Wir sollten jetzt gehen", murmelte ich.

„Müsste ich keine Rede halten und wäre die Veranstaltung für Donovan und Talia nicht so wichtig, würden wir es nicht tun. Was ich alles mit dir anstellen könnte ... was ich alles mit dir anstellen *will* ..."

„Zeig es mir", flüsterte ich. „Zeig mir alles."

Gib es mir. Gib es mir alles.

Er verstand mein unausgesprochenes Verlangen und antwortete mit einem Versprechen. „Das werde ich."

„Es ist so schön, dich kennenzulernen", sagte Talia und umarmte mich.

Ihr gerundeter schwangerer Bauch machte die Umarmung etwas schwer, doch das war okay.

Auf den ersten Blick war ich von dem Kunstmuseum und der Dekoration begeistert. Jensen hatte mir eine Tour gegeben und seit einer halben Stunde durchwanderten wir das Museum. Ich wurde Leuten vorgestellt, wir lachten und unterhielten uns mit gut gekleideten, schönen Menschen, und ich versuchte, mich dabei gut zu schlagen.

Ich war ganz klar nicht in meinem Element, doch Jensen machte es mir leicht. Er sorgte dafür, dass ich mich wohl und selbstsicher fühlte, besorgte mir ein Glas Champagner und flüsterte mir Namen und Informationen zu, bevor wir mit Leuten sprachen, damit ich mich dazugehörig fühlen konnte.

Im Schlafzimmer war er sehr talentiert, mich zu lesen, und es hätte mich nicht erstaunen sollen, dass er sich außerhalb des Bettes genauso gut um mich kümmerte. Er hatte mir versprochen, dass ich den Abend genießen würde, und das ein oder andere Glas Champagner half definitiv dabei. Und dass er mich ständig irgendwie berührte, bis

Talia mich umarmte, war noch ein Grund.

Außerdem war auch hilfreich, dass wir Meredith bisher noch nicht begegnet waren. Vielleicht würde sie gar nicht auftauchen.

Man durfte ja noch träumen.

„Dich auch", antwortete ich und löste mich von Talia. „Herzlichen Glückwunsch zur Schwangerschaft. Jensen hatte es mir gar nicht verraten."

Sie legte ihre schlanken Finger auf die Rundung ihres Bauches. „Nun ja, wir dachten eigentlich, dass uns die zwei Jungs reichen, aber manchmal überrascht einen das Leben."

„Einer hat sich am Torwart vorbeigeschlichen", sagte ein Mann. Ich nahm an, dass es Donovan war, da er den Arm um Talia legte. „Ähnlich wie meine Blackhawks bei deinen Red Wings letzte Woche." Er sah kurz zu Jensen und lachte laut auf.

Ich konnte kaum den Blick von dem hübschen Paar nehmen. Donovans schwarze Haare waren ordentlich gestylt, Lachfältchen kräuselten sich um seine Augen und er zog Jensen ständig mit Eishockey-Bemerkungen auf. Talia war das helle Gegenstück zu seiner Dunkelheit. Sie war schlank und klein, doch nicht weniger anziehend, mit strahlend blauen Augen und schön geformten Lippen. Sie sah zwischen den beiden Männern hin und her, die sich gegenseitig die verbalen Bälle zuwarfen.

Sie musste mich beim Anstarren erwischt haben, denn sie sah mich an und verdrehte die Augen. „Männer. Immer nur Sport."

Donovan zog sie an sich und küsste sie auf den Kopf. „Und bei dir und Laurie geht es immer nur um Schuhe."

Sie lachte leise und sah mich an. „Laurie ist meine beste Freundin. Aber zu meiner Verteidigung muss ich sagen, dass Schuhe eben praktisch sind. Man besitzt sie, zieht sie an, liebt sie ..."

„Du schmust mit ihnen", warf Donovan ein.

„Ach, hör auf." Sie gab ihm einen Klaps auf die Brust und sah mich weiterhin an. „Männer und ihr Sport ... Ich meine, sie brüllen den Fernseher an. Sie haben nichts davon, außer leere Taschen, und eines Tages kriegt Donovan beim Zuschauen einen Herzinfarkt."

„Ja, aber bis dahin genieße ich die Flasche Dalmore, die Jensen mir noch schuldet."

Jensens Finger auf meiner Hüfte spannten sich an. Ich sah ihn verwirrt an. „Was ist Dalmore?"

Seine dunkelblauen Augen leuchteten und er verbarg nicht seine Heiterkeit. „Ein Scotch für zehntausend Dollar die Flasche. Letzte Woche haben wir auf das Eishockeyspiel der Red Wings gegen die Blackhawks gewettet und ich habe verloren."

Ich riss die Augen und den Mund auf. „Zehntausend?"

„Yep." Er sah Donovan an und grinste. „Keine Sorge, du wirst schon kriegen, was du verdienst."

In dieser Drohung schwang die Andeutung von Humor mit. Donovan schüttelte den Kopf und lachte darüber.

„Mal im Ernst", warf Talia ein und legte eine Hand auf Jensens Arm. „Vielen Dank für diese Veranstaltung für unser Jugendschutzprogramm. Das bedeutet uns sehr viel."

Donovan und Jensen stießen mit den Gläsern an und Jensen lächelte Talia freundlich an. „Für euch beide immer gern, das weißt du."

Jensen hatte mir erzählt, dass seine Vorgeschichte mit Talia beinahe Soap-Opera-mäßig war. Der Ehemann von Talias bester Freundin hatte für Jensen gearbeitet, bevor sie nach Ann Arbor gezogen waren. Als Donovan und Talia zusammenkamen, brauchten sie einen Anwalt, um einem Teenager zu helfen, von seinem gewalttätigen Vater fortzukommen. Dabei hatte Talia erfahren, dass Donovan und Jensen bereits befreundet waren. Da Jensen immer Single war, hatte sich Talia stets Sorgen um ihn gemacht und ihn zu allen Familienfeiern und Feiertagen eingeladen.

Hätte er irgendeine andere Frau so angesehen, wäre ich sicherlich eifersüchtig geworden.

Ich vergaß sogar Meredith für eine Weile, als sich Dylan und Gabby zu uns gesellten und wir zu sechst zusammenstanden, uns unterhielten und tranken und Fingerfood aßen, das von Kellnern herumgetragen wurde.

Ich stopfte mich mit Häppchen voll, in geräucherten Schinken gewickelte Shrimps und Jakobsmuscheln, und nahm jedes Mal eins vom Tablett, das vorbeigetragen wurde. Zusammen mit einem mit Ceviche gefüllten Champignon. Dabei war mir egal, ob das von schlechten Manieren zeugte. Diese Dinger waren einfach zu köstlich.

Als mich Jensen zur Seite nahm, mich auf die Wange küsste und sagte, dass er jetzt gleich seine Rede halten müsse, war ich bereits mehr als ein bisschen beschwipst. Mein Bauch war voller leckerem Champagner und noch besserem Essen.

„Bleib solange bei Gabby und Dylan, okay?", murmelte er und strich erneut mit den Lippen über meine Wange. „Das dauert nicht lange."

„Mach dir keine Sorgen", versicherte ich ihm und konnte mich nicht beherrschen, ihn anzufassen. Ich drückte eine Hand gegen seinen Bauch und die harten Muskeln. Ich glitt nach oben, bis ich sein Revers packte. Ich stellte mich auf die Zehenspitzen und zog fest an seinem Anzug. „Wieso muss ich dich immer anfassen, wenn du mir so nah bist?" Mein leicht betrunkener Blick fixierte ihn. „Was machst du bloß mit mir?"

Er verengte die Augen, betrachtete mich prüfend. Seine Mundwinkel hoben sich, und er schien zu mögen, was er sah. Sein Blick fiel auf meinen Mund. „Ich werde dafür sorgen, dass du mich nie wieder loslassen willst." Seine Lippen streichelten meine.

Mein Herz machte einen Satz. Seine Worte, seine Berührungen, sein Duft … es war alles zu viel. Vielleicht auf eine perfekte Art.

Doch er hatte bereits recht. Ich wollte ihn nie wieder loslassen.

Ich leckte mir über die Lippen, schmeckte ihn auf

mir und grinste. Hitze wärmte meine Wangen, und fast hätte ich vergessen, dass wir von seinen Freunden umgeben waren, bis sich jemand räusperte. Laut und deutlich. Ich drehte den Kopf und sah Gabbys Blick.

Sie grinste. „Du musst jetzt los, Jensen. Nimm die Finger von der Frau."

Er sah mich noch einmal an. „Kommst du wirklich allein zurecht?"

„Ja, natürlich. Ich muss nur kurz zur Toilette, werde aber wieder da sein, bevor du auf der Bühne stehst."

„Lass sie nicht aus den Augen", sagte er zu Gabby.

„Ich werde ihr nicht beim Pinkeln zusehen."

„Du weißt, was ich meine."

„Ja, natürlich. Geh schon. Uns geht's auch ohne dich gut."

Er ging fort, nachdem er mich noch einmal geküsst hatte. Hart und fest und schon wieder vorbei, bevor es richtig angefangen hatte, und er hinterließ ein kaltes Gefühl, als wir uns trennten.

Sein Körper war perfekt. Wie ein Kunstwerk. Ich sah ihn durch die Menge gehen, ein Mal zum Händeschütteln anhalten und Hallo sagen, bevor er Richtung Bühne zeigte. Ich ließ ihn keine Sekunde aus den Augen, bis er bei einer Frau anhielt, die ein schönes hellblaues Kleid trug. Es fiel perfekt um ihre etwas ältere Figur. Elegant, ohne aufdringlich zu sein. Sie grinste, legte eine Hand auf seine Wange und blickte zu unserer Gruppe herüber. Ihre Augenbrauen schossen nach oben und ich hielt abrupt inne.

Die dunklen Haare, der gebräunte Hautton und wie sie ihn auf so intime Weise berührte … wie er sie festhielt und sie kurz auf die Lippen küsste, bevor er sich zurückzog …

Das musste seine Mutter sein.

Ich wusste es bereits, bevor er sie losließ und ihre Hand drückte. Als er wegging, sah sie ihm nicht hinterher. Nein, ihr Blick lag auf mir und sie lächelte freundlich und leicht unverbindlich. Und dann wandte sie sich wieder der Gruppe älterer Pärchen zu, mit denen sie sich vorher unterhalten hatte.

„Oh mein Gott", wisperte ich und sah mich verzweifelt nach dem Kellner mit dem Champagner um. „Seine Mutter ist hier."

„Helen?" Gabby drehte sich um. „Natürlich. Hat er dir das nicht gesagt? Sie kommt immer zu solchen Gelegenheiten."

„Nein." Ich entdeckte einen Kellner, der ein Tablett balancierte und in unsere Richtung kam, und winkte ihn praktisch wie ein Fluglotse auf meine Landebahn ein. „Ich hatte es mir irgendwie schon gedacht, aber er hat nichts gesagt." Unruhig sah ich sie an. „Ich brauche eine Pause. Ich muss pinkeln und bin plötzlich total nervös. Das ist seine Mom, Gabby!" Ich neigte mich zu ihr, sodass ihr meine Verzweiflung nicht entgehen konnte. „Wieso macht er das nur? Warum hat er mich nicht vorgewarnt? Mir Zeit gegeben, mich darauf vorzubereiten?"

„Äh." Sie machte eine Handbewegung über meine Gestalt und grinste. „Vielleicht, weil er dachte, wenn du es weißt, benimmst du dich wie eine Verrückte?"

„Stimmt gar nicht." Und wie das stimmte. „Entschuldige, ich muss jetzt wirklich aufs Klo."

„Nicht ohne mich."

Sie gab ihr Champagnerglas Dylan, der sie die ganze Zeit im Blick hatte. Immer betrachtete er sie, wartete, als ob sie sich ansonsten in Luft auflösen könnte.

„Danke, Master", sagte sie.

Ich erbebte. In der Öffentlichkeit wirkten die beiden wie jedes andere Paar, doch es war dieses eine Wort, diese Erinnerung, die alles wieder in die richtige Spur brachte und mich gleichzeitig aus der Bahn warf.

Außer im Schlafzimmer hatte mir Jensen nichts mehr in dieser Art gegeben, seit er eine Beziehung mit mir haben wollte. Doch als Gabby an ihr Halsband griff, wie eine Frau, die mit ihrem Ehering spielte, wollte ich es. Auch wenn er mir alles andere gab, wollte ich immer das von ihm. Dass er es noch nicht getan hatte, als wäre er nicht besonders daran interessiert, pflanzte einen Zweifel in mir, als ich mit Gabby zu den Toiletten ging.

Es hinterließ einen schlechten Geschmack in meinem Mund, während ich die Toilette aufsuchte und mir danach die Hände wusch. Ich versuchte, mich auf Gabby zu konzentrieren, die plapperte und mir Gerüchte über einige Leute erzählte, doch ihre Stimme war nichts weiter als ein Hintergrundgeräusch. Im Vordergrund stand das wachsende unangenehme Gefühl im Bauch.

Veränderte ich mich schon wieder? Verfiel ich in alte Muster, versagte mir meine Wünsche, nur um einen Mann glücklich zu machen? Legte ich schon wieder zu große Erwartungen in einen Mann, versuchte, ihn zu ändern, damit er mir gab, was ich brauchte?

Doch er hatte sich nicht ablehnend verhalten, als ich versehentlich das Halsband angesprochen hatte. Vielleicht musste er wirklich erst damit klarkommen, wie er gesagt hatte. Es war schließlich neu für uns beide. Und ich musste unbedingt damit aufhören, Angst vor der Wiederholung meiner Fehler zu haben, und anfangen, um das zu bitten, was ich wollte. So wie er es getan hatte, als er die anfänglichen Regeln hatte ändern wollen.

Ich seufzte frustriert und folgte Gabby zurück in den Saal.

Kapitel 19

Haley

Als wir in den Saal zurückkamen, hörte ich die Klänge von Lachen und das Klimpern von Champagnergläsern durch die geöffneten Türen.

„Siehst du?", sagte ich lächelnd. „Ich habe dir doch gesagt, dass es mir auch allein gut geht."

Sie verdrehte die Augen und blickte geradeaus. Plötzlich griff sie nach meinem Handgelenk und blieb stehen. „Verdammter Mist. Du hast dich zu früh gefreut."

Ich drehte mich um und sah in die Richtung, in die Gabby starrte. Meredith und Courtney stolzierten auf uns zu. Meredith lächelte mich passend zu Jensens Beschreibung eines Geiers an. Die Augen verengt und mit einem gemeinen Schimmer darin, hinterlistig grinsend, kam sie auf uns zu, als ob wir ihre Beute wären und sie nur auf den richtigen Moment wartete, um zuzuschlagen.

Wie im Café hielt sich Courtney hinter ihr, die Hände vor sich gefaltet, die Augen weit offen und voller Unschuld.

„Damit werde ich fertig", sagte Gabby und trat vor mich, als ob sie mich vor einem Angriff schützen wollte.

Meredith ignorierte sie jedoch und konzentrierte sich auf mich wie mit einem Pfeil auf das Ziel.

Ich stöhnte auf. Das konnte ich jetzt gar nicht gebrauchen. Lieber Jensens Mutter treffen und dabei aus Versehen das Kleid hinten in der Unterhose stecken haben!

„Nein, danke, ich mach das schon."

Gabby seufzte und ließ mein Handgelenk los. „Wie du willst."

„Hallo, Gabby", sagte Meredith und stellte sich direkt vor … mich.

„Hallo, Drache", sagte Gabby.

Meredith begegnete meinem Blick und sie verengte die Augen noch weiter. Wenn Blicke töten könnten, hätte ich blutend auf dem Boden gelegen. „Und du bist Jensens neues Spielzeug. Das hast du neulich gar nicht erwähnt."

Ich war kein Spielzeug. Trotz meiner Zweifel wusste ich ganz genau, wer ich war. „Ich gehöre ihm, ja." Ich straffte die Schultern und versuchte, selbstsicher zu wirken, auch wenn mein Bauchgefühl etwas anderes sagte. „Er hat mir alles über dich erzählt, Meredith", fuhr ich fort, sodass sie wusste, dass wir über sie geredet hatten.

Kurz flackerte Überraschung in ihren Augen auf, und dann deutete sie auf Courtney, als ob ihr erst jetzt einfiele, dass sie wie ein gut trainierter Hund neben ihr stand. Fast hatte ich Mitleid mit Courtney.

Zwar vermutete ich, dass Jensen mir nicht die vollständige Geschichte seiner Vergangenheit mit Courtney und Meredith erzählt hatte, doch er hatte mir genug Infos gegeben, dass ich die Dynamik zwischen den beiden Frauen verstand.

„Findest du das nicht ein bisschen schäbig?", fragte der Geier. Ich hob eine Augenbraue und Meredith fuhr fort. „Du bist nichts weiter als eine Schlampe, eine, die er missbrauchen kann, bis sie völlig kaputt ist. Jeder hier weiß das. Sie sehen es und kennen das schon. Hier ist niemand, der nicht genau weiß, was du bist … was du alles für ihn tust."

„Meredith", mischte sich Courtney ein. Sie wirkte plötzlich unsicher. Vielleicht ein bisschen verletzt. „Lass uns gehen."

„Nein", schnauzte ihre sogenannte Freundin sie an, bevor sie sich wieder an mich wandte. „Er hat schon bekommen, was er von dir wollte. Er hat dich gebrochen und zerstört, und es ist widerlich, womit er alles durchkommt. Es sollte bekannt werden, wie er seine Huren behandelt, die er überall vorführt, angezogen, wie er es will, und seinen Kommandos gehorchend."

Ihre Stimme wurde leiser, mehr gönnerhaft als tröstend, und mir lief ein Schauder über den Rücken. Sie hatte nicht völlig unrecht, aber sie war nur eifersüchtig, weil ich besaß, was sie nicht haben konnte. Doch das sprach ich vor ihrer Freundin nicht aus.

„Ich will dich nur beschützen, Süße. Du hast schon so viel durchgemacht", sagte sie.

„Ach, hör mit dem Scheiß auf", sagte Gabby ungehalten und vergaß, die Sache mir zu überlassen. „Wir wissen beide, dass du Blödsinn redest, Meredith. Und es tut mir wirklich leid, Courtney", sagte sie zu ihr und wandte sich dann wieder an Meredith, „wir wissen alle, wenn er dich fragen würde … wenn er es wollte … würdest du schneller die Beine für ihn spreizen, als Butter in der Sonne schmilzt."

Meredith schnappte nach Luft und legte entsetzt eine Hand auf ihre Brust.

Gabby beugte sich vor und sprach leiser weiter. „Aber er will dich nicht. Egal, wie oft du dich ihm an den Hals wirfst, du machst ihn einfach nicht an, und das bringt dich fast um, nicht wahr? Du hasst es, dass du ihn schon immer haben wolltest, alles für ihn sein wolltest, was er sich wünscht. Aber er hat dich für deine Freundin links liegen lassen, die du für nicht annähernd so schön, schlau und perfekt hältst wie dich selbst."

Gabby musste etwas in Meredith berührt haben. „Weil sie es nicht ist! Er gehörte schon vor ihr mir, und das wird er auch wieder." Angewidert ließ sie den Blick über mich gleiten. Ich konnte sie nur anstarren, und neben ihr war Courtney erblasst und klappte den Mund auf. „Weil du nicht bist, was er will und braucht."

„Ist das wahr?" Courtney sah Meredith an, als wäre sie soeben geohrfeigt worden.

Nein, schlimmer.

Sie wirkte, als hätte sie den letzten Rettungsring im Leben verloren, an den sie sich noch geklammert hatte. „Mer…"

Endlich begriff Meredith, und sie sah Courtney an, doch bevor sie etwas sagen konnte, machte

Courtney auf dem Absatz kehrt und stürmte davon, und man hörte laut und deutlich ihr Schluchzen unter der Hand auf ihrem Mund.

Meredith sah Gabby an. „Du bist so eine Bitch", zischte sie. „Wie konntest du ihr das antun?"

„Ich?" Gabby könnte selbst mit einer Schale Popcorn in der Hand nicht zufriedener mit dem Theater sein, das gerade ablief. „Du bist diejenige, die ihre Karten auf den Tisch geworfen hat. Aber leider hast du verloren. Spiel keine Spielchen mit mir, Meredith. Du kannst nicht gewinnen."

Sie verzog das Gesicht, wirbelte herum, um zu gehen, und warf mir über die Schulter einen letzten tödlichen Blick zu. „Aber du auch nicht."

Schweigend standen wir dort, bis die beiden verschwunden waren.

„Ist das wirklich gerade passiert?", fragte ich.

Gabby sah mich mit großen Augen an. „Ich glaube ja, tatsächlich."

Mir entkam ein kleines Lachen. Es war unhöflich von mir, zu lachen. Meredith hatte soeben Courtney noch mehr verletzt, und auch wenn ich die beiden nicht näher kannte, wusste ich genug, um zu wissen, dass Courtney kein leichtes Leben hatte.

„Tja, da kann man nichts machen", sagte Gabby. Sie zuckte mit den Schultern und bedeutete mir, ihr zu folgen. „Und tschüss, würde ich sagen."

Eilig folgte ich ihr zur Bühne der Veranstaltung. Ich wusste nicht, wie viel Zeit inzwischen vergangen war, doch als wir den Raum betraten, stieg

Jensen gerade auf die Bühne und die Leute applaudierten.

Sofort fühlte ich mich wieder zu dem Mann mit der dunklen Erscheinung, der kantigen Kinnpartie, den hohen Wangenknochen hingezogen. Auf der Bühne angekommen, suchte er in der Menge nach mir und sein Blick blieb bei meinem. Während seiner ganzen Rede über seinen Dad, die Geschichte seiner Firma und wie wichtig es ihm sei, der Gesellschaft etwas zurückzugeben, nahm Jensen nur kurz den Blick von mir, um durch den Saal zu blicken.

Er faszinierte mich. Verdrehte mir den Kopf und entwirrte ihn wieder. Beförderte mich in nie gekannte Höhen.

Claires Frage drängte sich mir wieder auf. Mir wurde heiß, und ich spürte, wie sich mein emotionales Herz weitete.

Ich hatte mich nicht nur in Jensen verguckt. Ich liebte ihn.

Als ich es begriff, legte ich eine Hand auf mein Herz und geriet auf den hohen Absätzen leicht ins Taumeln. Neben mir stand Dylan mit Gabby, und er griff mir unter den Ellbogen.

„Alles okay?"

Ich hatte keine Ahnung, welchen Eindruck ich machte. Konnte ein Raum kippen und ohne Erdbeben beben?

Dylan zog die Augenbrauen zusammen. „Zu viel Champagner? Du bist ganz blass."

Ich schüttelte den Kopf und entzog ihm meinen

Arm. „Kann sein, aber es geht schon wieder. Ich habe nur kurz das Gleichgewicht verloren."

Lachfältchen entstanden um seine Augen und er sah nach unten. „Kein Wunder, bei diesen Schuhen."

„Ja." Ich lachte und sah wieder zur Bühne. Jensen, dem nie etwas entging, sah mich mit verengten Augen an.

Nur mit einem Blick konnte er mich innerlich wärmen.

Ich war diesem Mann unwiderruflich verfallen. Zweifel waren nur Zweifel und ich musste sie zur Seite schieben. Es könnte funktionieren – *wir* könnten funktionieren.

Mussten einfach.

Denn so, wie mich Jensen behandelte, wie er mich berührte und sich um mich kümmerte, wie ich mich bei ihm fühlte, wäre ich bei seinem Verlust nicht verletzt, sondern vollkommen zerstört.

Ich bohrte die Fingernägel in meine Handflächen. Fühlte Jensen dasselbe? Konnte ich das je mit Sicherheit wissen? Ich musste es wissen. Falls dem nicht so war, könnte ich vielleicht immer noch entkommen, bevor ich restlos verloren war.

Mir kam eine Idee. Es gab nur eine Möglichkeit, es herauszufinden.

„Dylan?"

Er sah mich an, nachdem Jensen Donovan und Talia auf der Bühne vorgestellt hatte und schnell abging.

„Ja, meine Liebe?"

„Hat das *Luminous* heute geöffnet?"

Dylan sah mich abrupt prüfend an. „Was?"

„Der Club. Hat er geöffnet?"

Er nickte zögerlich. „Natürlich. Willst du da hin? Heute Abend?"

„Ja." Ich betrachtete die Menschenmenge. Ich konnte nicht klar denken, wenn Dylan mich so ansah. Jetzt sah ich Jensen mit seiner Mutter auf uns zukommen. Sie hatte ihre Hand auf seinem Arm liegen.

„Ich glaube, das muss ich", wisperte ich kaum hörbar. Ich wusste nicht, ob Dylan mich verstanden hatte.

Er hatte keine Zeit, zu antworten, denn Jensen war nun bei uns, schob seine Mom vor und sagte: „Mom, ich möchte dir Haley vorstellen."

„Da wir jetzt allein sind, würdest du mir bitte verraten, was mit dir los ist?", wollte Jensen wissen.

Er saß so weit von mir weg, wie es auf der Rückbank der Limousine mit Chauffeur ging.

Der Abstand zwischen uns war mehr als nur körperlich, und das konnte ich ihm nicht übel nehmen. Auf diesen Moment hatte ich gewartet. Nach dem Theater mit Meredith und Courtney, meiner Idee, ins *Luminous* zu gehen, um entweder zuzusehen oder selbst in eine Session zu gehen, und Jensens Mutter kennenzulernen, war mein Verstand wie ein Wirbelwind.

Als er uns einander vorgestellt hatte, war ich höflich gewesen. Jensen hatte dennoch nur fünf Sekunden gebraucht, um zu merken, dass ich nicht ich selbst war. Ich war reserviert. Abgelenkt. Jedes Mal, wenn mir seine Mutter eine direkte Frage gestellt hatte, hatte ich mit „Äh, wie bitte?" geantwortet, und je länger sie bei uns gestanden hatte, desto schlimmer wurde es mit mir.

Als sie sich von unserer Gruppe verabschiedete, hatte sie Jensen kurz angesehen. Tränen hatten mir die Sicht getrübt, als ich nichts als Sorge und Befürchtung in ihren Augen gesehen hatte.

„Es tut mir so leid", begann ich. „Ich habe keine richtige Erklärung dafür, außer dass ich abgelenkt war. Ich fühle mich schrecklich, dass ich so einen ersten Eindruck auf sie gemacht habe. Kann ich es wiedergutmachen, wenn wir sie morgen zum Brunch wiedersehen?"

Er atmete tief durch, sah aus dem Fenster und erst dann wieder zu mir. „Was ist los?"

Seine tonlose Stimme und das noch neutralere Gesicht jagten einen Schauder über meinen Rücken. Plötzlich hielt ich meine Idee für heute Abend für die schlechteste überhaupt. Doch ich konnte es dem Fahrer nicht mitteilen, ohne dass Jensen es mitbekam.

„Haley."

Ich rutschte näher an ihn heran, bis mein Knie ihn berührte. Er wich mir nicht aus, was ich als gutes Zeichen wertete. „Gabby und ich hatten ein Zusammentreffen mit Meredith und Courtney."

Er verzog das Gesicht und blickte düster. „Und? Sag mir bitte, dass du nach allem, was ich dir von ihr erzählt habe, nicht zugelassen hast, dass diese Frau dir unter die Haut geht. Verdammt, wusste ich es doch, dass ich dich nicht hätte allein lassen dürfen."

„Habe ich nicht", versicherte ich ihm. „Aber Gabby hat Meredith verärgert und daraufhin ist sie ausgerastet. Sie hat offen zugegeben, dich zu wollen, und dass sie schöner und schlauer ist als Courtney und dass sie sauer war, als du mit ihr zusammen warst ..."

„Was?"

„Jensen." Ich legte meine Hand auf seine und drückte sie. „Courtney war nicht nur verletzt. Ich habe noch nie eine Frau so zerstört gesehen. Das mit deiner Mom tut mir leid, aber ich war so dermaßen mit meinen Gedanken beschäftigt, dass ich total abgelenkt war. Ich hasse es, diesen Eindruck gemacht zu haben."

„Was noch?"

„Was?"

„Du hast gesagt, du warst so sehr mit deinen Gedanken beschäftigt. Also, was noch?" Er entzog mir seine Hand.

Ich suchte nach Worten. Seine Enttäuschung kam deutlich bei mir an. Sein Ärger über Meredith und bei der Erinnerung an das erste Treffen mit seiner Mutter war nicht geringer geworden. Er strahlte ihn fast greifbar aus.

„Sag es mir."

„Ich ... ich habe Dylan gefragt, ob heute das *Luminous* offen hat."

Überrascht röteten sich seine Wangen. „Was? Warum?"

„Jensen …"

„Um zu spielen?" Er klang entsetzt und verletzt.

Ich schüttelte den Kopf und versuchte, meine Gedanken zu sortieren, doch es herrschte ein komplettes Durcheinander. Ich ging das völlig falsch an, doch der Zug fuhr sozusagen weiter und es war keine Haltestelle in Sicht.

Die Anspannung wurde so stark, dass ich Probleme mit dem Atmen hatte. „Ich schätze, ja … ich wollte … als ich Gabby und Dylan miteinander sah, wurde mir klar, was ich haben will."

„Und das bin nicht ich."

„Nein, so ist es nicht." Doch es war bereits zu spät.

Er fuhr sich mit der Hand übers Gesicht und dann durch sein Haar, ließ die Hand im Nacken liegen, starrte ans Dach des Autos und fluchte. „Wow. Dann habe ich also … die ganze Sache falsch eingeschätzt."

Die ganze Sache?

Jetzt war ich nur noch eine Sache für ihn?

Furcht brannte mir in der Kehle. Schnell blinzelte ich die Tränen fort, mit denen sich meine Augen füllten. „Ich glaube, ich drücke mich nicht klar genug aus. Du machst alles richtig."

„Eindeutig nicht", sagte er schnippisch und sah mich finster an. „Heilige Scheiße, du beobachtest eine Unterhaltung von ihnen und bist neidisch, weil Dylan Gabby irgendetwas gibt, was ich dir nicht gebe? Verdammt, die beiden sind seit Jahren zusammen. Wir erst seit ein paar Wochen.“

„Es war, wie sie ihn Master nannte.“ Sofort begriff ich meinen Fehler.

Seine dunklen Augen wurden kalt, er leckte sich über die Lippen und sah nach vorn. Schweigend griff er nach einer Flasche mit einer bernsteinfarbenen Flüssigkeit in einem kleinen Kühler neben ihm. Das Klirren von Eiswürfeln und das Gluckern des Alkohols waren die einzigen Geräusche im Wagen. Ich konnte nur zusehen. Und abwarten.

Es dauerte ewig. Ich starrte aus dem Fenster und erkannte die Straße, als der Wagen anhielt.

Reue rumorte in meinem Bauch. Ich hatte es gründlich versaut. Der Abend hatte so perfekt angefangen, als er mich angesehen hatte, als wäre ich der wichtigste – der einzige – Mensch in seinem Leben.

„Es tut mir so leid“, wisperte ich und zwang mir die Worte aus der trockenen Kehle. Tränen überschwemmten meine Augen und meine Kehle brannte. „Ich weiß nicht, was in mich gefahren ist. Du hast mir alles gegeben, was ich brauche, mehr als ich mir je hätte vorstellen können, Jensen.“

Ich schnallte mich ab und beugte mich zu ihm, doch er wich mir aus.

Die restlichen Worte blieben mir im Hals stecken. Ich war verzweifelt, doch was hätte ich noch sagen können? Dass ich ihn liebte? Würde ihn dieses Geständnis noch weiter forttreiben, nachdem ich bereits solch ein Chaos verursacht hatte? Würde er mir jetzt noch glauben?

Ich wollte haben, was Gabby hatte.

Doch Jensen hatte mir bereits ein Halsband versprochen. Was wollte ich also noch mehr?

War es eine sexuelle oder eine emotionale Verbindung, die ich suchte?

„Rot."

„Was?" Mir lief das Blut aus dem Gesicht und mir wurde eiskalt. „Was?", wiederholte ich.

„Rot." Sein Ausdruck war verbissen, als er einen Schluck trank. „Du kannst jetzt gern da reingehen …"

„Das will ich nicht. Nicht ohne dich." Er verzog das Gesicht und ich verbesserte mich schnell. „Nicht einmal mit dir."

„Dann ist vielleicht das Problem, dass du nicht weißt, was du willst, und was ich dir geben kann, ist wohl nicht dabei. Ich habe noch etwas anderes zu tun. Lass dir Zeit, und sag mir Bescheid, wenn du dir klar bist. Bis dahin sage ich … Rot."

Er zog hier eine Linie. Ich konnte es verstehen. Am liebsten hätte ich meine Worte zurückgenommen und wünschte, ich hätte nie etwas gesagt.

Aber … er hatte noch etwas anderes zu tun? Eigentlich war geplant, die Nacht zusammen zu verbringen. „Was hast du denn noch zu tun?"

Er trank sein Glas leer und rutschte näher an seine Tür. „Das letzte Mal, als jemand Courtney so verstört hat, hat sie versucht, sich umzubringen.

Und was Meredith heute zu ihr gesagt hat … Ich kann mich nicht mit deinen Zweifeln beschäftigen, solange ich nicht sicher bin, dass es ihr gut geht."

Ein Eimer voll Eis über meinem Kopf ausgekippt hätte mich nicht mehr erzittern lassen können. „Du verlässt mich für Courtney?"

Das klang krasser und vorwurfsvoller als geplant, doch auch das konnte ich jetzt nicht mehr zurücknehmen.

Es war zu spät, irgendetwas zurückzunehmen.

Er presste kurz die Zähne zusammen. „Der Fahrer bringt dich nach Hause." Er sah mich nicht an, als er die Tür öffnete und ausstieg. „Ich rufe mir ein Taxi."

Die Tür flog zu, und ich saß da, starrte ihn durch die Scheibe an, durch die er mich nicht sehen konnte. Als der Wagen anfuhr, sah mir Jensen hinterher, bis wir um die Ecke bogen.

Er hatte mich verlassen.

Für Courtney.

Seine Ex-Partnerin.

Und ich hatte alles meisterhaft versaut.

Wahrscheinlich dauerhaft.

Kapitel 20

Jensen

Wie aus dem Nichts.

Ein Schlag ins Gesicht hätte mich nicht mehr erschüttert, als was auch immer gerade in der Limousine geschehen war.

Ich stand in der Seitenstraße, sprachlos und wütend, und ja, verdammt verletzt. Bis der Wagen abgebogen war, konnte ich mich kaum bewegen.

Dann erst rief ich ein Taxi, das mich zu Courtney bringen sollte, denn ich nahm an, dass sie nach Hause geflohen war.

Fuck.

Ich hatte seit Jahren nicht mehr mit ihr gesprochen. Sie jetzt aufzusuchen, war vielleicht nicht die schlaueste Idee, aber bis zu einem gewissen Grad war das Ganze auch meine Schuld. Ja, sie war instabil, aber hätte ich ihr nicht den Lebensstil vorgestellt, auf den ich so scharf war, wäre sie vielleicht nicht durchgedreht, hätte nicht in äußerem Schmerz die Heilung des inneren Schmerzes gesucht.

Und jetzt hatte ich eine Frau in meinem Leben, die mir nicht nur wichtig war, sondern die mich sogar bedrängte, schneller voranzugehen, als wir besprochen hatten.

Haleys Vorschlag, ihr Manipulationsversuch, ins *Luminous* zu gehen, hatte mich nicht nur überrascht, sondern ich hätte nie gedacht, dass sie eine

Frau war, die *top from the bottom* ausüben würde, also die Handlung manipulierte und mich zu instrumentalisieren versuchte, um zu bekommen, was sie wollte.

Ich knirschte so fest mit den Zähnen, dass sie eigentlich hätten zerspringen müssen.

Mein Handy klingelte in meiner Tasche und schreckte mich auf. Dylans Name auf dem Display. Verficktes *Luminous*. Es war die Ursache all meiner Probleme.

„Was zum Teufel machst du vor dem Club und wo ist Haley hin?"

Ich drehte mich zu einer der Außenkameras am Gebäude um und streckte meinen Mittelfinger aus. „Sag Joe, er soll mich nicht beobachten und sich ins Knie ficken."

Dylan lachte auf. „Ich war überrascht, dass sie heute in den Club wollte, ungelogen. Erzählst du mir, warum du da rumstehst und aussiehst, als hätte dir jemand in die Eier getreten?"

„Du kannst mich überhaupt nicht sehen, du Spinner." Nach dem katastrophalen Treffen mit meiner Mutter waren wir gegangen. Gabby und Dylan hatten noch länger bleiben wollen.

„Doch, mit der neuen Sicherheits-App auf meinem Handy. Egal. Wechsele nicht das Thema. Was ist passiert?"

Ich strich mir übers Kinn und stöhnte. „Ich habe keine verfickte Ahnung. Was hat sie zu dir gesagt?"

„Oh Gott, sind wir wieder in der Schule? Ich mag

das Spiel *Er-hat-das-gesagt-und-sie-hat-jenes-gesagt* nicht, aber sie hat gar nichts gesagt. Nur gefragt, ob der Club heute offen hat. Ich dachte, sie will ihren geröteten Hintern herzeigen oder mit dir im Club angeben. War es das nicht?"

„Ich weiß es nicht. Sie hat etwas von dir und Gabby erzählt und ihrem Halsband, das sie schon mal erwähnt hatte. Ich versuche immer noch, einer Konversation beizukommen, von der ich noch nicht einmal geahnt habe, dass sie stattfand und worum sie sich überhaupt drehte."

„Wie ging es aus?"

Plötzlich schämte ich mich. Himmel, hatte ich das wirklich getan? „Ich habe *Rot* gesagt, Dylan."

Er hüstelte. „Du hast *was* getan? Warum denn?"

„Warum … darum! Weil sie mir etwas über Courtney gesagt hat, kaum auf meine Mutter geachtet hatte und ich keine Ahnung habe, warum ich es gesagt habe, aber ich konnte heute nicht mit ihr herkommen!"

Wahrscheinlich sogar niemals. Ich glaubte nicht, dass ich jemals Haley vor anderen Leuten zur Schau stellen wollte. Dass Kerle ihre alabasterfarbene Haut als Wichsvorlage nahmen, während ich sie markierte.

Doch wenn es das war, was sie wollte und brauchte, wäre ich in der Lage, es ihr zu geben? Ich war hier derjenige, der die Regeln festlegte und die Grenzen setzte. Subs sollten sie befolgen. Doch hier war ich nun, bei meinem ersten Ausflug zurück als Dom, und schon wollte erneut eine

Frau die Fäden in die Hand nehmen.

„Gabby hat mir das mit Courtney erzählt, Jensen. Das war nicht deine Schuld. Ich dachte, dass du darüber weg bist. Das Ganze stinkt nach Meredith."

Er verstand es nicht. Hatte er noch nie. Ich war darüber weg, Courtney in meinem Leben gehabt zu haben, dass ich ihr nicht hätte helfen können, selbst wenn ich es gewollt hätte, dass ich die Zeichen übersehen hatte. Doch deshalb war es trotzdem nicht richtig, sie einfach sitzen zu lassen. Außer Meredith hatte sie niemanden, keine Familie oder anderen Freunde, von denen ich wusste.

„Ich fahre zu ihr und sehe nach ihr."

„Und dann gehst du zu Haley und bestrafst sie, ja?"

Ich fuhr mir übers Kinn und sah das Taxi näher kommen. Schnell ging ich darauf zu. „Und warum sollte ich das tun?"

„Verflucht, Jensen. Bring deine Sub in die Spur. Sie hat dich zu sehr bedrängt, und damit musst du umgehen, anstatt vor ihr wegzulaufen. Hast du alles vergessen, was ich dir beigebracht habe, oder bist einfach zu weich geworden?"

Sein Ton war neckend, doch seine Worte waren deutlich und trafen mich direkt in die Brust. „Ich muss Schluss machen." Ich hörte noch sein Lachen und beendete das Gespräch.

Ich gab dem Fahrer Courtneys Adresse und hoffte, dass sie in den vergangenen zwei Jahren nicht umgezogen war. Dann setzte ich mich hinten ins

Taxi und rieb mir das Gesicht.

Verfluchter Dylan. Immer musste er recht haben. Dafür respektierte ich ihn so. Deshalb hatte ich ihn als Mentor haben wollen.

Und nein, ich hatte nicht sofort daran gedacht, sie zu bestrafen, zu disziplinieren. Sie hatte eine Situation manipuliert, um etwas für sich selbst herauszufinden, doch so lief der Hase nun mal nicht. Sie hatte zu kommunizieren, ich hatte abzuwägen und zu entscheiden.

Nichts davon hatte ich getan. Stattdessen war ich ausgerastet, hatte meine Emotionen siegen lassen, anstatt mich angemessen um die Situation zu kümmern, und hatte Haley weggestoßen.

Scheiße. Damit hatte ich vielleicht alles zerstört, besonders mit dem letzten Schlag, dass ich zu Courtney wollte.

Ich hatte ihr den Schmerz angesehen, die Eifersucht in ihrem Ton gehört und hatte mir nicht einmal die Mühe gemacht, sie zu beruhigen.

Für Haley musste es so aussehen, als ob mit uns alles vorbei wäre und ich zu meiner alten Sub zurückkehrte.

Verdammt.

Ich nahm das Handy und überlegte, Haley anzurufen, entschied mich aber anders. Erst würde ich nachsehen, ob mit Courtney alles okay war, und mich dann um Haley kümmern.

Und wenn ich mit ihr fertig wäre, hätte sie gelernt, wie eine Beziehung mit mir laufen musste. Eine, in der wir die Dinge gemeinsam klärten, anstatt dass sie hinter meinem Rücken eigene Entscheidungen traf. Und ich war derjenige, der das Ganze anführte.

„Einen schönen Abend noch", sagte ich zum Taxifahrer und reichte ihm genug Geld, dass er für heute Schluss machen konnte.

Doch das Geld war mir egal. In meiner Brust raste mein Herz.

Das Licht war an, und die grünen Plastikgartenstühle, die sie schon immer auf der kleinen Vorderterrasse hatte, waren noch da, zusammen mit ihren Gartengeräten, die sie so liebte. Im Sommer sah ihr kleiner Vorgarten immer viel schöner aus als die der anderen Stadthäuser.

Ich war nur froh, dass sie immer noch hier wohnte. Ich wischte mir den Schweiß von den Handflächen an der Anzughose ab und klopfte sechsmal – mit jedem Schlag fester – an die Holztür.

Ich war total angespannt.

Voller Angst.

Hinter der Tür spielte Musik, was mich hoffen ließ. Hip-Hop. Nicht der laute, wütende Rock, den sie immer hörte, wenn Depressionen sie wie ein dicker Mantel umgaben.

Die Tür flog auf, Courtney hielt sich an der Klinke fest und taumelte mir entgegen. Sie fing sich rechtzeitig, bevor sie hinfallen konnte.

Ich hielt sie fest und sie kicherte angetrunken.

„Jensen, was machst du denn hier?"

Mein Blick glitt schnell über sie. Blutunterlaufene, geschwollene Augen, rosa Nasenspitze, was zeigte, dass sie lange geweint hatte. Außerdem lief Mascara über ihr Gesicht, und das gesamte Make-up war verschmiert. Courtney war hübsch, das ließ sich nicht leugnen. Sie hatte süße weibliche Kurven, gestylte Haare, die sie beim Friseur ein Vermögen kosten mussten, und eine Figur, der Männer nicht nur zweimal hinterhersahen.

Heute sah sie genau so aus, wie Haley sie beschrieben hatte.

Kaputt.

Und betrunken.

Das war bei Courtney nie eine gute Kombination.

Meine anfängliche Erleichterung löste sich in Luft auf.

„Kann ich reinkommen?", fragte ich und steckte die Hände in meine Hosentaschen. „Ich dachte mir, du musst vielleicht mit jemandem reden."

„Komisch, ich habe gar nichts zu sagen."

Sie versuchte, mir die Tür vor der Nase zuzuschlagen, doch ich hielt sie auf. Courtneys Reaktionen waren langsam, also schob ich mich in ihren schmalen Flur, der kaum groß genug für uns beide vor der Treppe nach oben war.

„Na gut, dann komm rein." Sie schwang ihren einen Arm durch die Luft; in der anderen Hand hatte sie eine Flasche Wein. Sie trank einen Schluck. „Was willst du hier?"

„Ich wollte fragen, wie es dir geht, und wie ich sehe, nicht sehr gut."

„Ich bin nur betrunken, Jensen, ich nehme keine

Pillen. Wenn du nur das wissen wolltest, bin ich okay."

Sie sah ganz und gar nicht so aus. Ich blickte zur Tür. Ich könnte jetzt gehen. Sie hatte mir ihr Okay gegeben. Aber dann könnte ich mir nie sicher sein.

Ich trat auf sie zu und drängte sie in das kleine, aber hübsch eingerichtete Wohnzimmer. Dort stand eine lila Couch mit einer Ottomanen-Seite. Ich steuerte sie darum herum und auf einen Sessel zu.

„Haley hat mir von Meredith erzählt."

„Ja." Sie hob die Flasche an. „Dagegen ist die hier. Hast du je gedacht, dass du jemanden kennst, und dann festgestellt, dass alles eine Lüge war?" Ich zuckte zusammen, was sie sogar in betrunkenem Zustand mitbekam. „Ja, ich denke, du kennst das. Ich habe dich ziemlich verarscht, oder? Bist du heute nur hier, um den Ritter in glänzender Rüstung zu spielen?"

Ihre Worte waren gelallt, doch die Hoffnung darin war deutlich zu hören. Ich lehnte mich an die Ecke der Wand zur Küche und blieb auf Distanz. „Ich habe mir Sorgen um dich gemacht. Haley hat gesagt, es hat dich schwer getroffen, und da … da musste ich einfach sichergehen."

„Es geht mir besser als früher, Jensen." Sie nahm noch einen Schluck, wischte sich mit dem Handrücken den Mund ab und starrte die Flasche an, als ob sie nicht wüsste, was das wäre. Sie beugte sich vor, stellte die Flasche auf den Tisch und lehnte sich im Sessel zurück. „Du musst dir keine

Sorgen um mich machen, versprochen. Das ist kein Hilfeschrei. Das geht mir jetzt seit Jahren so. Ich bin nur sauer und traurig, dass meine beste Freundin eine verlogene Hure ist."

Diese Einschätzung von Meredith war nicht wirklich falsch. Ich war trotzdem besorgt. „Wenn du jemanden zum Reden brauchst ..."

„Dann wirst das nicht du sein." Sie schloss die Augen und atmete tief durch. „Ich bin dir dankbar für den Versuch, Jensen, wirklich. Aber mit uns ist es seit Jahren vorbei, und du weißt, dass meine Probleme weit über das hinausgehen, was du hättest tun können." Sie öffnete langsam ein Auge. „Ich mag deine Freundin ... Haley?"

Ich nickte und sie lächelte.

„Sie wirkt nett. Und hübsch ist sie auch. Geh und sei glücklich, Jensen. Ich komme zurecht."

Sorge nagte an mir. Courtney kam immer zurecht. Sie war okay, es ging ihr gut und alles war super, aber sie war nie glücklich oder voller Freude.

Sie zwang sich, beide Augen zu öffnen. Ihr Kopf kippte zur Seite und sie lächelte. „Ehrlich. Es ist rührend, was du versuchst, dass du zu meiner Rettung eilst, aber ich brauche es nicht. Ich werde den Wein austrinken, Ibuprofen nehmen und meinen Rausch ausschlafen. Und dann werde ich versuchen, neue Freunde zu finden."

Ich lachte bei ihrem Lächeln und schüttelte den Kopf. „Ich hole dir die Pillen."

Ich ging um die kleine Bar herum in die Küche.

„Über der Mikrowelle", rief sie.

Als wir zusammen gewesen waren, hatten wir nie bei Courtney übernachtet. Wir spielten im Club und in meinem Penthouse. Ich war nur hier, um sie abzuholen. Ich wusste nicht, wo ihre Gläser standen. Oder ob ihr Schlafzimmer unordentlich war oder vollgestopft und ordentlich wie Haleys oder aufgeräumt. Machte sie morgens ihr Bett? Haley tat das nicht. Sie behauptete, zu viel zu tun zu haben, um sich um zerknitterte Laken zu kümmern.

Die Erleuchtung kam mir, als ich in Courtneys Schränken nach einem Glas suchte. Obwohl ich Jahre mit Courtney gehabt hatte und nur Wochen mit Haley, hatte ich mich für sie weiter geöffnet als für irgendjemand anderen. Sie war wie ein offenes Buch für mich, außer heute Abend. Sie gab mir alles, war ehrlich und willig und versteckte nichts. Ich war derjenige, der sich zurückhielt, selbst während ich versuchte, es nicht zu tun, und als sie das erste Mal versucht hatte, mit mir zu reden, hatte ich sie abgewiesen.

So behandelte man niemanden, in den man sich verliebt hatte.

Ich hielt ein Glas unter den Wasserstrahl und erstarrte.

Was?

Das konnte doch nicht sein. Ich konnte sie nicht lieben. Noch nicht.

Doch ich konnte nicht leugnen, dass ich ständig an sie dachte. Sie wollte. Nicht nur im Bett. Es war ihr Lachen und ihr neckendes Lächeln. Ihr Zwinkern, und wie sie sich mit der Hand durch die Haare fuhr, ohne sich Gedanken zu machen, es vielleicht zu zerzausen. Sie war unabsichtlich schön und perfekt. Und es war ihr nicht einmal bewusst. Sie lebte einfach und schamlos ihr Leben, verfolgte, was sie haben wollte. Glück, beruflichen Erfolg, ihr Privatleben. Unbefangen hatte sie allein mit ihrem bloßen Anblick Leben in mein totes, erkaltetes Herz gebracht. Nicht wegen ihrer Schönheit. Sondern weil sie gnadenlos sie selbst und echt war.

Das eiskalte Wasser, das über das Glas rann, holte mich in die Gegenwart zurück. Ich griff nach einem Handtuch, trocknete meine Hände und das Glas ab, bevor ich mit dem Medikament zu Courtney ging.

„Hey", wisperte ich. Langsam öffnete sie die Augen und lächelte beschwipst. Ich reichte ihr die Pille, wartete, bis sie diese geschluckt hatte und mir das leere Glas zurückgab. „Und du brauchst ganz sicher sonst nichts mehr?"

Sie schüttelte den Kopf. „Ich habe jemanden, den ich anrufen könnte, wenn es schlecht läuft, aber ich glaube, heute muss ich einfach nur mit meinem Freund Chardonnay zusammen sein und mich ausheulen."

Sie sah ziemlich gesund aus. Traurig und betrunken, aber dennoch strahlte sie Gesundheit aus, und eine Ehrlichkeit lag in ihren Augen, die sie früher immer versteckt hatte.

Ich trat zurück. „Okay. Aber wenn du etwas brauchst …“

„Werde ich dich nicht anrufen.“

Ich grinste. „Ich wollte Dylan vorschlagen. Er kann dir helfen. Und Gabby auch.“

Sie stand auf und blies sich eine blonde Haarsträhne aus dem Gesicht. „Danke. Schönen Abend noch.“

Ich winkte ihr mit der Hand zum Abschied und schloss die Tür hinter mir. Es gab keinen Grund, noch länger zu bleiben. Ich musste Courtney vertrauen, dass sie ausnahmsweise wusste, was das Beste für sie war, und sie traurig und betrunken zu sehen, war besser als depressiv und am Boden zerstört. Sie war okay, hoffte ich.

Um sicherzugehen, würde ich Dylan bitten, nach ihr zu sehen.

Ich nahm mein Handy und rief den Mann an, der Haley inzwischen zu Hause abgesetzt hatte, damit er mich aufsammelte. Ich spazierte aus Courtneys Stadthausbereich hinaus und wartete an der Hauptstraße auf den Fahrer.

Währenddessen machte ich Pläne.

Dylan hatte recht. Ich hatte Haley noch nie für ihren Ungehorsam offiziell bestraft. Ich hatte ihr zu viel durchgehen lassen.

Sie wollte mehr, und das würde ich ihr auch geben. Und zwar nicht nur meine Hand oder die Gerte, sondern auch mein Herz. Und dann mussten wir uns ernsthaft darüber unterhalten, wohin es uns führen und wo wir meiner Meinung nach enden würden.

Kapitel 21

Haley

Ich lag kaum im Bett, als ein Klopfen durch das stille Haus hallte.

Nachdem mich die Limousine nach Hause gebracht hatte, hatte ich sofort Anya angerufen. Da sie annahm, dass ich das Wochenende mit Jensen verbringen würde, wusste sie sofort, dass etwas nicht stimmte.

„Ich bin in zehn Minuten bei dir", hatte sie gesagt, sobald ich ihren Namen durch meine trockene Kehle gewürgt hatte. Ohne ein weiteres Wort hatte sie aufgelegt.

Zehn Minuten später hatte ich das schöne Kleid abgelegt, Jogginghose und Sweatshirt angezogen und es geschafft, mir das verschmierte Make-up vom Gesicht zu waschen, bevor sie ankam.

Mit ihrem Ersatzschlüssel ließ sie sich selbst herein, und als ich in die Küche kam, hatte sie uns Gin eingeschenkt.

Sie warf mir einen Blick zu und sagte nur: „Erzähl."

Das tat ich. Als ich fertig war, schenkte sie uns noch einmal Drinks ein. Wir gingen ins Wohnzimmer und redeten und tranken die nächsten zwei Stunden, analysierten jeden meiner Fehler, alle Kommentare und Blicke von Jensen. Bis ins letzte Detail.

Was soll ich sagen? Frauen sind neurotisch, wenn

unsere Herzen Gefahr laufen, gebrochen zu werden.

Und das alles brachte uns kein bisschen weiter.

Ich konnte nur einen Tag oder zwei warten und hoffen, dass Jensen wieder mit mir reden würde. Er war zu respektvoll, um mich ohne ein richtiges Ende einfach fallen zu lassen, und bis dahin würde ich mich an die Hoffnung klammern, dass wir es schaffen konnten, über diese große Hürde zu kommen.

Eine, die ich egoistischerweise selbst kreiert hatte.

Als Lance kam und Anya abholte, nachdem wir festgestellt hatten, wie viel wir getrunken hatten, war ich besoffen und depressiv. Ich schickte sie nach Hause, versicherte ihr, dass es mir gut ging und ich sie morgen anrufen würde.

Als sie gingen, umarmte mich Lance kurz. „Wenn ich glauben würde, ich hätte auch nur die geringste Chance gegen ihn, würde ich ihm für dich in den Arsch treten."

Ich lachte so heftig, dass ich ihm dabei auf die Schulter spuckte, was ich ihm jedoch nicht sagte.

Als sie gegangen waren, räumte ich die Gläser weg und blies weiterhin Trübsal, bis ich schließlich einen bequemen Pyjama anzog und ins Bett ging.

Der depressive Gesang von Adele war das einzige Geräusch im Haus, während ich mich unruhig herumwälzte. Ich versuchte, eine angenehme Lage zu finden, und immer, wenn ich mich umdrehte und der restliche Duft von Jensen auf meiner Bettwäsche mich umhüllte, schien es mich etwas zu beruhigen.

Endlich war ich am Einschlafen, während vereinzelt eine Träne meine Wange hinunterlief, als es unten an der Tür klopfte.

Ohne weiter nachzudenken, sprang ich aus dem Bett, öffnete die Nachttischschublade und holte die Smith-&-Wesson-380-Knarre heraus. Mein Vater hatte darauf bestanden, dass ich damit umzugehen lernte. Als es erneut klopfte, dankte ich ihm innerlich dafür, mich dazu gezwungen zu haben.

„Du bist eine Frau, die ganz allein ein Resort leitet und in einem viel zu großen Haus wohnt. Es ist klug, vorbereitet zu sein", hatte er gesagt. Meine Mutter und ich hatten die Augen verdreht, doch ich war mit ihm zum Schießstand gegangen. Zweimal die Woche, bis er zufrieden war, dass ich nicht nur damit umgehen, sondern die Waffe auch anständig reinigen konnte.

Ich hielt die Waffe fest in der Hand und ging die Treppe hinunter. Jedes Knacken der Stufen, des alten Hauses, ließ mich zusammenzucken und erinnerte mich daran, die Waffe korrekt zu halten. Auf keinen Fall wollte ich den Finger an den Abzug legen und aus Versehen schießen.

Ich zuckte erneut zusammen, als die alte Standuhr im Gästezimmer schlug. Ich umfasste das Geländer an der letzten Stufe und fand das Gleichgewicht wieder. Es war nur ein Schlag.

Wer besuchte mich um ein Uhr nachts?

Und warum hatte ich nach der Waffe gegriffen und nicht nach dem Handy? Ich hatte genug Thriller gesehen, um zu wissen, dass das der dümmste Fehler war, den man machen konnte.

Ich fluchte über mich selbst, und jemand schlug gegen die Tür, gefolgt von viermaligem Klopfen.

„Haley!", rief eine Stimme.

Eine männliche Stimme.

Hoffnung erfüllte und wärmte mich bei dem Gedanken, dass Jensen zum Reden zu mir gekommen war, bevor ich die Stimme erkannte. Jetzt war ich verärgert.

„Das kann nicht dein verdammter Ernst sein", murmelte ich, legte die Waffe auf den Esstisch und ging an die Haustür.

„Haley!", rief Timothy und hämmerte an meine Tür.

Ich öffnete schnell und schwungvoll. Seine Hand war noch zum Klopfen erhoben, doch ich hatte zu schnell für ihn geöffnet, sodass er nach vorn taumelte und auf den Knien landete.

„Was zum Teufel willst du hier?" Ich stemmte die Hände in die Hüften und warf dann eine in die Luft. „Ach, vergiss es, es ist mir egal. Hau ab."

Erkennen huschte über seine glasigen Augen, als er merkte, dass er kniete. „Sehr witzig", lallte er und verzog das Gesicht.

Na toll, er war betrunken. Oder Schlimmeres.

„Ich war noch nicht mal beim Heiratsantrag auf den Knien, glaube ich."

War er nicht. Bei der Erinnerung ärgerte ich mich immer noch. Wir waren am Pier vor dem *Inn* entlangspaziert. Als wir am Ende angekommen waren, hatte er meine Hand genommen und einen einfachen Ring mit einem winzigen Stein an meinen Finger gesteckt.

„Bleib für immer bei mir."

Ich hatte den Ring geliebt. Auch wenn der Diamant so klein war, dass er kaum funkelte. Ich liebte ihn von ganzem Herzen, wie die meiste Zeit, doch in den kommenden Jahren wurde alles von Bedauern und Misserfolg verdorben.

„Was willst du hier?", fragte ich ihn erneut, ohne ihm aufzuhelfen.

Er senkte das Kinn bei meiner ernsten Stimme, wobei ihm das sandblonde Haar in die Stirn fiel und ich seine Augen nicht sehen konnte. Ich rührte mich nicht, während er umständlich aufstand.

„Du fehlst mir", sagte er. Sein Blick streifte durch das Haus und kam langsam zu mir zurück. „Ich vermisse dich so sehr, Haley."

„Du vermisst mein Einkommen."

„Ich habe einen Fehler gemacht. Eine Menge davon, gebe ich zu. Aber ich bin hergekommen, um mit dir zu reden. Vielleicht können wir die Dinge zwischen uns aus dem Weg räumen."

„Uns?" Ich hob eine Braue. „Oder die Klage?"

Er hatte den Anstand, zumindest das Gesicht zu verziehen, und trat weiter in mein Haus ein. Ehe ich ihn davon abhalten konnte, war er schon zu weit. Ich hätte es tun sollen, als er noch auf den

Knien war. Ihm gegen die Brust treten, sodass er aus der Haustür gefallen wäre.

Er seufzte und fuhr sich mit der Hand über die Haare. Es kippte nach hinten, bevor es sich in die übliche, leicht unordentliche Form begab. „Können wir bitte reden?"

Ich hatte genug geredet. Jahrelang hatte ich versucht, zu ihm durchzudringen. Nichts hatte geholfen, und das würde es heute auch nicht. Doch wie immer, wenn Timothy sein leicht schiefes Lächeln einsetzte, fiel es mir schwer, Nein zu sagen.

„Es ist schon spät, ich gebe dir nur ein paar Minuten." Ich schloss die Tür und runzelte die Stirn. „Bist du etwa betrunken hergefahren?"

Er schnaubte und ging in die Küche. Natürlich kannte er sich hier genauso gut aus wie ich.

„Ich bin hier, um alte Freunde zu besuchen. Erinnerst du dich an Dan und Mark? Mark hatte heute seinen Junggesellenabschied."

Das erklärte, dass er betrunken war. Vielleicht auch, warum er mich vermisste.

Ich verdrehte die Augen und folgte ihm. Je schneller ich zuhörte, was er wollte, desto schneller wäre er wieder verschwunden. „Natürlich erinnere ich mich an sie." Schwer zu vergessen, wenn man zusammen auf der Highschool war. „Mark und Tonya heiraten also endlich?"

Er durchsuchte den Schnapsschrank, in dem nur Tequila war, eine Flasche Orangenwodka und ein Scotch, den Jensen neulich mitgebracht hatte.

Timothy nahm den Scotch heraus und las das

Etikett. „Das ist ja ein cooler Stoff."

Fünfhundert-Dollar-cool. Doch das sagte ich ihm nicht.

Er betrachtete die Flasche fragend, öffnete sie und trank einen Schluck.

Igitt.

„Ja. Mark hat endlich graduiert. Sie heiraten nächste Woche und ziehen dann nach Chicago." Er trank noch einen Schluck und wischte sich mit dem Handrücken den Mund ab.

Ich konnte nicht länger zusehen, wie er Jensens Flasche mit seinen Keimen verseuchte, auch wenn dieser nach der heutigen Katastrophe vielleicht nie wieder davon trinken würde. Ich nahm ein Glas aus dem Schrank, warf Eiswürfel hinein und reichte es ihm. „Nimm das hier."

Er hielt die Flasche an deren Hals und schwenkte sie hin und her. „Gibt es jemanden in deinem Leben, der nicht will, dass ich sein gutes Zeug saufe?"

Jensen wäre mit Sicherheit stinkwütend. Aber ich war nicht sicher, ob ich überhaupt noch einen Mann in meinem Leben hatte. „Das geht dich nichts an", antwortete ich und kreuzte die Arme vor der Brust. „Du wolltest reden, also leg los. Und wenn du schon dabei bist, erkläre mir bitte, wieso du diese idiotische Klage nicht fallen lässt."

Etwas leuchtete in seinen dunkelbraunen Augen auf, als er lächelte. Er goss Scotch ins Glas und hob es an die Lippen, während er mich nicht aus den Augen ließ.

Ein Schauder überlief mich, und ich versuchte, nicht vor seinen Augen zu erzittern. „Hör zu, es ist spät, ich bin müde und hatte einen langen Abend."

„Ja, davon habe ich gehört." Seine Augen verloren den Glanz von vorhin. Er stellte das Glas ab. „Habe gehört, wie heiß du ausgesehen hast, wie verführerisch am Arm eines begehrten Anwalts. Weißt du, wie erbärmlich ich gewirkt habe, als ausgerechnet der verfluchte Matty Bentzen auf mich zukam und mir erzählt hat, dass er dich mit diesem Arsch auf einem schicken Ball gesehen hat?"

Ich brauchte einen Moment, um den Namen zuzuordnen, und runzelte die Stirn. Bei der Veranstaltung war mir niemand aufgefallen, den ich kannte. Matt Bentzen und Timothy waren in der Schule stets Rivalen gewesen und Matty hatte immer alle Wettstreite gewonnen. Sportlich wie akademisch. Timothy hasste ihn. Falls mich Matty wirklich gesehen und es Timothy aufs Brot geschmiert hatte, würde das dessen Wut und Trunkenheit erklären.

Was der wahre Grund für seinen Besuch war. Nicht etwa, weil er mich zurückhaben wollte, sondern weil ich mit jemandem zusammen war, der ihn blöd aussehen ließ.

Ich trat einen Schritt zurück. Sein Blick verdunkelte sich, wütend, und das endete nie gut für mich. Er schlug mich zwar nicht, denn das hätte traurigerweise gezeigt, dass ich ihm etwas bedeutete. Doch es führte zu Streitgesprächen, Brüllerei, Migräne und Tränen, und … davon hatte ich endgültig die Nase voll.

„Geh jetzt. Es gibt nichts, worüber wir noch reden könnten." Ich machte auf dem Absatz kehrt und hoffte, er folgte mir zur Tür.

Leider hörte er nie auf, zu streiten, bis er gewonnen hatte. Das war das Einzige, was er je durchzog.

Zum Teil hatte ich recht. Als ich die Hand auf die Klinke legte, hörte ich seine Schritte, die mir folgten. Doch als ich die Klinke drückte, hielt er an und ich hörte das leise Klicken einer Waffe.

Fuck.

Von allen Dummheiten, die ich so machte, war die dämlichste, meine Waffe offen liegen zu lassen.

„An deiner Stelle würde ich die Tür nicht noch weiter aufmachen, Baby."

Bei dem Kosewort verzog ich das Gesicht und drehte mich zu ihm um. Er stand neben dem Esstisch und hatte die Waffe auf mich gerichtet. Sein Griff war nicht sicher. Seine Arme zitterten und er schwankte leicht, doch das spielte keine Rolle. Noch nie war eine Waffe auf mich gerichtet gewesen. Angst explodierte in meinen Adern.

„Lass uns reden, Timothy. Wir reden über alles, was du willst, okay?" Ich hob die Hände und trat von der Tür weg. „Aber leg bitte die Waffe weg. Du hast getrunken und bist wütend. Vielleicht kannst du jetzt nicht mehr klar denken."

Die Waffe schlotterte in seiner Hand. „Ich habe dich geliebt."

„Ich dich auch." Das stimmte. Von ganzem Herzen. Mit meiner Seele. „Aber manchmal reicht das nicht, Timothy. Und wir haben das alles schon mal besprochen."

Immer wieder! Doch das sagte ich nicht.

Ich trat einen Schritt auf ihn zu. Ruhig und langsam. „Bitte, Honey", sagte ich süß und leiser. „Lass uns darüber reden. Worüber du willst. Aber du machst mir Angst."

Noch nie hatte er etwas Derartiges getan, noch nie so einen wilden Blick gehabt. Er blinzelte und fuhr sich mit der freien Hand durch seine blonden Locken. Früher waren sie weich und lockiger. Als hätte er zu lange in der Sonne gelegen, dabei saß er nur vor Videospielen oder sah sich *The Walking Dead* an.

Ich trat noch einen Schritt näher. Jetzt sah er drastisch anders aus. Blutunterlaufene Augen mit dunklen Ringen darunter. Sein Gesicht war schmaler und seine Kleidung saß nicht so perfekt an ihm wie sonst.

„Du hast mich verlassen", wisperte er barsch und verengte die Augen. „Das durftest du nicht."

„Wir haben uns eine Menge gegenseitig versprochen, was wir nicht eingehalten haben. Ich konnte so nicht weitermachen. Immer musste ich für alles sorgen, für uns, die Finanzen und das Apartment. Es war mir zu viel. Und wir haben uns zu oft gestritten."

„Das war nicht meine Schuld." Er schüttelte den Kopf und trat zurück, bis er gegen die Couch stieß. Er ließ mich nicht aus den Augen und senkte zwar die Waffe nicht, doch korrigierte auch die Richtung nicht, als ich aus der Schusslinie trat. „Du hast mir gehört. Die einzige Frau, die ich je wollte, das Einzige, was ich je wollte. Wir sollten zusammen glücklich sein und unseren Träumen folgen, aber als du gegangen bist, sind sie alle verbrannt."

„Du hättest mir mit den Träumen helfen müssen, aber das hast du nicht getan."

„Kannst du dir vorstellen, wie sich das heute angefühlt hat? Mit den alten Freunden zusammen zu sein? Zu sehen, was sie erreicht haben, und die Frauen zu sehen, die ihre Männer unterstützt haben? Und dann zu hören, dass du schon einen anderen hast? Sie haben mich wie einen Verlierer betrachtet! Wie einen verfickten Loser! Aber das bin ich nicht! Und jetzt willst du mir nicht einmal geben, was du mir schuldest."

Bei seiner lauter werdenden Stimme wuchs meine Wut. Ein paar Sachen stimmten, doch das meiste nicht. Seine Ansichten machten ihn zum Opfer. Und er war zu stolz, zu sehr in seinen Fantasien verstrickt, um zu begreifen, dass er heute Abend nur die Wahrheit über sich selbst gesehen hatte. Vielleicht hätte er es kapiert, wäre aber sowieso zu feige, es zuzugeben.

„Können wir uns hinsetzen und reden? So wie früher?" Ich versuchte zu lächeln, aber meine Lippen bebten. Ich war noch nie eine gute Schauspielerin gewesen und hoffte, er sah mir nicht an, wie ungern ich ihm nahe kommen wollte. „Uns vielleicht auf etwas einigen?"

„Ich brauche das Geld, Hales."

Ich unterdrückte den Drang, das Gesicht zu verziehen. Er war der einzige Mensch, der mich so nennen durfte. Trotzdem hasste ich den Spitznamen. Es war nicht mal ein richtiger Name. Er war nur zu faul, ihn richtig auszusprechen.

„Aber mich zu verklagen, ist keine Lösung."

„Es war die einzige, die ich hatte."

„Mich zu erschießen, bringt dir auch kein Geld." Meine Stimme schwankte.

Oder doch? Wenn er damit durchkam? Aber selbst dann war er nirgends als Erbe eingetragen.

Ich trat noch einen Schritt von der Tür weg und Richtung Küche. Wenn ich einen größeren Abstand zwischen uns erreichen könnte, könnte ich vielleicht durch die Hintertür flüchten.

„Nein, aber wenn du zu mir zurückkommst, könnte alles uns beiden gehören. Denk darüber nach, Haley." Seine Stimme wurde so sanft, wie ich sie einst geliebt hatte. Mit der er mich dazu gebracht hatte, alles zu tun. Er lächelte sein schiefes Lächeln und lehnte sich mit der Hüfte an die Rückseite der Couchlehne. So gelassen, dass er hoffentlich vergaß, eine Waffe in der Hand zu haben. „Erst mal hörst du damit auf, dich von mir zu entfernen." Seine Augen funkelten und er nahm die Waffe höher. „Komm hierher, damit wir reden können, wie du es willst."

Ich konnte praktisch sehen, wie sich in ihm die Rädchen drehten. Er plante. Heckte etwas aus. Träumte.

Immer träumte er nur.

Ich gehorchte, hatte Angst davor, was er sonst tun würde. „Timothy …"

„Komm näher, Hales. Ich will dich umarmen."

Ich hielt inne. „Was willst du?"

Er griff nach mir mit der anderen Hand und ließ die Waffe sinken. „Wir beide haben doch gut zusammen funktioniert, oder?" Er legte die Hand auf meinen Rücken und zog mich an sich.

Das war nicht alles nur gespielt. Ich sah nach unten und dass er meine Waffe immer noch fest im Griff hatte. Die Sicherung war noch nicht gelöst. Zu wissen, dass die Waffe nicht losgehen würde, wenn er hektisch den Abzug drückte, beruhigte mich etwas.

„Ich liebe dich", sagte er. „Das habe ich immer. Diesmal werden wir es besser machen, Honey. Ich verspreche es. Ich helfe dir bei deiner Arbeit und wir machen alles zusammen. Reisen um die Welt."

Tränen brannten in meinen Augen, aber ich wollte es ihn nicht sehen lassen. Seit ich ein kleines Mädchen gewesen war, hatte ich nichts anderes gewollt. Eine Familie haben, wie meine Eltern, und Seite an Seite das Resort leiten. Doch Timothys große Träume und Sehnsüchte hatten mich mitgerissen. Und jetzt bot er mir erneut an, was ich schon immer gewollt hatte.

Aber sobald ich ihm geben würde, was er wollte, wie schon zig Mal vorher, würde er sein Wort brechen.

„Du willst nur das Geld, oder?" Ich versteifte mich in seinem Griff. „Entweder hast du keinen Job oder wieder einmal einen verloren, und deshalb kommst du zu mir. Wahrscheinlich verlierst du jetzt auch das Apartment, und anstatt endlich die Verantwortung für dein Handeln zu übernehmen, schiebst du die Schuld anderen zu."

Ein Muskel zuckte an seinem Kiefer. „Du hast mich verlassen. Ich war wie gelähmt."

Ausreden, nichts als Ausreden. Er hatte davon so viele, wie am Strand Muscheln lagen. Ich wollte mich ihm entwinden, doch er presste mich fester an seine Brust. Die Waffe richtete er auf meinen Hinterkopf. Ich spürte seine Finger auf der Kopfhaut und erstarrte.

Er küsste mich.

Mit beiden Händen stemmte ich mich gegen seine Brust und wehrte mich, doch es war sinnlos. Er war größer und stärker als ich, und als ich das Knie hob, um ihm zwischen die Beine zu treten, bewegte er schnell die Hüften zur Seite, sodass ich ihn verfehlte.

Er drückte den Mund so fest auf meinen, dass seine Zunge eindringen konnte. Seine Hand auf meinem Rücken drückte fester zu und ich schmeckte Galle auf der Zunge.

„Was zur Hölle ist hier los?"

Jensens Stimme durchdrang meinen Ekel und

den Kampf. Ich stieß Timothy weg.

Vor Überraschung, eine männliche Stimme zu hören, zuckte Timothy zurück. Er schob mich zur Seite, hielt mich aber immer noch am Arm fest, und hob die Waffe.

„Jensen …", keuchte ich und starrte ihn mit großen Augen an. Er trug noch das Oberhemd und die Anzughose, wirkte aber zerknittert und müde.

Er trat ein und ließ die Haustür offen. „Die Tür war offen und ein fremdes Auto parkt davor. Ich habe mir Sorgen gemacht. Nicht ohne Grund, wie mir scheint."

Er starrte Timothy an.

Ich versuchte, mich loszumachen, auch wenn ich von seinem harten Griff Blutergüsse bekommen würde.

„Du kannst sie mir nicht wegnehmen", lallte Timothy. Er richtete die Waffe auf Jensen. „Sie wird immer wieder zu mir zurückkommen. Das ist sie immer. Wir sind füreinander bestimmt."

„Dann hättest du sie nicht wegwerfen dürfen", sagte Jensen und wirkte so entspannt, als ob ihm das alles völlig egal wäre. „Und jetzt solltest du sie loslassen, bevor es böse für dich endet."

Timothy schnaubte. Die Waffe zitterte in seiner Hand, als er fester zugriff. Nicht, dass das eine Rolle spielte.

„Hau ab", knurrte Timothy. „Geh jetzt, dann werde ich dich nicht erschießen."

„Das wirst du sowieso nicht tun", antwortete Jensen immer noch gelassen. Konnte diesen Mann irgendetwas aus der Ruhe bringen? „Das würde bedeuten, ein echter Mann zu sein und zu beschützen, was rechtmäßig deins ist. Aber was ich so gehört habe, bist du ein Versager. Außerdem ist es nicht mehr deine Aufgabe, sie zu beschützen." Er sah kurz zu mir und seine Augen glänzten. „Sie gehört mir."

Trotz der Umstände jagte ein Schauer durch mich und mir wurde heiß. Jensen war zurückgekommen! Mitten in der Nacht. Und gerade hatte er verkündet, dass ich ihm gehörte.

Mein Lächeln war zittrig und wackelig, doch ich schaffte es, mit den Lippen stumm ein *Dein* zu formen.

Jensen wurde noch entspannter und wandte sich wieder an Timothy. „Lass sie gehen, Mann. Du hast kein Geld, keinen Job, keine Frau, und mich zu verletzen hilft dir auch nicht weiter. Du wirst nur in einem neuen Zuhause enden. Für die nächsten sechzig Jahre in einem schicken Overall hinter Gittern."

„Du hast ja keine Ahnung", sagte Timothy finster. Doch er war zittrig und unsicher.

Vielleicht hätte man mit ihm reden können, doch er konnte immer noch nicht klar denken.

Er war kurz vor einem Zusammenbruch, aber ich konnte nichts tun, um ihn zu beruhigen. Seine ganze Konzentration lag nun auf Jensen.

Jensen antwortete. „Ich weiß, dass sie nicht dir gehört. Und du holst auch nichts aus dem Resort raus. Ich weiß auch, wie sie meinen Namen schreit, wenn ich sie zum Kommen bringe. Hast du das Geräusch je gehört?" Er trat vor und war jetzt höchstens zwei Meter von dem betrunkenen Arschloch mit der Knarre entfernt. „Erlebt, wie sie wild wird, wie ihr ganzer Körper erzittert, kurz bevor sie sich gehen lässt, und wie sie dann ihre Nägel in deinen Rücken bohrt, bis du voller Kratzer bist?"

Damit reizte er das Tier nur noch stärker, bewies einmal mehr, dass Timothy kein echter Mann war, denn ich hatte seinen Namen beim Sex noch nie gerufen. Mein Ex-Mann umklammerte die Waffe fester.

Jensen war zu weit gegangen.

Timothy beruhigte seine zitternde Hand und legte den Finger auf den Abzug. „Fick dich, Arschloch."

Jensen grinste.

Ich schrie auf und stieß Timothy an. „Jensen!"

Timothy drückte den Abzug durch.

Kapitel 22

Jensen

Nichts geschah.

Das Herz raste in meiner Brust wie eine Elefantenherde auf der Flucht. Aus meiner hockenden Stellung sah ich auf.

Die Waffe war nicht losgegangen.

Ich sprang auf, hechtete auf Timothy zu und stieß ihn über die Rückenlehne der Couch. Ich schlug ihm die Waffe aus der Hand und verpasste ihm einen rechten Haken.

„Fuck!" Er stöhnte, als sein Kopf zur Seite kippte.

Mit einer Hand packte ich seine Kehle. Nicht so fest, um Male zu hinterlassen, doch fest genug, um ihm zu beweisen, dass ich sein Leben beenden könnte. Ich beugte mich dicht an sein Gesicht heran. „Du bist ein lächerlicher Versager."

Haley grinste und hielt entspannt die Waffe an ihrer Seite. „Außerdem hilft es, vor dem Schießen die Waffe zu entsichern."

„Wo ist dein Telefon, Haley?"

Sie deutete mit dem Kinn zur Treppe. „Oben. Da habe ich es vergessen."

Himmel noch mal. Dafür gehörte sie übers Knie gelegt. Die Strafe dafür, mitten in der Nacht ein betrunkenes Arschloch ins Haus zu lassen, musste warten.

„Komm her und nimm mein Handy aus meiner Tasche." Ich veränderte meine Position über

Timothy, der mich mit großen Augen anstarrte.

„Keine Bewegung, Arschloch", knurrte ich ihn an.

Ich kniete breitbeinig über ihm, und Haley nahm das Handy aus meiner Tasche. Dann drehte ich Timothy unter mir auf den Bauch und zerrte seine Arme auf seinen Rücken. Mit meiner Krawatte, die ich vorhin abgenommen und in meine Hosentasche gestopft hatte, fesselte ich ihm die Hände.

„Ja, mein Name ist Haley Portsmouth", sagte Haley ins Handy.

Sie hielt immer noch die Waffe in der Hand, während sie ruhig ihre Adresse herunterratterte und die Situation erklärte.

„Ja, Ma'am, ich bin bewaffnet und habe eine geladene Schusswaffe. Und einen Waffenschein."

Fuck. Das war ihre Waffe? Ich wusste nicht, ob ich beeindruckt sein oder sie dafür versohlen sollte.

Sie beantwortete weitere Fragen und stimmte dem zu, was die Notruf-Dame ihr zu tun vorschlug. Als sie auflegte, grinste sie mich an.

Sie grinste tatsächlich.

Als ob es ihr verdammten Spaß gemacht hätte, dass ich in ihr Haus kam, sah, wie ein Kerl sie küsste, sie sich wehrte und ein Irrer ihr eine Knarre an den Kopf hielt.

Oh ja. Dafür hatte sie definitiv eine Abreibung verdient.

„Die Cops werden in zehn Minuten hier sein. Wir sollen ihn gefesselt lassen, ihn aber nicht verletzen."

„Zu spät", sagte Timothy mit dem Gesicht zur Seite gewandt. Etwas Blut rann aus seiner Nase.

Ich grinste ihn böse an. „Ich könnte dich vermöbeln und behaupten, das sei alles im Kampf passiert. Willst du das?" Ich drückte mein Knie in seinen Rücken.

Timothy stöhnte auf. „Fick dich!"

Haley kicherte. Sie war eine Verrückte. „Das überlassen wir lieber deinen Zellengenossen."

„Du hättest mich lieben müssen." Er stöhnte, vor Schmerzen wegen meines Knies auf dem Rücken oder weil ihm bewusst wurde, was er gerade getan hatte. „Ich bin nur gekommen, um mit dir zu reden."

Haley verdrehte die Augen, trat zurück und bedeutete mir, von ihm herunterzugehen. „Sie wollen ihn so, dass sie ihn von der Tür aus sofort sehen können."

Wir hörten die Polizeisirene in der Ferne, und Haley ging an die Tür, um sicherzugehen, dass sie offen war. Ich schubste Timothy auf einen Stuhl, den man von der Tür aus sehen konnte. Haley stand in der Tür und behielt uns mit der Waffe in der locker an ihrer Seite gehaltenen Hand im Auge.

Als die Scheinwerfer die Einfahrt erhellten, stellte ich mich neben Timothy, um aufzupassen, dass er nicht plötzlich etwas Dummes machte. Zwei Officers stiegen aus, zogen ihre Waffen und riefen sich Kommandos zu.

Haley bewältigte die ganze Situation mit einer

Anmut und Stärke, die ich nicht für möglich gehalten hätte. Sie zeigte kein Zittern oder Angst, als die Beamten sie aufforderten, ihre Waffe abzulegen. Mit geübter Leichtigkeit nahm sie die Munition aus der Waffe und hielt beides hoch, ehe sie beides auf den Boden legte, und ging langsam rückwärts von der Waffe weg ins Haus.

Als Timothy abgeführt wurde, blieb ich so nah wie möglich bei Haley, während sie der Polizei Fragen beantwortete.

„Wenn das alles ist", sagte ich, holte eine Visitenkarte aus meiner Geldbörse und reichte sie dem Officer. Ich hatte mich schon als ihr Anwalt vorgestellt, als die Cops mit den Fragen begonnen hatten, doch sie bestand darauf, alles zu berichten, was geschehen war. „Wir kommen später aufs Revier, machen eine vollständige Aussage und entscheiden dann, ob wir eine Anklage wegen Körperverletzung erheben werden."

Als Haley berichtete, was ich gesehen hatte, als ich hier angekommen war, war allein die Tatsache, dass Timothy im Polizeiwagen saß, seine Rettung. Er hatte sie mit der Waffe bedroht, sich ihr aufgezwungen, alles in betrunkenem Zustand, und hatte auf seine fehlgeleitete Verliererart versucht, Geld zu erpressen.

„Gut, Mr. Rhodes", sagte der Officer.

Er wirkte wie frisch von der Polizeiakademie und aufgeregt über den Fall. Vielleicht war er auch nur nervös von zu viel Kaffee während der Nachtschicht. Ich konnte mir vorstellen, dass seine

Arbeit nicht leicht war, doch er musste noch lernen, seine Emotionen in den Griff zu bekommen.

„Gute Nacht", sagte ich mit verengten Augen und tiefer Stimme. Ich wollte, dass er endlich verschwand.

Ich musste Haley ins Bett bekommen. Dafür sorgen, dass es ihr wirklich gut ging. Und dann brauchten wir Schlaf.

Und danach käme eine lange Session, in der ich reden würde, sie gehorchen musste und ich sie um den Verstand vögeln würde, damit es nie wieder zu Missverständnissen käme, was zwischen uns passierte.

Haley stand in der Tür, und wir sahen zu, wie die Officers in ihre Wagen stiegen und wegfuhren, mit Timothy gefesselt auf dem Rücksitz in einem davon.

„Ab ins Bett", sagte ich, noch bevor die Tür geschlossen war. „Du brauchst Schlaf."

Sie drehte sich zu mir um, ihre Augen schwer vor Erschöpfung, doch ohne Anzeichen von Angst. Die war schon lange verflogen.

„Du bist zu mir gekommen."

Ich nahm ihre Hand und zog sie an mich. „Ja. Reden wir darüber, wenn du ausgeschlafen bist."

„Aber …"

Ich umfasste ihr Gesicht, bis sie mich ansah. „Haley, wir reden nach dem Schlafen."

Sie öffnete die Lippen, als ob sie widersprechen wollte, schloss sie aber wieder.

Ich küsste ihre Stirn und flüsterte „Braves Mädchen“ auf ihre zarte, warme Haut.

Sie war immer so schön. So perfekt für mich.

Dennoch hatte ich aus Angst vernachlässigt, was sie am meisten brauchte. Am Morgen – beziehungsweise später am Morgen, denn die Sonne ging bereits auf –, nach dem Schlafen, würde das enden.

Ich saß auf einem Stuhl, den ich aus dem Esszimmer in ihr Schlafzimmer gebracht hatte, während Haley schlief. Das kühle Holz war unbequem, und ich saß hier bereits seit Stunden darauf, doch jede Sekunde war es das wert, als sich Haley im Schlaf bewegte.

Sie rührte sich erneut, versuchte, sich zu strecken, und öffnete die Lider. Sie zerrte an ihren Armen, drehte den Kopf und weitete die Augen. „Was …“

„Vorsichtig“, warnte ich sie aus meiner Ecke, in der ich wie ein kranker Spinner hockte. „Wenn du zu sehr ziehst, tust du dir an den Fesseln weh.“

Ich hatte sie mit Tüchern aus ihrem Schrank ans Kopfteil gebunden. Es war nicht leicht gewesen, sie anzubinden und darauf zu warten, dass sie erwachte, doch als das Begreifen in ihrem Gesicht die Überraschung überlagerte, war es das alles wert.

„Jensen“, hauchte sie und der leise Klang ging mir direkt in den Schwanz.

Ich rieb meine Erektion durch die Boxershorts und grinste. „Guten Morgen.“

Sie hob die Augenbrauen. „Wie spät ist es?"

„Zehn." Sie wirkte besorgt, was ich verstand. „Du nimmst dir heute frei. Ich habe Claire schon angerufen. Nach dem, was gestern passiert ist, hat sie mir versichert, dass sie und Maria sich heute um alles kümmern können."

Sie schüttelte den Kopf und hielt inne, nachdem sie erneut versucht hatte, die Arme zu bewegen. „Ich ... heute ist Abreisetag. Die Zimmer müssen geputzt werden."

„Ich bin wichtiger. Wir sind wichtiger." Mein Ton ließ keinen Widerspruch zu.

Sie öffnete den Mund und leckte sich über die Unterlippe. Unter der Decke bewegte sie die Beine. Ihre Wangen wurden rot und ich stand auf.

„Du bist nackt", sagte ich, während ich auf sie zuging und dabei meine Unterhose fallen ließ. „Splitternackt und gefesselt. Zu meinem Vergnügen."

Eigentlich zu unserem Vergnügen, denn ich würde dafür sorgen, dass sie jede Sekunde genoss. Doch zuerst würde ich mich an ihr bedienen.

Heute würde ich sie spanken, weil sie es brauchte.

Sie ficken, weil wir es beide brauchten.

Ihren Hintern nehmen, weil ich es brauchte.

Ich musste diese Frau nehmen, die mir den Verstand raubte, und ihr all die Lust verschaffen, die wir zusammen erreichen konnten, was sie mir bewiesen hatte.

„Okay ...", sagte sie langsam und entspannte die

Muskeln. Ihre Hände wurden locker und ihre Brust hob und senkte sich dafür etwas schneller.

„Gestern habe ich begriffen, dass ich dich vernachlässigt habe. Während ich mir sicher war, in welche Richtung wir gehen, habe ich Zweifel in dir hinterlassen über das, was ich wirklich will." Ich trat vor das Bett und pumpte langsam meinen Schwanz. Ihr Blick fiel auf meine Hand um meinen dicken Schaft, wobei sie wieder die Lippen beleckte und ihre Augen glasig wurden. „Als dein Dom war das meine Schuld. Ich habe mich nicht klar genug ausgedrückt. Was ich hätte tun müssen. Als ich dir gesagt habe, dass ich mit dir in diesem Schlafzimmer sein will, dass ich die Zügel in der Hand hätte und sich alles andere noch ergeben würde, habe ich zu viel offengelassen. Stimmst du mir zu?"

Ihr Nicken war zögerlich und langsam. Ich zog die Decke von ihr und kniff in einen ihrer Nippel, bis sie nach Luft schnappte.

„Antworte mir, Haley."

„Ja, Sir, ich stimme zu."

Sie nickte jetzt energischer und ihre Wangen wurden rosa. Ich ließ von ihrer Titte ab und widmete mich der anderen, spielte dann abwechselnd mit beiden, bis sie hart waren, rosa und Haley keuchend atmete. Sie hob die Hüften und suchte bereits nach der Erlösung.

„Dass du mich gestern manipuliert hast, um mich ins *Luminous* zu kriegen, war unannehmbar. Weißt du auch, warum?"

Sie kaute auf ihrer Lippe, bevor sie antwortete. „Weil ich nicht vorher mit dir darüber geredet habe?"

„Nein." Ich schlug ihr auf die rechte Brust. Ihre Haut färbte sich von den Wangen bis zu ihren Brüsten rosa. Sie wand sich hin und her. Ich brauchte dringend eine Spreizstange, um sie davon abzuhalten, ihre Schenkel aneinander zu reiben. Wollte, dass der Druck genau dort bis ins Unerträgliche stieg. Bis sie verzweifelt *mich* wollte. „Weil du mich dominiert hast. Aber diese Grenze habe ich nie gezogen. Sie war sozusagen verschwommen, und heute werden wir sie klar definieren. Hast du verstanden?" Ich strich ihr über den Bauch, neckte sie. Lustvolle Gänsehaut entstand auf meiner Spur. „Halte still und antworte mir, Haley."

Sie atmete zischend ein und zog den Bauch ein, während ich sie weiter reizte. „Ich verstehe, Sir, bitte ..."

„Bitte, was?" Ich grinste und fuhr mit dem Finger durch ihre nasse Mitte.

Sie schluckte. Ihre angespannten Muskeln am Bauch, an ihrem Hals zeigten, wie schwer es ihr fiel, stillzuhalten. Ich liebte es, wenn Haley so reagierte. So begierig und so schnell. Stets bereit.

Sie war nicht nur eine perfekte Sub. Sie war einfach rundum perfekt. Alles an ihr, angefangen bei ihrer Selbstsicherheit bis zu ihrem Körper und wie sie mich ansah.

Wie ein Schuss im Dunkeln traf es mich. Ich

würde alles tun, alles, was möglich war, um sicherzustellen, dass ich sie nie verlieren würde.

„Ich brauche dich, Sir", wimmerte sie. Ihre Finger bohrten sich in die Fesseln am Handgelenk und sie zerrte an den Stäben des Kopfteils. „Egal, was du mit mir machen willst."

„Ich weiß. Und ich liebe es, dass du es so sehr willst. Als ob du für mich gemacht bist." Ich behielt sie im Blick, nahm mehr von ihrer Feuchtigkeit auf und zog damit Kreise um ihre geschwollene Klit. Sie war heiß und nass vor Verlangen, und ihr Duft füllte meine Nase.

„Aber gestern Abend warst du kein braves Mädchen, nicht wahr?"

Sofort schüttelte sie den Kopf. Da sie sich auf die Lippe biss, während ich sie reizte und lustvoll folterte, erlaubte ich ihr diesmal, nicht direkt auf die Frage zu antworten.

„Winkel die Beine an, setz die Füße nebeneinander und lass die Knie seitlich fallen."

Sie gehorchte. Ich betrachtete ihre schöne, nasse Pussy direkt vor mir, die sich dadurch für mich öffnete.

„Du bist so eine Schönheit", murmelte ich, fasziniert von ihren rosa Schamlippen und der empfindlichen Haut, die sie immer rasiert hielt.

Unfähig, mich zu beherrschen, zu ihr hingezogen, wie ich es mir nie hätte vorstellen können, kniff ich in ihre Klit.

Sie erbebte. „Bitte … bitte, Sir."

Ich ließ von ihr ab, nahm meinen Schwanz in die

Hand, stellte mich neben ihren Kopf und fuhr damit über ihre Lippen. Sie öffnete sie, und ich stieß die Spitze in ihren Mund, unterdrückte ein Stöhnen, als ihre Zunge um mich kreiste.

„Dreh dich um", befahl ich und trat zurück. „Gib mir deinen Hintern. Ich werde ihn dir versohlen, weil du versucht hast, die Kontrolle zu übernehmen. Danach werde ich deinen Hintern ficken. Im oder außerhalb des Schlafzimmers gehörst du mir, Haley, egal ob ich dich hart ficken oder langsam und gemütlich Liebe machen will. Wenn ich dich verehren will, dann wirst du es mir erlauben. Wenn ich will, dass du die Hauptarbeit machst, dann tust du es. Du bist verwirrt und bedrängst mich, weil ich keine klaren Grenzen gesetzt habe, und hier sind sie nun. Du gehörst mir, egal was und wann ich es tun will. Du musst mir nur vertrauen, dass alles, was ich tue, immer das Beste für dich ist. Verstanden?"

„Ja." Ihr Blick glitt von meinen Augen zu meinem Schwanz, nur Zentimeter von ihr entfernt. „Ich verstehe, Sir. Es tut mir leid, dass ich das vergessen habe. Ich habe vergessen, dir zu vertrauen."

Ihr Kinn bebte und Tränen sammelten sich in ihren Augen. Ich küsste ihre Wange, als die erste Träne hinunterrollte. „Wir lernen noch, Haley. Ich war zu langsam mit dir aus Angst, dich zu zerbrechen, so wie Courtney, aber du bist nicht wie sie. Das ist mir gestern klar geworden. Ich ahnte es schon vorher, und es tut mir leid, wie ich reagiert habe. Aber glaube mir, dass ich mich immer um dich kümmern werde und dir immer gebe, was du brauchst. Allerdings lege ich das Tempo fest."

„Okay, Sir, verstehe."

Mit den Lippen streichelte ich sie, küsste sie überall, wo ich herankam. Ihre Wangen, Nase, Lippen … ich konnte mich nicht von ihr lösen. Wollte die Bestrafung fallen lassen, doch wie ich ihr gerade versprochen hatte, brauchte sie sie. Ihr musste eingebläut werden, wem sie gehörte, und ich hätte nie an ihr zweifeln sollen. Ich hätte begreifen müssen, dass Dylan genau wusste, was er tat, als er sie zu mir gebracht hatte.

Es gab keine andere Frau für mich.

Es würde nie eine andere Frau für mich geben.

„Und jetzt dreh dich um", befahl ich. Der süße Augenblick war vorbei. Mein Schwanz schmerzte vor Härte und wollte unbedingt in ihre Pussy gleiten. Doch erst musste ein anderer Fick erledigt werden.

Haley drehte sich um, und ich band die Tücher neu, damit ihre Arme nicht verdreht waren.

„Hoch mit dem Hintern und Beine breit. Ich will deine nasse Pussy sehen, wenn ich dich spanke."

Sie erbebte und gehorchte.

„Du zählst mit. Jeden Schlag, oder ich fange wieder von vorn an, verstanden?"

„Ja, Sir."

Ich gab ihr noch einen Kuss auf die Wange und drückte dann ihren Kopf auf das Kissen. „Du bist so schön. So verdammt schön."

Kapitel 23

Haley

Der erste Schlag kam überraschend. Ich zuckte auf dem Bett zusammen und das Klatschen schallte durch die Luft.

„Eins."

Klatsch.

„Eins, was?"

„Eins, Sir", korrigierte ich mich schnell und schloss die Augen.

Seine Präsenz war greifbar, auch wenn er sich hinter mir befand. Er war so stark, so ernst und so unglaublich wunderbar. Der Geschmack von ihm lag auf meiner Zunge und ich wollte einfach nur noch mehr. Mehr von seinem Necken. Mehr von seiner Disziplinierung und mehr von seinen Worten. Allein diese hatten die Macht, mich zum Kommen zu bringen.

Wie hatte ich nur daran zweifeln können?

Ich zählte weiterhin mit und ballte die Fäuste. Bei jedem Schlag zündete etwas in mir. Mein Herz klopfte wie wild, der Puls rauschte in meinen Ohren, bis ich an nichts mehr dachte außer an Jensen. Seine Hand. Meinen Hintern. Seine Disziplinierung und seine Belohnung.

„Acht, Sir!", rief ich. Jeder Schlag erhöhte mein Verlangen. Breitete sich von meinem Hintern zu meiner Pussy aus, die für ihn pulsierte. Ich war so begierig. So verzweifelt. Ich versuchte, ihm den

Hintern noch weiter entgegenzustrecken, und bekam dafür einen härteren Schlag.

„Stillhalten", befahl er.

„Neun, Sir", wimmerte ich.

Seine flache Hand rieb beruhigende Kreise auf meinem Hintern. Ich hätte es gern gesehen. Wie er mich markierte und in Besitz nahm.

Bei fünfzehn lief mir der Schweiß den Rücken entlang. Meine Knie zitterten, Tränen liefen mir über die Wangen und durchnässten das Kopfkissen.

Doch die Euphorie, die mich durchflutete, war unbeschreiblich. Es war alles, was ich brauchte, alles, wonach ich mich sehnte.

Klatsch.

„Zwanzig, Sir", rief ich. „Bitte, Sir, bitte … ich brauche dich."

Ich schluchzte immer wieder auf und Jensen rieb meinen Hintern großflächig. Er wischte mir das schweißnasse Haar vom Gesicht und küsste meine Stirn.

„So schön, Haley. Willst du jetzt meinen Schwanz? Soll ich deinen Hintern ficken?"

„Ja!", heulte ich. „Bitte. Alles. Irgendetwas."

Er nahm die Hand von meinem Hintern, fuhr durch die Ritze und übte Druck aus. Kurz zögerte ich unsicher. Normalerweise benutzte er erst ein Gleitmittel, bereitete mich vor und weitete mich, aber als er jetzt den Finger auf mein Loch presste, entkam mir ein tierischer Laut, den ich von mir noch nie gehört hatte.

Nackte Verzweiflung.

Sie überkam mich, während er weiter presste, sich zum Nachttisch lehnte und darin herumsuchte.

Er hatte eine Menge Hilfsmittel und Utensilien hier deponiert. Ich atmete erleichtert aus, als ich das Gel auf dem Hintern spürte.

„Lutsch meinen Schwanz, während ich dich vorbereite."

Ich stützte mich auf die Ellbogen, bis ich an ihn herankam. Jensen schob seinen Schwanz in meinen Mund und drang gleichzeitig mit zwei Fingern in meinen Hintereingang ein.

Oh mein Gott, das fühlte sich wunderbar an. Ich war ausgefüllt. Wollte ihn nie wieder gehen lassen. Langsam fickte er im selben Tempo meinen Mund und mit den Fingern meinen Hintern. Ich nahm ihn noch tiefer auf, und er legte einen Rhythmus fest, bewegte mich langsam vor und zurück um seinen Schwanz und seinen Fingern.

Ich war kurz davor. Zu kurz.

Ich wimmerte mit ihm im Mund, zeigte es ihm an und riss die Augen weit auf.

Er lachte, kühl und kontrolliert, und hörte nicht auf.

„Gut so, meine Schöne, sieh mich mit deinen grünen Augen an, während ich dich ficke. Schade, dass ich nicht noch ein Spielzeug habe. Damit könnte ich alle deine Löcher füllen, und du würdest es mir erlauben, nicht wahr?"

Ich nickte oder versuchte es zumindest, doch ja,

das würde ich. Es klang so gut. So perfekt.

Er bewegte sich schneller, hektischer, und als er einen dritten Finger dazunahm, mich noch weiter dehnte, wurde mein Stöhnen animalisch. Himmel! Ich stand in Flammen. Das Dehnen, das Brennen, das Verlangen, alles drohte zu explodieren.

„Du bist so sexy, Haley. So perfekt, so verführerisch. Es gibt keinen Moment des Tages, in dem ich nicht daran denke, dich zu ficken."

Er schob seinen Schwanz tiefer in meinen Mund, bis ich beim Anstoßen würgen musste. Mit der anderen Hand hielt er mich an Ort und Stelle, wisperte ermutigende Worte, half mir, mich zu entspannen, bis ich ihn vollständig aufnehmen konnte.

„Gut so, mach mich schön nass, dass ich dich ficken kann. Bald wirst du einen Knebel mit einem Dildo tragen und dir vorstellen, dass ich es wäre, während ich dich an anderen Stellen ficke. Würde dir das gefallen?"

Ich starrte ihn mit tränenerfüllten Augen an und versuchte, durch die Nase zu atmen. Ich konnte nicht antworten, doch er musste die Begeisterung in meinen Augen gesehen haben.

Langsam zog er seinen Schwanz aus meinem Mund und die Finger aus meinem Hintern, beugte sich vor und drückte die Lippen an mein Ohr.

„Ich werde dir ein Halsband geben, Haley. Und es wird genau das bedeuten, was du dir vorstellst. Und du wirst für alle sichtbar mir gehören. Erst dann werde ich dich wieder mit in den Club nehmen und mit dir vor aller Augen spielen. Bis dahin werden wir warten, aber es wird nicht mehr lange dauern."

Mit einer zärtlichen Geste, die so gegensätzlich zu seinem Verhalten war, hob er mit zwei Fingern mein Kinn an und küsste mich auf eine Weise, die andächtig war, wunderschön langsam und leidenschaftlich.

„Ich liebe dich, Haley", wisperte er und lehnte sich zurück. „Ich hätte nie gedacht, dass ich das könnte, dass ich je jemanden lieben würde. Aber du hast mich vollkommen überwältigt. Ich gehöre dir. Alles, was ich bin, gehört dir. Für immer."

„Jensen …" Ich vergaß alles. Wo ich war, gefesselt für ihn, und dass er seinen Schwanz eingelte, damit er mich nehmen konnte. Mein Kinn bebte und mir kamen noch mehr Tränen.

Er küsste alles fort, was ich hätte sagen wollen, und positionierte sich hinter mir, ehe ich ihm meine Gefühle gestehen konnte. Mit einer Hand auf meiner Hüfte drang er langsam in mich ein. Der Schmerz, der beim ersten Eindringen gebrannt hatte, war verschwunden. Mein Körper akzeptierte ihn leicht und willig.

„So perfekt", murmelte er. „Immer so perfekt. Du spürst es auch, oder?"

„Ja." Mein Körper schien sich zu verflüssigen und ich konnte mich nicht mehr aufrecht halten. Ich fiel auf das Kissen und inhalierte Jensens Duft.

Seine Hüften stießen weiter zu, hämmerten von hinten in mich, und seine Hand glitt nach vorn.

Seine Finger reizten meine Klit und drangen dann in mich ein.

Es war überwältigend, emotional wie körperlich, und als er meine Klit rieb und in meinen Hintern und meine Pussy stieß, explodierte ich.

Erotische Schreie entkamen mir, während ich unter ihm zuckte, doch Jensen hörte nicht auf, bevor ich noch einmal gekommen war. Erst dann hielt er tief in mir inne und verströmte sich in mir.

Sein Kopf sank auf meine Schulter und unser Keuchen erfüllte den Raum.

Vorsichtig zog er sich aus mir zurück, um mir nicht wehzutun. Dann löste er die Knoten an meinen Handgelenken.

„Leg dich auf den Rücken", wisperte er und führte mich mit der Hand in diese Position. „Ich gehe einen Waschlappen holen, rühr dich nicht von der Stelle."

Ich hätte mich sowieso nicht irgendwo hin begeben können, selbst wenn er mich dafür bezahlt hätte. Ich hatte gummiartige Knochen, war völlig verausgabt und schwelgte noch in seiner Gefühlsverkündung.

Als er wiederkam, hatte er sich bereits gewaschen, und nun kam ich dran. Danach warf er den Lappen auf den Boden und legte sich zwischen meine Beine.

„Weißt du eigentlich, wie schön du bist?"

Ich zuckte mit den Schultern. Das spielte für mich wirklich keine Rolle, sondern nur, was er von mir hielt. „Keine Ahnung, aber wichtig ist nur, was du denkst."

Sein Lächeln war klein und verflog, während er von meiner Hüfte über den Bauch, meine Brüste und über meine Schulter streichelte. „Am liebsten würde ich den ganzen Tag in dir sein." Er betrachtete meinen Körper und sprach mehr zu sich selbst. „Ich kann nicht genug von dir kriegen."

Mit der freien Hand umfasste er seinen Schaft, der bereits wieder hart war, und bewegte sich, bis er in mich gleiten konnte. Er füllte mich mit einem langsamen, langen Stoß und zog mich mit der Hand an meiner Schulter zu ihm.

„Heilige Scheiße, Haley." Er schloss die Augen und ließ den Kopf sinken.

Ich drückte meinen Hinterkopf in die Kissen, konnte den Blick nicht von seinem Ausdruck abwenden, der euphorisch war und wahrscheinlich meinen von vorhin spiegelte.

„Jensen", wisperte ich und vermutete, dass dies kein Dom-Sub-Moment war, sondern nur unser eigener. Ich schlang die Beine um ihn, nahm die Knie höher und ließ ihn tiefer eindringen.

Da er mich nicht verbessert hatte, hielt ich ihn fester, schlang auch die Arme um ihn, während er sich in mir bewegte.

Langsam.

Ehrfürchtig.

Er verehrte mich, wie er es versprochen hatte.

Und ich hielt ihn fest.

Meine Augen sagten ihm alles, was ich noch nicht ausgesprochen hatte, und seine sagten dasselbe aus.

Und als wir gleichzeitig kamen, ineinander verschlungen und die Herzen verbunden, flüsterte ich das, was ich nie mehr zu fühlen geglaubt hatte, was ich nie mehr geglaubt hätte, jemandem zu geben und ihm zu vertrauen, sorgsam damit umzugehen. Doch bei Jensen hatte ich keine Zweifel mehr.

„Ich liebe dich." Sein Gewicht sank auf mich nieder. „Ich habe mich in dich verliebt und wollte es dir schon sagen, aber ich hatte Angst, es wäre zu schnell, zu früh. Deshalb bin ich gestern, glaube ich, auch ausgeflippt. Ich hatte all diese Gefühle für dich und Angst, dass du sie nicht erwiderst."

„Ich erwidere sie, Haley", antwortete er. Sein Kopf lag an meinem Ohr und er wisperte die Worte an meinem Hals. „Ich fühle alles, immer wenn du mich ansiehst, immer wenn du mich berührst."

Ich wandte den Kopf und küsste ihn, überflutete ihn mit meiner Liebe und Zuneigung.

Alles, was Jensen und mich zu diesem Moment geführt hatte, der ganze Stress und jeder schöne Augenblick, war es wert gewesen.

Denn ich hatte den Mann gefunden, der mir nicht nur gab, was ich brauchte, sondern der mich auch mit Emotionen erfüllte, die ich nie für möglich gehalten hätte. Und darüber hinaus gab er mir die Zuversicht, dass auch ich ihm alles geben konnte, was ich zu geben hatte, und dass er es immer annehmen und wertschätzen würde.

Epilog

Fünf Monate später

Haley

Mit den Fingern spielte ich mit dem Halsband an meiner Kehle. Ein Lächeln dehnte meine Wangen, bis sie brannten. In dem kleinen Spiegel auf der Beifahrerseite seines Wagens achtete ich kaum auf das Glück, das in meinen Augen glänzte.

Ich hatte mit dem Lächeln nicht mehr aufgehört, seit Jensen nach Hause gekommen war und mir direkt ein Schmuckkästchen in die Hand gegeben hatte.

„Das hier habe ich speziell für dich anfertigen lassen", hatte er gesagt. Mit der für ihn typischen Selbstsicherheit in der Stimme.

Glücklicherweise hatte er dazu fast immer auch allen Grund.

Als ich es geöffnet hatte, musste ich mich zusammenreißen, damit die Tränen in meinen Augen blieben und nicht mein Make-up ruinierten.

Er hatte mir das Halsband umgelegt, meinen Nacken geküsst, es geschlossen und geflüstert: „Du gehörst mir."

Fast hätten meine Knie nachgegeben, und ich war dankbar für seine starken Arme, mit denen er mich an sich presste und mich vor dem Hinfallen bewahrte.

„Du fasst es ständig an", sagte Jensen jetzt und sah mich kurz an, während er vor dem *Luminous* parkte. „Hast du Angst, dass es sich in Luft auflöst?"

Ich griff zu ihm hinüber. „Ich wünschte, ich hätte mehr Zeit gehabt, es mir genauer anzusehen. Es ist einfach … so schön."

„Nicht so schön wie du."

Seine Augen sprachen die Wahrheit, und das bezweifelte ich schon lange nicht mehr.

Vor fünf Monaten, nachdem Jensen mir zum ersten Mal gesagt hatte, dass er mich liebte, hatte ich aufgehört, zu zweifeln. Als wir zusammen auf dem Polizeirevier waren, um unsere Aussagen zu machen, hatte er als mein Anwalt und mein Geliebter neben mir gestanden und zugehört, wie ich dem Officer alles noch einmal berichtete.

Ich hatte keinen Augenblick Angst gehabt. In dem Moment, als ich bemerkt hatte, dass die Waffe immer noch gesichert war, war meine Angst verflogen.

Wochen später wurde Timothy angeklagt, und obwohl die Verhandlung noch nicht angefangen hatte, war Timothy nur noch ein kleines Ärgernis aus meiner Vergangenheit, über das ich nicht mehr nachdachte. Ich würde als Zeugin aufgerufen werden, doch bis dahin würde ich keinen Gedanken an ihn verschwenden.

Seitdem hatte sich die Beziehung zu Jensen weiterentwickelt.

Täglich bewies er mir, dass seine geflüsterten

Worte wahr waren. Ich gehörte ihm, und er konnte mit mir machen, was er wollte. Doch auch er gehörte mir und er nahm seine Rolle sehr ernst. Er war mein Geliebter, mein Beschützer, mein Freund – mein Partner in allem.

Und letzte Woche, als die Bauarbeiter mit dem Bau eines neuen Hauses für uns beide gleich neben dem Resort begonnen hatten, waren wir auf dem Grundstück mit dem Lake Michigan im Hintergrund. Neben dem Loch, das bald unser Keller werden würde, war er auf ein Knie gegangen, egal, ob seine Anzughose dreckig wurde, und hatte mich gefragt, ob ich seine Frau werden wolle.

Doch heute Abend … heute war es sogar noch schöner.

Denn er hatte mir den letzten Wunsch erfüllt, von dem ich immer noch geträumt hatte.

Ein Halsband.

Für jedermann innerhalb und außerhalb dieses Lebensstils sichtbar, war ich jetzt dauerhaft und offiziell markiert und in seinem Besitz.

„Bist du so weit?", fragte Jensen. Zum zigsten Mal innerhalb einer Stunde befingerte ich das metallene Halsband. „Der heutige Abend gehört allein dir, meine Schöne. Was immer du willst, wirst du bekommen."

Ich holte tief Luft und nickte.

Wir waren schon öfter ins *Luminous* gegangen, doch immer nur zum Zuschauen oder um uns mit Dylan und Gabby zu treffen. Und wir waren auch in anderen Räumen gewesen als dem, den ich am ersten Tag gesehen hatte und von dem ich jetzt wusste, dass er der zahmste von allen war. In den anderen Zimmern befanden sich Utensilien für jede Menge spezielle Neigungen.

Diese Zimmer fand ich am besten. Nicht unbedingt wegen dem, was darin ablief, sondern weil sich niemand dort dafür schämte, was er tat oder genoss.

Als ich das erste Mal in einen solchen Raum trat, fiel ein Gewicht von mir ab, von dem ich gar nicht gewusst hatte, dass ich es mit mir herumtrug. Es ging darum, Angst zu haben, was die Leute von mir denken würden, wenn ich diesen Lebensstil gewählt hätte, als ich noch jünger war. Doch an dem Abend, als ich zusah, wie die Leute riesige Dildos benutzten, ein Mann mit seinem Partner Fisting betrieb und andere Dinge, bei denen mir fast die Augen rausfielen, spürte ich die Sicherheit in mir, dass ich genau dort war, wo ich hingehörte.

Und Jensen war die ganze Zeit bei mir gewesen.

Aber heute war die Sache etwas anders. Ich hatte Geburtstag. Und zum ersten Mal erlaubte Jensen uns, in der Öffentlichkeit zu spielen. Und nicht nur das, sondern er erlaubte mir auch, auszuwählen, was ich machen wollte und wo es stattfinden sollte.

Der Kloß im Hals wuchs an und Aufregung kribbelte meine Wirbelsäule entlang, doch ich konnte es kaum erwarten.

Ich wollte alles.

„Ich bin bereit."

Sein Blick lag auf mir, suchte nach einer Lüge oder Beklommenheit. Ich wartete stumm, bis er seine Prüfung abgeschlossen und nur Ehrlichkeit bei mir entdeckt hatte. Er nickte kurz und stieg aus dem Auto.

Der kalte Wind traf mich brutal, als Jensen mir die Tür aufhielt, ich ausstieg und den langen Mantel enger um mich zog. Dann folgte ich Jensen ins *Luminous*, seine Hand auf meinem Rücken und meinen Blick gesenkt, wie er es sein sollte, wenn wir in der Öffentlichkeit unterwegs waren.

Er grüßte Joe, gab ihm meinen Mantel, während ich den Blick gesenkt ließ.

Zwar war ich wirklich nur submissiv, wenn Jensen es forderte, doch die Atmosphäre im Club machte es immer einfach – als ob ich in eine Rolle schlüpfte, die nicht nur vorgegeben war, sondern ein Teil meiner selbst, den ich nicht immer zeigte. Neben Jensen ging ich zur Bar, ohne anzuhalten und mit jemandem zu reden, bis er uns etwas zu trinken bestellt und mir einen Gin Tonic gereicht hatte.

Wir tranken und ich blickte durch den großen Raum. Jedes Mal raubte er mir den Atem. Die glitzernden Kronleuchter und die silbernen Stoffe brachten auch meine Nerven zum Sprühen. Gläser klirrten, Lachen perlte durch den Saal. Immer lag Magie in der Luft. Hier konnte man wirklich den Stress ablegen, das Gewicht von den Schultern nehmen. Sobald man durch die Tür trat, bestand man nur noch aus seinen grundlegenden Bedürfnissen und Sehnsüchten.

Es war befreiend.

Heute Abend senkte sich diese Freiheit wie ein warmes Gewicht auf meine Schultern. In dem Wissen, dass der Drink meine Nerven wegen dem, was auf mich zukommen würde, auch nicht beruhigen könnte, stellte ich ihn auf die Bar und wartete darauf, dass Jensen das Gespräch mit dem Mann vor uns beendete und seine Aufmerksamkeit wieder mir zuwandte. Er hieß Simon, war freundlich und attraktiv, mit dunkelblondem Haar, zur Seite gestylt, und trug eine schwarz gerahmte Brille mit dicken Gläsern. Er lächelte gelassen, und seine dunklen Kleider lagen so eng an, dass er seine Muskeln und seine breite Figur herzeigte. Simon war auch ein Dom, den ich schon einmal gesehen hatte. Er war auf der Suche nach einer dauerhaften Sub, hatte sie aber noch nicht gefunden.

Hätte ich eine passende Freundin gehabt, hätte ich ihn schneller verkuppelt, als er *heiliger Flogger* sagen könnte.

Als das Gespräch anscheinend vorbei war, wandte Jensen sich an mich und grinste anzüglich. „Bereit?"

Natürlich war ich das. Für Jensen war ich jederzeit bereit. „Ja, Sir."

„Bereit für was?", fragte Simon und hob eine Augenbraue. Er sah mich kurz an und dann zu Jensen.

„Haley hat heute Geburtstag", erklärte Jensen, als wäre ich gar nicht da.

Daran war ich gewöhnt. Die meisten Doms sprachen nicht direkt zu ihrer Sub, wenn andere Doms dabei waren, besonders nicht, wenn die Sub ein Halsband trug. Ich glaubte nicht, dass ich mir die neugierigen Blicke hier eingebildet hatte, als den Leuten mein Halsband aufgefallen war.

„Heute darf sie bestimmen."

„Ihr spielt? Mit Zuschauern?"

„Yep. Und wenn ich mich nicht irre, wird meine Sub langsam ungeduldig."

Er zwinkerte mir neckend zu und hielt mir seine Hand hin.

Ohne zu zögern, legte ich meine Hand in seine. Er führte mich von Simon fort und dieser lachte leise.

„Das will ich erleben. Jensen zeigt seine Frau her? Alle werden euch zusehen, das ist dir hoffentlich klar."

„Yep." Jensen drückte meine Hand leicht.

Er hasste es, tat es nur für mich. Als er mir damals die Tour gab, hatte er recht gehabt, als er sagte, dass es mir gefallen würde, beobachtet zu werden. Und nachdem ich so lange anderen zugeschaut hatte, wünschte ich es mir jetzt auch. Ich wollte ans Kreuz gebunden und mit dem Flogger bearbeitet werden, so wie Miranda damals. Ich hatte ihn aber nie darum gebeten und wusste, dass es für ihn ein Opfer war, andere sehen zu lassen, was er für sein Eigentum hielt. Und weil ich es so gern wollte und er es mir ermöglichte, weil ich es brauchte, opferten wir beide etwas. Ich hätte niemals darauf bestanden.

Dennoch hatte es mir Spaß gemacht, ihn mit den Erwartungen an den heutigen Abend aufzuziehen.

Ich folgte ihm nach oben zum ersten Zimmer, und als er fragend eine Braue hob, ob wir dort hineingehen wollten, schüttelte ich den Kopf.

Jensen runzelte kurz die Stirn.

Wir gingen weiter durch den Flur, bis ich seine Hand drückte.

„Hast du deine Meinung geändert?", fragte er und deutete mit dem Kinn auf das erste Zimmer.

Ich hielt seine Hand fester. „Nein. Wir sind genau da, wo ich uns haben will."

Er zog die Brauen zusammen. Ich trat vor und legte die Hand an die Tür zu dem Zimmer, in dem wir seit unserer ersten Begegnung vor vielen Monaten das letzte Mal waren.

„Ein privates Zimmer?"

Ich musste ein Lächeln unterdrücken.

„Aber du … wir … ich war doch einverstanden …"

Ich legte eine Hand auf seine Wange. „Ich weiß. Und dafür liebe ich dich. Aber so, wie du meine Grenzen respektierst, würde ich auch nie deine verletzen."

Er seufzte und senkte erleichtert die Schultern. Er ließ mich keine weiteren Erklärungen mehr abgeben, umfasste meine Wangen und presste mich gegen die Wand. Mit einer Hand öffnete er die Tür zu dem Privatzimmer, schob uns hindurch, schloss die Tür und schon waren seine Hände wieder mit mir beschäftigt.

Unsere Münder verschmolzen miteinander, unsere Hände erforschten den anderen, und als wir uns gegenseitig ausgezogen hatten, blieben nur noch mein funkelnder Verlobungsring an meinem Finger und das Halsband um meine Kehle.

„Exquisit", murmelte er und sah mir in die Augen. „Das Angebot steht aber immer noch. Was immer du dir wünschst."

Ich kniete mich in die Sklavenposition und sah zu Boden. „Das hier will ich, Jensen. Alles, was du mir geben kannst. Das ist alles, was ich mir je gewünscht habe."

„Und du hast es", flüsterte er. Er strich mit dem Finger am Halsband entlang und zog hinten an dem Verschluss. „Alles von mir. Für immer."

Er war alles, was ich brauchte.

Mein Geschäft brummte. Wir bauten ein Haus, damit ich nah am Familienbesitz bleiben konnte, und er gab seine Eigentumswohnung in der Stadt auf. Wir begannen ein gemeinsames Leben. Und es gab keine Zweifel mehr. Nichts zu bereuen. Nichts, was uns aufhalten könnte. Die Zukunft lag vor uns. Das Versprechen noch unerfüllter Träume, Fantasien und Sehnsüchte. Und wir würden sämtliche Erwartungen übertreffen.

Nach all den Jahren der Zurückhaltung und der Verleugnung unserer Neigungen, die wir trotz harter Bemühungen nicht unterdrücken konnten, hatten wir endlich einander gefunden. Unser perfektes Gegenstück.

Ein Schatten trat vor mich, und ich hielt den Blick gesenkt, als Jensens nackte Füße in mein Sichtfeld kamen. Ich wollte ihn unbedingt sehen. Unbedingt anfassen, fühlen, lieben.

„Sieh mich an, Haley", sagte er mit seiner tiefen, kommandierenden Stimme, von der ich immer sofort nass wurde.

Es war schmerzhaft, dass er von mir zurücktrat und die Arme vor der Brust verschränkte.

„Was sind deine Tabus?"

Ich zögerte kurz, doch dann verstand ich. „Ich dachte, am ersten Abend berührst du mich nicht."

Er grinste. Genau wie bei unserem ersten Treffen in diesem Zimmer.

„Richtig", erklärte er. „Du wirst dich selbst berühren und ich werde zuschauen. Und jetzt antworte mir. Was sind deine Tabus?"

„Es gibt keine, Sir." Die hatte ich längst aufgegeben.

Mit Körper und Seele stand ich Jensen vollkommen zur Verfügung. Teile von mir kannte er besser als ich selbst. Ihm zu vertrauen, bedeutete, ihm alles von mir anzuvertrauen.

Sein Grinsen wurde zu einem breiten Lächeln und er zwinkerte mir zu. Er hatte mich genau verstanden.

„Sehr gut", sagte er und sah auf meine entblößte Mitte. „Fang an."

Ohne zu zögern, gehorchte ich, berührte mich

selbst, nur für ihn, obwohl ich ihn gern auf etwas hingewiesen hätte. Das war nicht unser Anfang. Der hatte vor Monaten stattgefunden, als er das Risiko mit einer Frau einging, die eine Sub sein wollte, trotz seiner Bedenken.

Es war nicht unser Anfang.

Es war der Grundstein unseres *Für-Immer*.

Danksagungen

Vielen lieben Dank an Michelle, dass dir meine Bücher so gefallen und du sie mit deinem Enthusiasmus unterstützt.

Vielen Dank an Angela, Penny und die anderen des Carina-Press-Teams, es mit mir zu versuchen und Jensens Geschichte noch besser zu machen, als sie ursprünglich war.

Danke an meinen Mann und meine Familie für eure nie enden wollende Unterstützung, euren Zuspruch und eure unermüdliche Liebe. Ohne euch könnte ich das alles nicht schaffen.

Danke an die Leser. Jedes Mal, wenn ihr ein Buch von mir in die Hand nehmt, es lest, liebt, besprecht oder mir eine Nachricht schickt, erfreut es mein Herz. Ich hoffe, dass ihr *Dominate Me* genauso sehr liebt, wie ich es geliebt habe, es zu schreiben.

Autorin

Stacey Lynn verbrachte den größten Teil ihres Lebens im mittleren Westen der USA, bevor es sie kürzlich an die Ostküste verschlug. Vielleicht lag es an den langen und kalten Wintern, dass sie aus lauter Langeweile jedes Buch verschlang, das sie zwischen die Finger bekommen konnte. Als eifrige Leserin begann sie, selbst Gedichte und Kurzgeschichten zu schreiben.

Als Gegengewicht zu ihrem verrückten Alltag erschafft die vierfache Mutter heiße Liebesromane. Und so wurde aus ihrem einstigen Hobby, dem Schreiben, rasch eine unstillbare Leidenschaft.

www.staceylynnbooks.com